D1731327

Das Haus am See - Die Spur eines Lebens

1. Auflage, erschienen 2017

Text: Dieter Victor Pietzofski

Umschlaggestaltung, Satz: Christian Türling

ISBN: 978-3-96086-072-3

Preis: 15,95 €

Bibliografische Information der Deutschen Nationalbibliothek:
Die Deutsche Nationalbibliothek verzeichnet diese Publikation in der Deutschen Nationalbibliografie; detaillierte bibliografische Daten sind im Internet über *http://dnb.dnb.de* abrufbar.

Dieter Victor Pietzofski

DAS HAUS AM SEE
Die Spur eines Lebens

Dramatik – Liebe - Tod

Gliederung

Das Buch gliedert sich in zwei große Bereiche:

- Seite 6 bis Seite 228: Die Erzählung
- Ab Seite 229: Dokumente, Fotos sowie weitere Informationen zur Erzählung

Der Autor und seine Frau.

Vorwort

Dieter Victor Erwin Pietzofski in Berlin geboren, hat erst nach unendlich vielen Jahren, gefährlichen Erlebnissen, sowie auch sehr schönen romantischen Liebesromazen wiederholt an das Schreiben gedacht. Nachdem aber weiterhin im Verlauf der Jahrzehnte immer häufiger das Schiksal auf ihn einstürmte, dann auch noch das Glück mit einer sehr schönen Frau das Leben krönte, da folgte der Reifeprozess zum Schreiben. Ein Buch als Spur des Lebens ist nun vollendet.

„Ich bin der soliden Überzeugung, dass es nur wenige Menschen gibt, die mehr Dramatik, Liebe, Leidenschaft, Kampf und Tod durchlebten.
Hier ist meine Romanbiografie vom siebten bis zum siebzigsten Lebensjahr. Ich habe beschlossen, dass ich mit meiner Vitalität neunzig Jahre alt werde. An der Seite der schönsten Frau der Welt schaffe ich das.“

Namensänderung der Eltern durch Nazidiktatur

Mein Vater, Erwin Pietzofski, geboren am 06.04.1912 bei Hindenburg in Schlesien, wohnte direkt an der polnischen Grenze. Seit 1930 arbeitete er in Berlin. Im Jahr 1932 heiratete er meine Mutter Elisabeth Richter. Es ging gerade „aufwärts" im Deutschen Reich. Sie kauften in Berlin am Anhalter Bahnhof in der Möckernstraße Nummer 144 das Restaurant „Arons Bierhallen" von einem Juden.

Das Hotel „Stadt Weimar" ist durch einen Umbau daraus entstanden. Wir drei Kinder, Horst, Heinz und Dieter, sind 1933, 1937 und 1939 geboren, ich also kurz vor Kriegsbeginn. Unser Vater wurde sofort Soldat. Mutter war nun auch noch Hotelier und Köchin. Als Hotelgäste hatten wir unter anderem auch verfolgte Emigranten aus Belgien. Sie kamen ohne Anmeldung und bezahlten mit Kaffee ihre Zimmer.

Bei SA-Kontrollen und Polizeidurchsuchungen gab es Verhaftungen. Mutter musste vor Gericht. Sie hatte Angst wegen unseres polnischen Familiennamens und der Verfolgung der Juden, denn ihr gekauftes Hotel hatte dem Juden August Aron gehört. Meine Eltern hatten aus Furcht schon 1931 Vaters Namen „Pieczowsky" in „Pietzofski" geändert.

Mutter war arischer Abstammung, ihr Mädchenname war Elisabeth Richter, sie war nachweislich am 15.02.1908 in Kirchhain, Niederlausitz, geboren. Dadurch wurde das Gerichtsverfahren eingestellt. Mein Vater ahnte den Terror der Nazis, so wie vielleicht viele, die es zum Schutz ihrer eigenen Familie nicht zugeben hätten. Uns selbst versuchte er durch diese Namensänderung zu behüten.

Die Wahrheit, und nichts als die Wahrheit in dieser Biografie im Bösen wie im Guten

Wir wohnten in Berlin Mitte „Anhalter Bahnhof". Die Bombardements fast jede Nacht haben sich in meinen damaligen Kinderkörper eingebrannt, unauslöschlich, lebenslang.

Noch heute, wenn irgendwo eine Sirene heult, ist der Krieg wieder im Kopf, so, wie mich auch die Granatsplitter in meinem Körper stets daran erinnern. Von acht Granatsplittern sind noch vier in meinem Körper, die mir bekannt sind.

Mein Vater war von 1939 – 1945 Soldat. Ich kannte ihn so gut wie gar nicht. Er fiel im Krieg, im März 1945 im Kurlandkessel. Meine Mutter traf daraufhin für uns drei Kinder die vielleicht lebensrettende Entscheidung, Berlin zu verlassen, um dem Höllenbombardement zu entgehen (1944).

Das Schicksal hatte wohl etwas mehr für mich vorgesehen. Mein Bruder Heinz und ich wurden nach Güterfelde nahe Berlin evakuiert. Mein Bruder Horst war zu diesem Zeitpunkt zwölf Jahre alt und konnte bereits lesen und schreiben. Der Krieg hatte nun auch uns Kinder getrennt. Die letzten Feldpostbriefe 1945 kamen nicht mehr in Berlin bei unserer Mutter an, sondern bei meinem Bruder Horst in Kirchhain bei Cottbus. So blieb der Feldpostweg zu meinem Bruder im Osten erhalten, fast wie ein Wunder, das uns eine Erinnerung an unseren Vater schenken sollte. Heute, siebzig Jahre später, erhielt ich diese letzten Briefe im Original. Endlich eine Chance, meinen Vater etwas kennen zu lernen. Sie füllen das letzte Kapitel dieses Buches und waren der Anlass für mich, endlich mit dem Schreiben zu beginnen. Meine Tochter Birgit sagte mir einmal: „Dein Leben wäre eine großartige und spannende Romanbiografie, wenn nur die Hälfte deiner Erinnerungen zu Papier gebracht würden."

1945 März
Der tote Flugpilot - ein US-Amerikaner

Der tote Pilot hatte eine sehr dicke Lederschaffelluniform an, welche im Brustbereich voller Blut war. Auch wir Kinder erkannten daran den Amerikaner. An einem Tag mit schweren Luftangriffen auf das Dorf Güterfelde fielen Bomben direkt vor unserem Haus in die Moorwiese. Zwei große Krater entstanden. Eine Brandbombe steckte in dem Dach unseres Hauses, explodierte aber nicht. Erst Monate später, als der Regen durch das Dach kam, entdeckte ich die Bombe. Meine Mutter hatte mich auf das Dach geschickt. Erst dann begriffen sie und meine Großeltern, welch Glück wir gehabt hatten, dass es damals nicht zur Explosion kam. Bombenangriffe mit Luftkämpfen gab es auch über den Dörfern um Berlin. Es wurden Flugzeuge abgeschossen, überall lagen Granatsplitter umher. In unserem Dorf waren einige Häuser zerbombt. Mein Bruder zeigte mir unweit von unserem Haus am Rande des Moores in der Potsdamer Straße einen toten Piloten, der keinen Fallschirm bei sich hatte. „Ein Amerikaner!" hieß es später im Dorf. Die dicke Lederpilotenjacke mit Schaffell war voller Blut. Heimlich erzählten einige Dorfbewohner, dass dieser Pilot einfach von deutschen Soldaten erschossen worden sei aus Rache für die Luftangriffe auf unser Dorf. Der wahre Grund war aber brutales Kriegsunrecht.
Dieser Pilot war der erste Tote, den ich je sah, - als Kind, im Alter von sieben Jahren. Es sollten noch einige tote Deutsche und Russen hinzukommen und meine Kinderseele ergreifen.
Später, in den Jugendjahren, hatte ich immer wieder Alpträume, wie ich mich in unseren Straßengräben vor den Schüssen der Soldaten versteckte und mich nicht bewegte, um mich als Toter zu tarnen und so den Schüssen zu entgehen. In vielen Träumen wollte ich immer wieder vor den schießenden Soldaten weglau-

fen, aber nie kam ich vorwärts. Schöne Träume aus meiner Kindheit kannte ich nicht, und selbst im Alter von zwölf Jahren habe ich nachts noch eingenässt.

Der tote Pilot soll von einem Nazi erschossen worden sein, der im Dorf gut bekannt war als harter Nazi. Nachforschungen ergaben, dass der Großbauer vom Hof auf dem die Russen dann den Versorgungshof besetzten, dies getan haben soll. Dieser Hof steht in unmittelbarer Nähe zum Moor, wo der tote Pilot am Schilfrand lag.

Der US-Pilot mit seiner blutüberströmten Fliegeruniform und den weit aufgerissenen Augen verfolgte mich immer wieder in meinen Albträumen. Ein paar Monate später, der Krieg war mit all seinen Grauen auch bei uns im Dorf zu Ende, da riefen plötzlich viele Frauen voller Freude und hoffnungsvoller Erwartung, ‚die Amerikaner sind im Dorf. Wir werden amerikanischer Sektor von Berlin. Sie fahren schon mit riesigen Motorrädern im Dorf umher.‘ Dass diese Freudenbotschaften von den Müttern und Frauen in meiner Erinnerung eine feste Tatsache darstellte, war mir lange nicht bewusst. Frauen und Mütter wurden von den russischen Soldaten verfolgt und vergewaltigt. Von den amerikanischen Soldaten erhofften sie Schutz für sich und ihre Kinder. Deutsche Männer waren in Kriegsgefangenschaft oder tot. Ich als Kind lebte mit den furchtbaren Erinnerungen an den toten amerikanischen Piloten. Nun war ich überrascht, als ich den ersten Amerikaner auf diesem riesigen Motorrad lebend und freundlich sah. Zwei große weiße Sterne zierten seine Maschine, dazu eine gewaltige Windschutzscheibe. Die olivgrünen Stahlhelme zierten ebenfalls große weiße Sterne. Diese Stahlhelme sahen auf einmal nicht mehr so drohend aus wie deutsche oder russische Stahlhelme in den Kriegskämpfen auf den Köpfen der Soldaten. Ich rannte bei der zweiten Begegnung mit den US-Soldaten in unserem Dorf ungebremst auf die Straße, als die zwei Motorräder der amerikanischen Soldaten wieder im Dorf einfuhren. Ein Soldat musste richtig stark bremsen und hielt dann direkt neben mir. Nun schaute freundlich das erste mal ein lebender Amerikaner in mein Kindergesicht. Er tastete in seiner Brusttasche. Für eine Sekunde war der Krieg wieder da, so wie die blutige Uniformbrust des toten Piloten, aber dann war die freudige Überraschung ganz groß. Eine Tafel, ich wusste nicht, was Schokolade war. Nun lachte der Soldat sogar: ‚Ich muss wohl sehr komisch geschaut haben. Sofort riss er die Schokolade auf und brach ein Stück für mich ab. Dann ein Stück für sich, dabei steckte er seinen Teil sofort in den Mund. Darauf verschlang auch ich mein Stück Schokolade . Als er sah, wie gierig ich es verzehrte, schenkte er mir den ganzen Rest der Schokolade.

Die Erinnerung an die ersten und hoffnungsvollen Begegnungen mit den amerikanischen Soldaten währten noch lange. Aber sie kamen nicht wieder und amerikanischer Sektor von Berlin wurden wir ebenfalls nicht. Die Soldaten hatten wohl nur Informationsfahrten ausgeführt. Bei den Frauen und Kindern, hatte ihre Ankunft im Dorf, so auch bei mir, die Sehnsucht nach Frieden und ein wenig Glück aufkommen lassen.

1945 April
Kämpfe in Hof und Haus:
Das Erschießungskommando

Kämpfe fanden statt in Güterfelde, Potsdamer Straße 13, nahe der alten Schule, heute wohnt dort Familie Lauber seit 1958.

Wie bereits erwähnt, waren wir jüngeren Brüder 1944 aus Berlin zu den Großeltern evakuiert worden. Ein Leben auf dem Dorf sollte uns Kindern das Leben bewahren. Das Schicksal aber hatte mit mir etwas Besonderes vor.

Als die Russen in unser Dorf einrückten, stellten sich ihnen deutsche Soldaten direkt vor und hinter unserem Haus zum letzten Kampf gegenüber. Auf der Straße sah ich vor einem LKW zwei deutsche Soldaten sterben. In unserem Wohnzimmer standen ebenfalls zwei deutsche Soldaten. Sie hatten die Maschinengewehre und Pistolen unter Sofa und Schrank versteckt und wollten sich wohl ergeben. Draußen auf dem Hof tobte der Kampf. Ein russischer Soldat mit Bauchschuss starb vor unseren Augen und wurde von seinen Kameraden in einer Decke abtransportiert. Die zwei deutschen Soldaten aus unserem Haus wurden mit Gewehrkolbenschlägen auf den Hinterkopf die Treppe heruntergetrieben und im Hof von den Russen an die Wand gestellt. Mein Opa wurde unter Schreien und Gebrüll dazu gestellt. Wir Kinder und Oma wurden gezwungen, zuzusehen. Eine Ewigkeit voller Ängste verstrich, bevor ein Wunder geschah. Ein russischer Offizier kam dazwischen und verhinderte die Erschießung.

Wir hatten doch noch Glück nach diesen fürchterlichen Kämpfen auf der Westseite des Dorfes Güterfelde auf dem Hof der Großeltern. Auf diesem Hof wurden danach schwere Geschütze in Stellung gebracht, um Berlin zu beschießen.

Tod beim Einmarsch der Russen in Güterfelde Ostseite

24.April 1945 – Frau Gerda Geduhn wohnte als Kind mit ihren Eltern in der Großbeeren-/Fichtestraße. Kämpfe und Tod erlebte sie unmittelbar um ihr Elternhaus, wo wir öfter spielten als Kinder. Russische Soldaten stürmten auf den Hof, der Vater stellte sich schützend vor die Tochter Gerda, die zu diesem Zeitpunkt fünfzehn Jahre alt war. Die Vergewaltigung stand bevor. Der Vater war in Frankreich desertiert, gerade erst in der Heimat angekommen. Als Kommunist glaubte er, die Russen hätten einen ähnlich fairen Krieg wie an der Westfront erlebt und gekämpft. Eine tödliche Entscheidung den Russen entgegenzutreten. Er wurde erschossen. Der kranke Onkel im Haus wurde erschlagen. Dann Tage der Friedenshoffnung, Waffenruhe.

2. Mai 1945 – Plötzlich standen vier bis sechs deutsche Soldaten auf dem Hof, schwer bewaffnet mit Patronengurten und Maschinengewehren, kampfbereit. Im Dorf herrschte eigentlich schon eine Woche Ruhe. Keine Kämpfe. Die Russen waren auf dem Schloss mitten in Güterfelde stationiert. Mutter und Tochter flehten die deutschen Soldaten an, nicht wieder zu schießen. Stunden später jedoch vernahm man plötzlich Schießereien, Granateneinschläge und Kämpfe in der Großbeerenstraße.

Sie kommen näher. Die Mutter läuft mit ihren Kindern vor Angst weg vom Haus. Dreihundert Meter weiter gibt es Bunkeranlagen auf den Rieselfeldern, dort, wo heute Reitanlagen und Weideflächen sind. Die Kinder und die sie schützende Mutter kriechen in den einen Meter hohen Bunkerstollen. Die Geräusche der Kämpfe kommen immer näher. Die russischen Soldaten brüllen mehrmals unverständlich, vermutlich: „Rauskommen, Ergeben!"
Aber die Mutter schweigt, bis die Russen in den Bunker schießen.

Sterbend bittet die Mutter ihre 15-jährige Tochter einige Zeit später, als die Russen weg sind, Hilfe zu holen. Sie stirbt später im Bunker. Auf dem Weg zum Dorf beobachteten sie die russischen Soldaten auf der Großbeerenstraße. Deutsche Soldaten liegen erschossen am Straßenrand. Der russische Soldat schreit die Toten immer wieder an und brüllt etwas wie „Kapitulation". Der erneute Kampf muss auch Tote auf russischer Seite gekostet haben. Hätte die Mutter im Bunker nur gerufen, die Russen hätten gehört, dass es Frauen waren! Sie hätten wahrscheinlich nicht geschossen. So aber glaubten sie, im Bunker wären deutsche Soldaten. Ich habe mit meiner heute 86 Jahre alten Nachbarin, Frau Geduhn, ausführlich über diese Kindheitserlebnisse gesprochen.

Meine Nachbarin, die meine Spielkameradin war, hatte wohl noch etwas mehr vom Krieg abbekommen, zum Glück keine körperlichen Schäden. Was sie aber an seelischen Verletzungen in den Nachkriegsjahren durchleben musste, erscheint mir noch schwerer als mein Schicksal.

Dieses 15-jährige Mädchen versorgte damals nach dem Tod der Eltern in den letzten Kriegstagen allein die Großmutter. Sie wohnte in der Nähe meiner Großeltern in dem kleinen alten Haus, genau gegenüber der Gaststätte „Huckshold". Das Mädchen Gerda begann, sich ein neues eigenes Leben nach der Katastrophe zu schaffen. Mit der kranken Großmutter nahm sie ihr Schicksal an und entwickelte die Kraft, eigenständig ihre neue Heimat aufzubauen.

Der Vater hatte 1939 zum eigenen Hausbau ein Grundstück gekauft, welches nur zwei Grundstücke weiter von dem der Großmutter entfernt war. Mutig und entschlossen begann nun das 15-jährige Mädchen Gerda Barackenholzteile vom Schlossgelände in Güterfelde für ihr zukünftiges Heim zu beschaffen. Junge Männer und Frauen aus dem Dorf halfen ihr dabei. Nach einem Jahr hatte sie diese Holzbarackenelemente, einige mit Fenstern und Innentüren komplett zusammen, um ein Holzhaus zu bauen. Ein Zimmermann half ihr bei der Montage. Die Fensterflügel mussten zu 50 Prozent neu verglast werden. Als nunmehr 17-Jährige war sie zu einer jungen Frau herangereift und konnte dann in ihrem eigenen Haus mit der Großmutter wohnen. Das Dach war gerade nur zur Hälfte mit Dachpappe gedeckt, auf der zweiten Hälfte regnete es noch überall durch. Dafür war noch nicht genug Pappe vorhanden. Diese Notabdeckung musste mit vier Eimern in Küche, Bad und Flur unterstützt werden. Das Plätschern der Tropfen in den Eimern raubte ihnen den Schlaf.

Wenn es einen Nobelpreis für Lebensmut und Durchhaltevermögen gäbe, diese junge Frau hätte ihn bekommen müssen.
Die Großmutter war in dieser Bauphase schon krank und pflegebedürftig. Gerda musste dazu noch ihre Lehre als Konsumverkäuferin in Stahnsdorf mit Kaufmannsberufsschule in Westberlin (Zehlendorf) absolvieren, und das gelang ihr mit einem guten Abschluss.

Die Eierhandgranaten-Explosion
„Fast tödliche Verletzungen"

Die Großeltern und wir Kinder mussten für viele Tage das Haus verlassen, denn die russische Armee baute hinter unserem Haus im Garten schwere Geschütze auf. Berlin wurde dann tagelang sturmfrei geschossen. Als wir wieder einziehen durften, war das Haus von zerstörten Fensterscheiben und starken Rissen geprägt. Im Garten und auf den Wiesen lagen Waffen und Munition umher. Es muss Mai 1945 gewesen sein, als mein Neunjähriger Bruder neben defekten Gewehren und Geschosshülsen eine Eierhandgranate fand. Ich selbst war erst sieben. Als erfahrene Kriegskinder gingen wir mit der Granate auf die nahen Wiesen. Immer, wenn mein Bruder zum Wurf ausholte, warfen wir uns, wie wir es bei den echten Soldaten gesehen hatten, in die Wiese. Danach robbten wir uns langsam, flach an die Granate heran, um einen erneuten Versuch zu starten. Sie aber blieb friedfertig und schien harmlos. Nach mehrfachen Versuchen zur Explosion erklärte mein Bruder Heinz, dass diese Granate kaputt sei. Wir liefen ohne sie nach Hause.

Aber ich als Siebenjähriger war wohl neugieriger und wahrscheinlich auch technisch begabter als mein Bruder, wie es sich im späteren Leben noch zeigen sollte. Ich holte mir die Eierhandgranate also zurück und brachte sie in den Garten unserer Großeltern. An diesem Ding war etwas Kugelförmiges, so groß wie eine Kirsche. Etwas, was die größeren Hitlerjungen an den Gürtelschnallen trugen. Ich wollte doch auch ein großer HJ-Junge sein und diese Kugel tragen. Mein Bruder saß währenddessen im Hof auf dem Landklo. Ich probierte also an der Granate herum, versuchte, das runde Ding los zu bekommen, abzuschrauben. Ich zog und drückte lange Zeit an dieser Kugel herum. Irgendwann gelang es mir wohl auch, sie zu lockern, bloß hing sie immer noch an einer kurzen kleinen Kette. An dieser zog ich dann. Der Herrgott muss dann gerufen haben: „Aber nun wirf weg, wirf weg!" Das tat ich, und die Granate muss wohl hinter einem Holzhaufen gelandet sein. Bis heute weiß ich es nicht genau.

Dann die Explosion, eine katastrophale Wirkung mit fast tödlichem Ausgang, wie man sich denken kann. Ich spürte weder Schmerzen noch Blut, stürzte bloß los und rannte wie im Überlebenskampf aus dem Garten, möglichst weit weg, wollte wohl zur Mutter, aber daran kann ich mich nicht genau erinnern. Blutüberströmt lief ich am Haus vorbei, raus auf die Straße. Etwa 50 Meter weiter brach ich dann bewusstlos im Straßengraben zusammen. Als ich wieder zu mir kam, hielt mich meine Mutter im Arm und weinte bitterlich. Irgendein Mann sagte dann flüsternd und verzweifelt: „Nicht mehr wegtragen, halten sie ihn im Arm." Warum ich genau diese Worte bis heute so fest im Gedächtnis habe, ist mir unklar. Das Atmen war nur noch ein Röcheln durch das Blut in der Luftröhre, es fiel mir unendlich schwer.

Ich war von acht Splittern getroffen, was ich viele Jahre später erst nachzählen konnte. Zwei davon trafen mich schwer. Ein Splitter steckte noch sichtbar im Knochen des Brustbeins. Diesen riss meine Mutter mir selbst heraus. In diesem Moment war ich noch ohnmächtig. Ein Splitter hatte meine Kehle getroffen, die Luftröhre war fast durchgerissen. Ich blutete aus dem Mund, sowie aus Kehlkopf und Brust. Weitere Wunden spürte ich in diesem Moment nicht. Jahre später erzählte mir Mutti, wie sie immer wieder mit ihrer Zunge weich auf meine Kehle drückte, um das Bluten zu stillen. „Aber ich konnte dir doch nicht die Kehle zudrücken!" Sie hielt mich mit einem Arm, und mit der zweiten Hand stillte sie die andere Wunde auf dem Brustbein. „Immer spürte ich auch noch dein Herzchen schlagen." Das gab ihr die Hoffnung, dass ich überleben würde. Ich würgte, erbrach und war am Ersticken. Aber der Instinkt des Überlebens war stärker.

Ich erwachte im Lazarett der russischen Armee im Schloss Güterfelde. Krankenschwestern sprachen mit mir in einer Sprache, die ich nicht verstand. Allerdings pflegten sie mich liebevoll. Sämtliche Splitter waren Querschläger, so dass ihre Wucht abgeschwächt war, zu meinem Glück. Denn die Splitter in Brust und Kehle wären tödlich gewesen.

Aber das Schicksal hatte mit mir, dem neugierigen Jungen, noch einiges vor. Dinge zu unternehmen, gegen die sich die Mehrheit der Menschen nicht wehrte und über die sie schwieg. Mir sind aber später auch viele, sehr schöne Erlebnisse widerfahren, von denen ich noch erzählen werde.

In den Nachrichten für Kriegsheimkehrer aus der Gefangenschaft wurde später auch der Name unseres Vaters übermittelt. Freude und Hoffnung waren groß, aber er kehrte nie zurück. Die letzte Soldatenpost in Briefform ging am 10. März 1945 ab. Ich habe meinen Vater nicht bewusst in Erinnerung. Nur einmal war er zu Besuch nach Hause gekommen, verwundet, mit weißem Kopfverband. Er saß draußen auf dem Rasen im Garten, ich lief um ihn herum. Als ich seinen Kopf berührte, schrie er auf. Dies sollte die einzige Erinnerung an Papa bleiben. Meine Mutter erzählte später, dass dieser Genesungsurlaub 1944 war. Die Erinnerungen an meinen Vater verblassten langsam, wie bei unendlich vielen anderen Kindern auch. Aber das Beten als Schutz für unseren Papa blieb noch lange ein Ritual. Immer am Heiligabend um 18.00 Uhr hat Mutter die Erinnerung an unseren Papa noch Jahre später wachgerufen.

Der erste Ersatzvater
Ein russischer Offizier „Nicolay"

Als ich Wochen später vom Lazarett wieder heimkam, war bei Mutti und den Großeltern ein russischer Offizier eingezogen. Dieser war sehr gütig und liebevoll, besonders zu mir. Ich erinnerte mich, dass Mutti stets große Angst vor den Russen hatte. Häufig war sie geflohen, hinunter zum Moor. Dort stand ein großer Kaninchenstall voll Heu. In diesem versteckte sie sich nachts häufig vor den Russen. Der Offizier Nicolay brachte uns nun abends oft etwas Essbares vorbei: Brot, Kartoffeln, Graupen, manchmal auch Speck, was er mit uns immer teilte. Mutti war gelernte Köchin und kochte wunderbar. Eines Abends kam er mit blutigem Kopf nach Hause. Sein kleines Paket hatten ihm russische einfache Soldaten, die ebenfalls bitter hungerten, weggerissen. Er war wie in Vater für uns Kinder.

Juni 1945
Abschied vom ersten Ersatzvater

Eines Abends kam Nicolay nach Hause. Er weinte bitterlich und schimpfte auch über etwas. Es musste etwas Trauriges in seinem Leben passiert sein. Er hatte eine Flasche Wodka dabei und prostete meiner Mutter zu, küsste sie auch mal. Später weinte er wieder und packte seinen Tornister. Am späten Abend, nachdem er auch uns Kinder gedrückt hatte, zog er von dannen. Später erzählte mir Mutter, er sei in jener Nacht noch einmal zurückgekommen. Es war schon fast früher Morgen. Er wollte Mutter und auch mich noch einmal sehen. Weinend hatte er sich noch einmal umgedreht und war dann gegangen. An seinem Tornister, den er auf dem Rücken trug, hing etwas. Es war ein Damenstrumpf.

Viele Jahre später erklärte mir Mutter, dass sie spürte, dass er sie wirklich geliebt habe. Dieser russische Offizier war immer sehr ritterlich und ein wahrer Gentleman. Sie erzählte auch, dass Nicolay einige Male nicht in seinem Zimmer übernachtete. Sie kannte allerdings auch die Frau am anderen Ende des Dorfes, zu der er wohl manchmal ging. Die wenigen Kontakte mit dieser Frau auf der Straße waren ihr immer sehr peinlich. Doch meine Mutter erzählte noch viele Jahre von dem Offizier „Nicolay". Wie kinderlieb er war. Diese Soldaten kannten auch nur Krieg, Leid und Tote. Auch sie wollten einmal Liebe.

Das Leid der Frauen und Mütter

Als ich in jungen Jahren die Zeitschrift „Stern", welche meine Mutter häufig kaufte, 15 Jahre nach dem fürchterlichen Krieg las, erkannte ich, dass die wahren Verlierer immer die Frauen und Mütter waren. Häufig dachte ich bei mir, dass sie die Last der Männer für alle Kriege zu tragen hatten. Die Kinder hätten keine Väter, die Frauen keine Männer. Denn etwa drei Millionen junge Männer allein aus Deutschland kehrten aus diesem Krieg nicht mehr heim. Wie auch mein Vater. Für die Frauen bedeutete das oft ein lebenslanges Leiden.

Sie würden niemals wieder ihren angetrauten Mann haben, überdies pflegten die Nachkriegsfrauen auch noch ihre Eltern. Diese Frauengeneration musste Lebensmittel beschaffen und für den nächsten Winter Brennholz und Kohle. Ich war wohl hunderte Male in den Wäldern Holz holen, Pilze und Blaubeeren sammeln und auf den Feldern Kornähren abschneiden. Beschäftigungen, die heutzutage zur Unterhaltung unternommen werden. Viele Frauen, Mütter und Mädchen wurden misshandelt, gedemütigt und vergewaltigt. „Zweckliebe" war ein Mittel zum Überleben. Für ihre Kinder ertrugen die Frauen diese Zerrüttung und Zerstörung ihrer Psyche sowie ihrer Körper.

Mein Kindheitstrauma – „Kastration"

Im Laufe der Jahre nach dem 2. Weltkrieg hatte ich immer wieder als Kind und auch als Heranwachsender furchtbare Schuldgefühle bemerkt für diesen Krieg, den wir Deutschen über die gesamte Menschheit gebracht hatten. In Nachrichten sowie in den Zeitungen wurden die Verbrechen des Krieges unseren deutschen Soldaten angelastet. Selbst die schweren Verbrechen an den Frauen, Kindern und Alten aller Nationen, die in den Zeitungen und Illustrierten geschildert wurden, hatten in meiner Kinderseele immer wiederkehrendes Nachdenken ausgelöst. Meine Angst vor der Rache an uns Deutschen ließ folgende Gedanken und Lösungen in meinem Kinderkopf immer häufiger aufkommen:
Für mich als Kind und Jugendlicher stand fest, die Länder des Völkerbundes werden nach einer Lösung suchen und dann zu einer absoluten Endlösung kommen, genauso, wie wir Deutschen es mit der „Endlösung" der Juden vorhatten. Die Bedeutung einer „Umerziehung" oder „Gehirnwäsche" war mir schon in den Jugendjahren klar, es funktioniert aber nur bei einem gewissen Prozentsatz der Menschen.

Meine Gedanken führten mich dann aber dazu, dass ja die Frauen gar nicht an dem Krieg der Deutschen Schuld hatten. Im Gegenteil, sie waren sogar ebenfalls Opfer. Alle Kriegstreiber waren Männer: Soldaten, Offiziere, Generäle, Hitler, Göring, Eichmann, usw. Selbst der „größte" General Paulus hatte ja hunderttausend Menschen brutal in einem Kessel der Sinnlosigkeit vernichten lassen. Dieser Mann lebte weiter, wurde verschont von Männern, egal ob Deutsche oder Russen. Meine Mutti glaubte ab Januar 1945, unser Papa sei umgekommen im Krieg in dem großen „Kurlandkessel", einem weit größeren Kriegsfrontkessel als Stalingrad mit noch mehr toten Soldaten als dort. Mutter hatte in der Radiosendung „Suchdienst" nach Kriegsende unseren Vater mit dem

Soldatentitel „Obergefreiter" suchen lassen, da sie seit Dezember 1944 keinen Briefkontakt mehr hatte zu ihm. Dass unser Papa ab Januar 1945 Unteroffizier war, wurde durch seine Feldpostbriefe vom Januar '45 bis zum letzten Original-Feldpostbrief bewiesen. Diese acht Briefe, der letzte vom 10. März 1945, haben alle den Soldatentitel „Unteroffizier, Feldpost-Nr. E..." im Kopfbogen. Ich habe immer wieder gebetet: Lieber Gott, lass doch meinen Papa wieder nach Hause kommen.

In dem Kindheitstrauma hatte ich aber auch einen anderen immer wiederkehrenden Gedanken: Irgendwann wird der Völkerbund sowie alle Nationen einen weltumfassenden Friedensvertrag beschließen. Mit dem Beginn des Friedens werden sämtliche Glocken der Welt einen ganzen Tag lang ununterbrochen läuten – Frieden – Frieden!

Die Sehnsucht nach diesem Frieden verdrängte die Angst und das Nachdenken um die Kriegsschuld der Deutschen immer wieder in meinem Kinderkopf. Aber dann, als immer häufiger die Kriegsverbrechen der deutschen Armeen in den Nachrichten und Zeitungen erkennbar wurden, kam mir als Kind wieder das Nachdenken: Die gesamte Menschheit kann nur zu dem einen Entschluss kommen.
Die Deutschen rüsteten ja schon wieder mit unerhörter Leistungskraft an Waffen auf. Wieder sind es die Männer, die das große Sagen haben.

„Der Völkerbund, die Vereinten Nationen, werden sämtliche männlichen Deutschen in einem geheimen Abkommen kastrieren lassen", überlegte ich mir. Später kam ich sogar in meinen Horrorvisionen auf die Idee, man würde dafür in Deutschland die noch unbekannte Impfung als Schluckimpfung, ähnlich der Schulschluckernährung mit Wallebertran tarnen. Mit dieser Methode würden alle Kinder und Jugendlichen erst viele Jahre später bemerken, dass sie sich nicht mehr vermehren könnten. Die Frauen und Mädchen könnten unbehandelt bleiben. Ich überlegte und durchdachte diese Visionen immer wieder als eine völlig gerechtfertigte Endlösung gegen Krieg.

Ein Tag im Gefängnis

Meine Mutter bemühte sich um eine neue Existenz für sich und uns drei Kinder. Sie betrieb nun ein Hotel und Restaurant in Ludwigsfelde. Deshalb waren wir Kinder häufig allein zu Hause in Güterfelde geblieben. Eines Tages hatte ich beim Spielen eine Fensterscheibe bei einem Nachbarn eingeworfen, und ein weiterer Stein hatte einen vorbeifahrenden Pkw getroffen. Plötzlich stand ein Polizeibeamter vor mir und verhaftete mich. In Handschellen gelegt, musste ich mitlaufen, ungefähr fünfhundert Meter bis zum Dorfplatz. Auf der Dorfwache wurde ich verhört und danach in einen dunklen Gefängnisraum gesperrt. Dieser kleine Raum hatte weder Fenster noch Mobiliar, nicht einmal einen Hocker. Nachdem der Polizist in furchteinflößender Uniform und mit einem Tschako auf dem Kopf die Tür zugeschlagen hatte, war es fast stockfinster. Die Angst, die ich bis zu diesem Moment hatte, war schon groß genug, und nun war ich in diesem dunklen Raum allein. Ich fing an, gegen die Tür zu treten und zu schlagen, aber der Polizist kam nicht. So weinte ich eine Weile vor mich hin und bemerkte erst später, als ich gegen eine kleine Kiste trampelte, dass in der Tür über meinem Kopf eine kleine Luke als Fenster war. Dieses kleine Fenster hatte eine kleine dreckige Glasscheibe, vielleicht 20 mal 20 Zentimeter. Auf der Kiste stehend erreichte ich das Fenster und begann verzweifelt darauf einzuschlagen. Nachdem ich meinen Schuh zur Hilfe genommen hatte, zerbrach sie klirrend, aber noch immer kam niemand, um mir zu helfen. Immer wieder schlug ich auf die Scheibenreste ein, bis meine Hände blutig waren, was ich vorerst gar nicht bemerkte. Ich brüllte und schrie, dann griff ich durch das zersplitterte Loch, um mich hochzuziehen, was natürlich nichts brachte. Nach einer ewig langen Zeit wurde endlich die Tür geöffnet, aber nicht von demselben Polizisten. Mutter erzählte mir später, dieser sei entlassen worden.

Der zweite Ersatzvater
Ein Kriegsheimkehrer mit tödlichem Schicksal

Meine Mutter war eine sehr hübsche Frau im Alter von siebenunddreißig Jahren. Eines Tages kehrte ein Soldat aus dem Krieg zurück, der in Güterfelde von uns gegenüber gewohnt hatte. Sein Name war Willi Butz. Ich besuchte ihn häufig. Er wohnte bei seinen Eltern, war nun ohne Frau und Kinder, denn er hatte ein schweres Schicksal vom Krieg zugeteilt bekommen: Willi kam ursprünglich aus dem Norden Deutschlands, aus Mecklenburg. Als die Russen in seine kleine Heimatstadt einmarschierten, schoss jemand aus seinem Mietshaus auf die marschierenden Soldaten. Daraufhin wurde das Haus gestürmt. In Todesangst zog Willis Frau einen Revolver aus dem Schrank, erschoss ihre zwei Kinder und dann sich selbst.

„Onkel Butz" wurde bald mein zweiter Ersatzvater. Er war Bauingenieur, und häufig saß ich neben ihm am Reißbrett und zeichnete. Mein nicht frei gewählter Beruf ergab sich wohl aus seiner Arbeit in der Bau-Union Potsdam und der väterlichen Liebe, die er mir entgegenbrachte. Eigentlich wollte ich Bildhauer werden. Meine Mutter hatte sich als Kriegswitwe bereits selbst wieder eine Existenz aufgebaut. Der Ersatz für das Hotel „Stadt Weimar" am Anhalter Bahnhof in Berlin, in dem sie einst arbeitete, war nun das Hotel in Ludwigsfelde. Ein Haus, welches zum Teil vom Krieg zerstört wurde und zwischen 1947 und 1948 wieder ausgebaut worden war. Sylvester 1948 konnten wir die Eröffnung des Hotels und Restaurants „Weißes Rössl," feiern. Vergeblich versuchte meine Mutter, Willi dazu zu bewegen, Restaurantleiter zu werden, aber er wollte dies nicht. Sie trennten sich wieder, und ich war auch meinen zweiten Ersatzpapa los!

Das geerbte Haus der Mutter

Nach dem Tod meiner Großeltern in Güterfelde erbte meine Mutter 1947 deren Haus. Wir gehörten nicht zur Blutsverwandtschaft, hatten aber durch Liebe und Vertrautheit unsere Verbindung gefunden und standen diesen Menschen näher als ihre leiblichen Verwandten. So waren sie also zu unseren Großeltern geworden. Nach dem Tod aber gab es, wie in vielen Fällen, Ärger mit der restlichen Verwandtschaft. Sie reisten nun in Güterfelde an, um das Testament anzufechten. Meine Mutter hatte unsere „Großeltern", die den jüdischen Namen Aron trugen, an deren Lebensabend gepflegt und dann 1947 beerdigt. Die Verbindung zwischen ihnen und unseren Eltern war aus einer Partnerschaft entstanden bei dem Kauf und der Geschäftsgründung in Berlin 1931. Später konnten wir bei dem kinderlosen Gastwirtspaar nach dem Krieg untertauchen und wohnen. Wir wuchsen als Familie zusammen (siehe Foto 1939).

Meine Mutter war seit ihrer Kindheit Vollwaise. Sie arbeitete schon im Alter von 14 Jahren auf Bauernhöfen, konnte Kühe melken usw. Später half ihr diese Fähigkeit, auf einem russischen Versorgungshof in Güterfelde 1945 Arbeit zu finden, um uns somit weiter versorgen zu können. Besonders aber ihre guten Russischkenntnisse durch die Verbindung zum Offizier Nicolay waren entscheidend, um diese Stelle zu bekommen. An ihrem Busen versteckte sie immer eine flache Soldatenfeldflasche, die sie beim Melken dann für uns Kinder füllte. Drei andere deutsche Bauersfrauen waren bereits durch die Offiziersfrau entlassen worden, weil sie sich über manche Arbeit mokiert hatten. Unsere Mutter aber hatte die Toiletten ohne Murren geschrubbt und durfte bald noch eine weitere Feldflasche mit Milch füllen, da die Offiziersfrau von ihren drei Kindern wusste.

Der dritte Ersatzvater

Briefe meiner Mutter an meinen zweiten Ersatzvater Willi Butz beweisen, dass sie bis 1948 bereits gemeinsam in ihr Hotel und Restaurant „Weißes Rössl" investiert hatten. Willi musste nun eine schwere Entscheidung treffen. Er hätte seinen Beruf als Bauingenieur in der soliden Bau-Union Potsdam aufgeben müssen, um voll in Mutters Geschäft mit einzusteigen.

Später war er auch im Dorf Güterfelde amtlich zugelassener Baubeauftragter. 1978 erteilte er meinem Haus am Güterfelder See den grünen Baustempel. Er blieb also in seinem Beruf. Meine Mutter hatte nur selten für uns Kinder Zeit und war stark überlastet. Wir Kinder lebten während der Bauzeit in Güterfelde. Eine Kriegswitwe aus Berliner Bekanntschaft betreute uns dort jeden zweiten Tag. Der Architekt Stolzenwald aus Ludwigsfelde war nun oft an Mutters Seite und half ihr beim Bauen, später dann ein Kriminalkommissar aus Zossen. Er wurde mit der Heirat 1950 zu meinem dritten Ersatzvater.

Einmal trug er mich von Güterfelde bis nach Potsdam Babelsberg, ungefähr vier Kilometer, auf den Schultern, da ich mal wieder schwer verwundet war. Ich war in einen Flaschensockel getreten, der meine linke Fußsohle bis an die Sehnen der vier kleinen Zehen aufgeschnitten hatte. Noch heute sind diese Zehen teilgelähmt.

Die erste große Jugendliebe
sowie Abschied von Bertchen und Güterfelde

Es war gegen Ende der vierten Klasse meiner Schulzeit: Im Haus meiner Mutter wohnte seit Jahren eine Familie mit zwei Töchtern. Bertchen, die größere, war ein Jahr älter als ich. Das erste Mal entdeckte ich, wie schön Mädchen sind. Ihr leicht rotblondes, lockiges Haar mit langen Zöpfen faszinierte mich. Sie konnte schon schwimmen, und ich bewunderte sie. Beim Baden erkannte ich schon ihre zarten Brustansätze. Der Sommer ging ins Land, und es waren Ferien. Eines Tages waren wir zwei mit einem Handwagen Richtung Kienwerder unterwegs. In einem schönen Waldhain hielt ich den Wagen an. Bertchen schaute mich schon erwartungsvoll an. Ich hatte eine Decke dabei, um diese an einem sonnigen Plätzchen auszubreiten. Nachdem ich mich gesetzt hatte, gesellte sich Bertchen zögerlich dazu, um sich dann langsam genießerisch hinzulegen. An die Liebe und unser erstes Liebeserlebnis glaubten wir wohl noch nicht. Aber ich spürte zum ersten Mal im Leben ein Begehren nach meiner Spielgefährtin. Mit zarten Handgriffen versuchte ich, ihr Kleid hochzuheben. Sie hielt ihre Hände still. Ich aber bemerkte ihren nunmehr unruhigen Atem, die Stille im Wald sowie das Singen der Vögel. Es war ein warmer Sommertag, weit von zu Hause, und keine Menschen waren da, die unsere ersten Liebesspiele hätten stören können. Sie schaute zum Himmel, dann wieder zu mir, als wollte sie sagen: „Mach doch was!" Sie lächelte, als ich ihre Beine berührte und dabei meine Hand, ihre Schenkel streichelnd, sehr langsam immer weiter nach oben wandern ließ. Inzwischen hatte sie ihre Augen geschlossen. Vielleicht sollte ich glauben, sie schliefe. Aber ihr Atem war noch immer aufgeregt. Sie ließ alles geschehen. Später lernte ich, dass Mädchen fast immer ruhig abwartend bleiben. Ich aber war beim ersten Liebesspiel aktiv, wollte streicheln.

Durch meine Erregung hatte ich eine völlig neue Erfahrung gemacht. Ich wollte streicheln und Nähe spüren. Ihre Schenkel wollte ich nun spüren, meine Hände glitten jetzt nicht mehr außen herum. Ganz zart berührte ich ihren Schoß zwischen den Beinen. Sie ließ es wieder geschehen. In meiner Badehose spürte ich, wie mein „Kleiner" ganz enorm gewachsen war. Mein Drängen wurde nun von Bertchen mit zarten, leichten Bewegungen erwidert und daher noch mehr angeregt. Sie wollte etwas, wusste aber wohl nicht was und wie. Erneut streichelte ich ihren Schoß und glitt gleichzeitig mit meiner Hand in das Schlüpferchen. Mein zartes Spielen mit den Händen, vor allem das Streicheln mit leichtem Druck, beantwortete sie mit einem Heben ihrer Schenkel und ich spürte noch aktiver ihre kleinen zarten Hüften. Ihre einzige und auch schönste Geste begann nun. Sie nahm meine Hand aus dem Schlüpfer und schwang ihre schlanken Beine aus der Rückenlage hoch. Ungeschickt entkleidete sie sich vom Schlüpfer. Ich schaute sie liebevoll abwartend und voller Hoffnung an. Sie aber legte sich wieder ruhig abwartend hin. Ihre Entkleidung war wohl die stille Gegenleistung für meine ausgezogene Badehose. Ein Küssen sowie Schmusen war noch nicht im Kennenlernen der Liebe dabei. Nun aber drängte ich mich mit zarter Hand an ihren Schoß und wollte mit Kitzeln etwas erreichen. Mit meiner anderen Hand hatte ich neben unserer Decke eine Vogelfeder entdeckt. Das zarte Streicheln mit dieser Feder ließ sie wieder ihre Augen schließen und genießen. Ein Glücksgefühl erhellte erwartungsvoll ihr Gesicht. Ich fühlte nun, dass ich immer mehr angeregt wurde. Die Natur vermittelte mir das erste Mal: Ich will „etwas" von meiner Freundin. Mein Mädchen lag da vollkommen ausgestreckt auf dem Rücken. Sie schaute mich wieder erwartungsvoll an. Ich glaube, sie erwartete nun, dass ich endlich ganz zu ihr komme. Deshalb kniete ich mich hin und neigte mich zu ihr hin, den Oberkörper immer noch wie ein Anfänger senkrecht über ihr. Wieder musste ich meine Stellung ungeschickt rückwärts nach unten nehmen. Meine Hände blieben untätig, aber abwartend. Jetzt spürte ich ihren Atem, die Brust hob und senkte sich. „Es ist schön, was du machst, bitte weitermachen.", flüsterte sie. Aber ich war so stark erregt, mein Schmuckstück war so hart, dass ich glaubte, es würde gleich platzen. Es tat richtig weh und schmerzte schon vor diesem ersten Liebesspiel. Ich löste meine rechte Hand von ihrer Hüfte und ergriff meinen sehr steifen, nun „Großen" und beugte mich noch weiter hinunter zu ihrem Schoß. Beim ersten Berühren meines hoch erregten, harten Penis' mit ihrem unruhigen Schoß spürte ich, dass ich Schwierigkeiten mit dem Eindringen hatte. Der liebevolle Schoß meines Mädchens wartete immer noch auf den allerersten Liebesakt. Ich erinnere mich noch heute an ihre Atmung und ihr Zittern. Ein weiterer Versuch, meinen Großen mit der Hand so zu steuern, dass er in sie eindringen konnte, hatte wieder keinen Erfolg. Ein erneutes Zittern zeigte mir, dass mein Mädchen, hoch erregt, mehr wollte. Ihr Schoß und ihre Schenkel bebten. Sie hatte ihre Augen geschlossen. Wieder versuchte ich, in ihren schönen, begehrenswerten Schoß hinein zu kommen, indem ich mich einfach auf sie legte. Aber es geschah nicht das Gewünschte und so sehr Begehrte.

Wütend dachte ich, „er" muss einfach weicher sein, dann schmerzt er auch nicht so sehr. Der Wunsch, mich mit Bertchen zu vereinen, war immer noch da. Nur das Begehren hatte noch keine Erfüllung. Aber auch meine Angebetete war wohl noch nicht reif für die Liebe, und so blieb unser gemeinsamer „Liebesakt" in wundervoller Natur ohne Höhepunkt, was wohl in der ersten Liebe sehr selten ist. Ich war bei dieser ersten Erfahrung gerade mal dreizehn Jahre alt. Ich weiß nicht mehr, wann wir wieder zu Hause waren nach diesem schönen Erlebnis.

Nach den Ferien kam ich in eine neue „Heimat". Es begann im September mit der Umschulung nach Ludwigsfelde. Meine Freundin Bertchen habe ich aus den Augen verloren, aus dem Sinn aber nie. Sie wohnte später in Kleinwerder, wo wir beide eigentlich mit dem Handwagen hinfahren wollten, aber nie ankamen!

Ich war wohl durch all die schweren Kriegserlebnisse sehr früh gereift. In der Schule in Ludwigsfelde in der fünften Klasse war ein hübsches braun gebranntes Mädel, der Traum meiner Schultage. Ich schenkte ihr einen klappbaren Taschenspiegel. Rosi sah sehr schön aus, wie eine Mexikanerin. Ein Leben lang verehrte ich sie später. Nach über fünfzig Jahren der Schulzeit beim ersten Klassentreffen traf ich sie wieder, sie war immer noch eine sehr schöne Frau. Ein Bild von ihr ist in meinem Album, und Weihnachtsgrüße in den letzten Jahren an sie von mir waren schon lange Tradition. Wenn wir uns heute nach sechzig Jahren sehen, sind die schönen Tage der Schulzeit wieder in voller Erinnerung.

Hausenteignung durch den „Arbeiter- und Bauernstaat" DDR

Ich war im Fach Zeichnen der Beste in der Schule und wollte Bildhauer werden. Meine Mutter hatte also den Kommissar aus Zossen 1950 geheiratet. Er trat aus dem DDR-Staatsdienst aus und wurde Gastwirt. Gleichzeitig trat er aus der SED-Partei aus (Repressalien). Durch Schikane in ihrem bis dahin noch privat geführten Restaurant „Weißes Rössl" in Ludwigsfelde wurde meine Mutter über eine dubiose Vermögenssteuer in den Jahren von 1951 bis 1953 kaltblütig in den Konkurs getrieben. Ihr selbst erbautes Haus samt Restaurant wurde enteignet. In dem Enteignungskampf hat sie auch das Haus in Güterfelde opfern müssen. Beide Häuser hatten angeblich je einen „Einheitswert" von 12.000 Mark. Diese Größenordnung hatten merkwürdigerweise viele Eigenheime in der DDR. Ihr Haus in Ludwigsfelde wurde mit einer willkürlichen Vermögenssteuer von 49.000 Mark der DDR viel zu hoch belegt. Die Nachzahlung in Höhe von 26.969 Mark sollte in wenigen Monaten abgezahlt werden. Ein Unding. Das Haus als Restaurant „Weißes Rössl" wurde in Volkseigentum überführt, obwohl meine Mutter mit Baugenehmigung das Haus selbst erbaut hatte. Methode: Schalk-Golodkowski. Sie war nun Mieterin in ihrem eigenen Haus ab 1958.
Jahre später erhielt sie von der DDR für „Wertverbesserung" am Haus 12.790 Mark. Vorher bekam sie vom Bezirk ein Schreiben am 10.10.1959. Darin befand sich eine Nötigung: „Wenn Koßelowski nicht annimmt, bekommt sie nichts." Die Tränen meiner Mutter im langen Enteignungskampf spüre ich noch heute – nach sechzig Jahren.
Der DDR-Kommunismus als Unrechtsstaat war für mich schon Realität als Lehrling, aber als realer „Sozialismus" konkret in der Praxis im Alter von 20 Jahren noch brutaler.

Jugendjahre, schönste Jahre
Die Lehrjahre

Mit dem Beginn der Lehrzeit 1954 – 1956 begann ein völlig neuer, spannender und schöner Lebensabschnitt. In der Woche hartes Lernen, am Wochenende „High Life": Westkino, Ausgehen, Tanzen, Mädchen, Liebe.

Tintenfass und Feuerlöscher im Lehrlingswohnheim

Die Grundschulzeit hatte ich mit der Gesamtnote „Drei" abgeschlossen. In der Berufsschule war ich enttäuscht, gar sauer, wenn ich keine „Zwei" in den Arbeiten und Schulfächern bekam. Zum Berufsschulbeginn fand zunächst ein Appell statt vor dem Schulinternat der Bau-Union Potsdam, Luftschiffhafen. Die zukünftigen Berufsschüler standen stramm, und die zuständigen Klassenlehrer, meist Frauen, standen parat. Die hübsche Vollbusige, ein bisschen klein geratene, wollten alle haben, aber meine Klasse bekam sie zugesprochen.

Ein Jubel ging durch unsere Reihen, da wir glaubten, mit dieser Lehrerin leichtes Spiel zu haben. Aber genau das hatte sie mit uns: Wir parierten. Sie war streng und gleichzeitig gütig, und wir lernten viel. Der Geschichtslehrer war ebenfalls klein, nett und konsequent. Als einer unserer Muskelprotze mal aufmuckte, wurde er nach vorn vor die Klasse zitiert: „Wenn du das nachturnst, kannst du sofort früher in die Pause gehen", sprach der kleine, etwas vollschlanke Lehrer. Er führte auf dem Lehrerpult drei Liegestütze auf einem Arm vor. Unser kraftvoller Schüler schaffte mit Mühe einen einzigen. Er entschuldigte sich und setzte sich wieder hin.

Mann, hatten wir Respekt vor den Lehrern und Ausbildern.

Meine Lehrprüfung in Potsdam-Eiche hatte als Gegenstand: Auf einem vierstöckigen Wohnblock über dem Dach einen Schornsteinkopf zu montieren mit sechs Ofenrohren. Meine Zensur für den Lehrabschluss war eine gute Zwei. Wir sollten ab dann zum Lehrausbilder „Du" sagen, doch ich erklärte höflich: „Niemals, Sie sind eine Autorität fürs ganze Leben."

Lehrlingskamerad Paule vom Zimmer gegenüber war sehr schüchtern in Bezug auf Mädels. Wenn der einen Korb beim Tanzen bekam, hatte ich den ganzen Abend zu tun, ihn wiederaufzurichten. Es überhaupt noch einmal zu versuchen, dazu war er zu feige. Dafür war er für Attacken im Heim „Sonderklasse". Um 22.00 Uhr war im Heim ja immer Bettruhe angesagt. Paule hatte grundsätzlich etwas gegen solche „totalen Lebenseinschränkungen". Aber niemand von der Heimleitung traute ihm irgendwelche Attentate zu. Selbst ich war völlig überrascht.

Eines Abends gegen 22.15 Uhr rumste es plötzlich auf dem langen Flur des Internats, als hätte eine Bombe eingeschlagen. Ich kannte diese Detonationen von den zahlreichen Luftangriffen in Berlin am Anhalter Bahnhof 1944-1945. Dann vernahm man ein beängstigendes Zischen und Blubbern, mal laut, mal etwas leiser. Keine drei Sekunden nach der Explosion riss jemand unsere Tür auf und raste in das dunkle Zimmer. Es war Paule. Er zischte uns an: „Ruhig, ganz ruhig sein!" Krachend warf er sich in das freie Bett und deckte sich zu. Als die ersten Stimmen auf dem Gang zu hören waren, sollten ich und Kamerad Pinny rausschauen und dabei völlig verschlafen und ängstlich aussehen. Was sich da auf dem 40 Meter langen Flur zur Ansicht bot, sah, positiv betrachtet aus, wie eine schöne Winterlandschaft in Oberwiesenthal: Alles voll Schnee. Aber wie kam der Schnee an Wände und Decken? Walter Ulbricht hing völlig verschmiert nur noch ziemlich traurig an der Wand. Negativ sahen dieses Winterbild allerdings die Heimerzieher. Sie kamen zunächst gar nicht vom Treppenhaus in den Gang zu unseren Zimmern. Alles war voll mit klebrigem Schaum. Sie standen entsetzt vor diesem Chaos und wussten wieder mal keinen Rat. Wir Lehrlinge verstellten uns und jeder tat noch blöder als der andere. Der Feuerlöscher, ein recht großes Modell, lag nun auf dem Fußboden und blubberte noch immer leise röchelnd vor sich hin. Später erzählte Paule, dass er diesen Feuerlöscher aus Frust von der Wand genommen und ihn durch den Flur geschleudert habe.

Ein weiteres Attentat war im Sommer auf Paules Konto zu verbuchen: Als ein Fenster im ersten Obergeschoß weit offenstand, schleuderte er ein volles Tintenfass, wie Martin Luther, vom Garten aus durch das Fenster an die Rückwand des Klassenzimmers, als wollte auch er den Teufel vertreiben. Er wollte der Heimleiterin eins auswischen, weil wir die neuen Nietenhosen (Jeans) nicht im Heim tragen durften. Wir zogen diese Westklamotten symbolisch vor dem Haupteingang des Internats vormittags an und nachmittags wieder aus und grinsten in Sichtweite der Heimleiterin. Diese war auch noch Schöffin am Gericht.

Insgesamt jedoch war das Internatsleben recht schön. Jeden zweiten Samstag war Tanz mit den Mädchen von der Post. Diese kamen lieber zu unserem Internat in die Aula, denn hier wurden sie nicht eingeschlossen. Wir konnten in den weiten Park hinausgehen und sogar nackt baden. Unser Grundstück reichte bis zum Ufer des Templiner Sees. Hier konnten wir uns küssen und alles ausprobieren, soweit die Mädchen es zuließen.

Es waren diese schönen Erinnerungen an die Lehrzeit, als ich nach weit mehr als 50 Jahren noch einmal an diesem Internat vorbeischaute. Ich war entsetzt, erschrocken. Ich glaube, ich weinte ein wenig. Dort steht jetzt ein riesiger Glaskasten, ein modernes Gebäude der Sparkasse und hat meine Erinnerungen zerstört. Nun verstand auch ich, dass Menschen weinten, wenn ihre Wirkungsstätten nach der Wiedervereinigung abgerissen wurden. Ich erlebte das in Teltow, meinem ersten Arbeitsplatz nach der Wiedervereinigung.

1956
Jugendliebe, die wundervollsten Erlebnisse der goldenen 50er Jahre

Der Monatslohn für uns Lehrlinge im Internat war achtundsiebzig Ost-Mark. Wenn wir zur Arbeitsstelle mit dem Rad gefahren sind, bekamen wir ungefähr zwanzig Mark Kilometergeld. Wir wollten ja zum Ausgehen chic sein, Westjeans und Westschuhe tragen, um bei den Mädchen bessere Chancen zu haben. Der Wechselkurs: 1,00 West-Mark entsprach 3,80 Ost-Mark im Mittelwert, an Feiertagen galt: 1,00 West-Mark für 4,80 Ost-Mark. Das bedeutete, Jeans und Schuhe kosteten je 100 Ost-Mark. Ein Mittelwert im Wechselkurs 1 : 4.

Um vor den Mädchen anzugeben und wie große Männer zu wirken, kaufte ich mir in Westberlin Zigaretten „Golddollar". Diese gab es damals in Schachteln zu vier Stück. Die mussten dann zum Tanzen und Ausgehen Samstag und Sonntag reichen. Zum Glück rauchten die Mädchen damals kaum. Man konnte damit großzügig eine Zigarette anbieten und erkennen lassen, was für ein Gentleman man war. Außerdem rauchte man dadurch selbst recht wenig.

Tanzen lernen im Tanzkurs war Pflicht. Die Aufstellung: Zum Beginn standen sich Mädchen und Jungen in einer Reihe gegenüber. Ich erinnere mich, dass ich überlegte, wie ich dem mir gegenüberstehenden Mädchen, welches ich nicht besonders sympathisch fand, in den fünf bis sieben Schritten Abstand zwischen uns ausweichen könnte. Auf das Kommando „Darf ich bitten" ging ich mit einigen Riesenschritten leicht nach rechts hinüber. Dadurch kam ich vor die Dame meines rechten Tanzpartners. Diese war ein hübsches Mädchen, gerade nach meinem Geschmack. Der rechte Nachbar musste zwangsläufig etwas nach links auf der

Linie ausweichen, sodass er diejenige aufforderte, die eigentlich meine Tanzpartnerin sein sollte.

Der Wiener Walzer: Noch heute verlassen viele Paare fluchtartig die Tanzfläche, wenn er erklingt. Für mich war er schon damals neben Rock 'n' Roll kein Problem. Ebenso wie langsamer Foxtrott, Tango und Englischer Walzer, eine Pflichtkür, wenn wir zum „Schabbern" und Schwofen, also zum „Bums" am Wochenende gingen, wie wir es damals nannten.

Den Wiener Walzerschritt musste uns ein schüchterner Lehrlingskamerad immer und immer wieder vortanzen im Lehrlingswohnheim. Er kannte diesen Tanzschritt. Ich erinnere mich: Als ich siebzehn Jahre alt war, bin ich einmal mit dem Fahrrad 12 km nach Teltow „Schwarzer Adler" zum Tanz gefahren. Dort im Saal begegnete ich zufällig meinem Bruder Heinz. Es wurde damals nach ein bis zwei Stunden, gegen 21 Uhr, zur Damenwahl aufgespielt. Eine sehr hübsche Dame forderte mich auf. Der Tanz begann mit einem Englischen Walzer. Ich legte sofort los mit gekonnten Walzerschritten. Damals wurden allgemein drei Tänze gespielt. Rock, Fox, Tango, das waren häufig die drei Tänze. Und somit hatte ich schon vor meinem Bruder für diesen Abend eine sichere Tanzdame. Ich tanze übrigens heute noch gern. Mein Bruder war erstaunt, dass ich auch diesen Englischen Walzer vor ihm konnte, er war zwei Jahre älter.

Mein Bruder Heinz und ich nahmen einige Male bei Tanzveranstaltungen an Sketchen künstlerischer Art teil. Heinz konnte mit einer sehr guten dunklen Tenorstimme singen, z.B. Caterina Valentes „Bonjour Catrin" oder ähnliche Schlager. Ich malte Karikaturen usw., der Gewinn war oft sicher.

Einmal im großen Klubhaus Ludwigsfelde bei einer Tanzveranstaltung war ich Sieger mit einer Karikatur, bei der es auf Schnelligkeit ankam, gegen meinen Partner. Es war ein Wettstreit zwischen Zeichner und Literat. Ich sollte aus zwei Strichen, die einem Eimer ähnelten etwas herzaubern und gestaltete eine Kuh und ein Schwein, anlehnend an „Flora und Jolante". Mein Gegner sollte das meistgelesene Buch der DDR nennen, aber nach zwei falschen Antworten seinerseits, war ich schon fertig mit dem Zeichnen meiner Karikatur. Ich wusste als politisch Oppositioneller sofort, welches Buch gewünscht wurde und kannte somit auch seine Antwort. Deshalb lief ich schnell zum Mikrofon meines Wettpartners und rief nicht das gewünschte Buch „Das Kapital" (Karl Marx), sondern „Die Bibel". Das zweite Buch ist das meistgewünschte der DDR, nämlich das Pkw-Anmeldebuch. Danach wurde mir das Mikrofon sofort weggerissen. Nur ich wusste, warum ich das Pkw-Anmeldebuch erwähnte.

Die Siegprämie war damals eine Klappkamera mit Lederbalk. Auf einem Foto wurde dieses Ereignis in der „Märkischen Zeitung" einschließlich Text festgehalten. Zwanzig Jahre später hat meine Mutter mir diese Kamera mit dem Zeitungsbild zur Erinnerung noch einmal überreicht fürs Leben.

Mein Bruder Heinz und ich hatten mit 18 Jahren die Absicht, den Führerschein für Motorrad zu erwerben. Als unsere Mutti das hörte, sprach sie aus Erfahrung. Sie hatte einen Pkw-Führerschein. Bitte, entscheidet euch gleich für den Autoführerschein. Die Wirtschaftsjahre wurden ja in West und Ost ständig besser, jedenfalls glaubten wir das. Sie überreichte uns beiden je 240,00 Mark für einen Führerschein aller Klassen. Was war unsere Mutti doch für eine liebe, kluge und weitsichtige Frau.

Im Juli 1957 hatten wir unsere Fahrerlaubnis in der Hand. Nach einem Motorroller „Wiesel" und einem schicken, damals seltenen schwarzen Motorrad „Java" sprach ich zu mir selbst: „Die Mädchen mit Petticoats und häufig einer verschmorten Wade durch den Auspuff, das ist doch alles Mist." Da fuhr ich doch schon lieber, wenn auch sehr selten, das spätere Symbol der Wiedervereinigung, den damaligen „500er Trabbi" im Kreis Zossen umher. Meine sehr frühe schnelle Pkw-Anmeldung im Oktober 1958 wurde im Dezember 1959 als Traum erfüllt für 7.485 Ost-Mark. In diesem einen Jahr Wartezeit sagen heute noch ehemalige DDR-Bürger: Da hattest du aber Beziehungen, Vitamin „B"!

Ich wurde sogar noch bei meiner ehrlichen Anmeldung betrogen. Dafür hatte ich bei meiner Mutter im Restaurant großes Glück. Ein SED-Mensch, mit damals noch großer Vollmachtsbefugnis kam zur Kontrolle. Ein Herr Müller überprüfte sofort das IFA-Kraftwerk-Anmeldegeschäft in Zossen mit dem wohl begehrtesten Buch aller Bücher in der DDR, dem „Pkw-Anmeldebuch der DDR".

Meine Pkw-Anmeldung im ganzen Kreis Zossen war in diesem Buch mit der Nr. 65 fest dokumentiert. Der SED-Müller bemerkte mehrfache Ungerechtigkeiten in der Auslieferung. Es waren schon Anmeldungen mit der Nummer in 70 und sogar 80 ausgeliefert. Nur meine Nr. 65 nicht. Ich war damals gerade 20 Jahre alt. Einen Monat später bekam ich die heißersehnte Nachricht: Trabbikauf-Vorinformation. Ein grauer Trabbi wurde mir unhöflich vorgestellt. Die Probefahrt übernahm der Verkäufer. Diese Test- und Vorführstrecke kennen Tausende DDR-Bürger. Damals führte sie Richtung Mellensee. Aber warum würgte der Verkäufer mit der Trabbischaltung immer wieder herum? Dann plötzlich, nach einigen Gewalt- und Schaltversuchen ging auch der dritte Gang flüssig rein. Später erkannte ich erst, dass dieser graue Trabbi schon längere Zeit zur Reparatur im Hinterhof gestanden hatte. Der dritte Gang wollte nicht funktionieren. Aber ich war so glücklich über dieses Auto. Herr Müller bekam für diese ehrliche Pkw-Anmeldeaufklärung immer mal ein Bier und ein Schnäpschen. Mutter nannte ihn liebevoll immer „Mibjö".

Genau zwei Jahre später spielte dieser geheime Herr Müller „Den Mann mit dem Fagott", wie in Udo Jürgens' wohl gutem Buch. Dieses Buch war aber nicht so erlebnisreich und dramatisch wie die Biographie von D. P.

Dieser SED-Müller warnte eines Abends, kurz nach dem Mauerbau 1961, meine Mutter vor einer eventuellen Verhaftung eines ihrer Söhne. Sie wusste sofort, welcher der Söhne gemeint war. Noch an diesem Abend schloss sie ihre Gaststätte zeitig. Kurz nach 24.00 Uhr klingelte es an meiner Wohnungstür im Plattenbau in der Straße der Einheit. Weinend und bittend stand sie da und warnte mich. Ich sollte auf der Arbeit nicht so staatsfeindlich diskutieren und einfach mal schweigen. Hierzu das Schreiben vom 05.12.1961 vom Kreisbau Zossen. Meine Personalbeurteilung mit 90 % politischem Inhalt.

Das war eine Haftvorbereitung durch meinen Betrieb. Der Satz in dieser Beurteilung „P": Pietzofski vom 5.12.1961 in der Diskussion rettete mich vor einer längeren Haftstrafe durch die Stasi. Die brisante Nachricht im Verhör: der Abteilungsleiter Arbeit „Matschke" war zur Hitlerzeit Nazi. Später wurde er SED-Funktionär. Der zweite Unterzeichner „Götze", SED-Parteisekretär, hat mir später nach dem Mauerfall im November 2004 eine Entschuldigung geschrieben.

In meinen jungen Jahren ahnte ich noch wenig von den politischen Maßnahmen hinter meinem Rücken, wie z.B. in der Personalbeurteilung vom 5.12.1961. Diese erhielt ich ja erst nach dem Mauerfall im Jahre 1990, aber bis auf diese Akte war sie bereinigt. Die wunderbare Jugendzeit ging in vollen Lebenszügen weiter. Wir fuhren fast jedes Wochenende ins Kino nach Westberlin. Am Potsdamer Platz Kino Aladin/Camera, Centrum oder auch Sportpalast. Die Kinokarte kostete 25 Pfennig West in den Grenzkinos. In den Sitzreihen wurde Eis am Stiel serviert. Ein Eis ohne Schokoüberzug kostete zehn Pfennig West, mit Schoko zwanzig Pfennig. Der Potsdamer Platz war ja nur 400 Meter entfernt vom Anhalter Bahnhof, meinem ersten Spielplatz.

Die Stätte der Kindheit bis zum fünften Lebensjahr war der Bahnhofsplatz. In unseren Wohnruinen Möckernstraße 144 suchte ich verzweifelt nach der E-Eisenbahn. An der Kinderzimmerwand hing im ersten Obergeschoss noch immer das Ofenrohr in der Wand. Alles war abgesperrt – „Einsturzgefahr" – das störte mich kriegserfahrenen Jungen allerdings nicht. Im Haupteingangstor gleich rechts führte die Holztreppe nach oben. Sie war bis kurz vor dem ersten Geschoss noch nicht einmal verbrannt. In diesem massiven Treppenhausteil konnte ich sogar noch ohne Gefahr nach oben gehen, was ich natürlich gerne ausprobierte. Dort an der Wand hing unversehrt noch eine Lampe, eine Glaskugel in Weiß. Sie war nicht einmal defekt von den Bomben und Bränden. Aber in meinem Kopf kamen die Bombennächte, das Dröhnen und Krachen der Detonationen, wieder in voller Stärke zurück. Wie immer – ein Leben lang – wenn ich in den Erinnerungen ankam. Später wurde alles gesprengt. Nur das gewaltige Eingangsportal „Anhalter Bahnhof" erinnert und mahnt.

Ein Liebeserlebnis wie im Märchen aus den wilden schönen Jugendjahren

Wieder einmal machte ich mich „landfein" zu Hause in unserem Restaurant. Ich war gerade in der Küche, wo sich eine Essendurchreiche mit der ungefähren Größe von 100 mal 50 cm befand. Das Durchreichen der Speisen und Getränke passierte hier direkt zur Theke im Restaurant. Fein angezogen wollte ich noch „Tschüß" zu meiner Mutter sagen, bevor ich zum Tanzlokal „Sanssouci" in unserer Stadt ausgehen wollte. Es war Samstagabend und reger Besuch. Ich wartete auf einen ruhigen Moment. Als diese ruhige Minute kam, hörte ich plötzlich, wie eine zarte Mädchenstimme an der Theke meine Mutter wegen einer Übernachtung ansprach. Sofort gingen meine Ohren auf Empfang. „Haben Sie eventuell ein Zimmer frei?" hörte ich. Die geschlossene Durchreiche ließ auf der Rückseite einen kleinen Schlitz zum Durchschauen frei. Sofort lief ich zum Schlitz. Was sich dort nun meinen Augen offenbarte, übertraf noch meine verwöhnten Gefühle. Eine junge Frau, schön wie aus einem Film, mit leicht rotblonden, langen Haaren, eine Attraktion für meine Sinne. Ich erinnerte mich an meine erste Jugendliebe Bertchen. Plötzlich war alles auf „Empfang" und „Abenteuer" programmiert. Ich wusste sofort: Das Tanzlokal muss noch warten, denn dieses wunderhübsche Mädchen würde sich ja noch in den Hotelschein eintragen mit Vorname, Nachname, Wohnort und Geburtsdatum, sogar Geburtsort, das dauert. „Ich könnte mich ja von meiner Mutter im Restaurant verabschieden", überlegte ich. So ein Kuss für die Mutter wird auch bei Mädchen großen Eindruck hinterlassen, zumal der Sohn einer Gastwirtin auch schon damals in den 50er Jahren Eindruck machte. Außerdem war ich mit meinen 18 Jahren ein sehr gut aussehender junger Mann, der häufig etwas älter, also reifer, eingestuft wurde. Auch wurde meine Fähigkeit zur Konversation sehr geschätzt. Während ich nun ein mögliches Kennenlernen dieses so liebenswerten weiblichen Wesens durchdachte, half mir dieses himmlische Mädchen selbst dabei. Nachdem sie den Schlüssel zum Zimmer erhalten hatte, wusste ich, welche Zimmernummer sie hatte. Aber alles war ja noch unklar, und sie ahnte nichts von mir. Ich hätte diese wunderbare Frau auch nicht im Hotel angesprochen - oder am liebsten doch. Nun hatte ich schon Rückenschmerzen vom langen heimlichen Bewundern. Endlich gab sie ihren Hotelschein ab. Eine wunderbare Frage dieser schönen Frau an meine Mutter, bevor sie sich aus dem Restaurant erst einmal verabschiedete war, wie lange das Restaurant geöffnet sei. Nun stellte ich mich schon darauf ein, zum Feierabend zufällig hier zu sein. Doch es kam noch eine Frage und diese bedeutete, dass alle Romanzen, die ich in meinen schönen Erlebnissen jemals hatte, übertroffen werden würden: „Wo ist das Tanz-Café Sanssouci?" Jetzt hätte ich als Wegbegleiter und Charmeur alle Trümpfe in der Hand gehabt, aber ich traute mich nicht. Gott sei Dank kam auch meine Mutter auch nicht auf diese Idee der Hilfe. Vielleicht wäre dann alles ganz anders gelaufen. Nicht halb so schön und vor allem weniger spannend und geheimnisvoll. Ich hätte ja nicht einmal vorher ihren Hotelschein lesen können.

Mein Plan war, mit meinem Wissen alle Tanzkonkurrenten hinter mir zu lassen. Das meine ich für damals wörtlich. In den goldenen 50er Jahren musste man echt „baggern" ab 20 Uhr vom Tanzbeginn an, denn um 22 Uhr war Damenwahl. Unzählige Male habe ich aufgeregt gewartet bei all den Tänzen in den Jahren, ob mich die Auserwählte auch wirklich zum Tanz holte. Wenn ich zum Tanzen eintraf schaute ich, nach sorgfältiger Prüfung, welche von diesen Frauen mir gefällt. Hübsch, schlank, gepflegte Kleidung. Blond oder brünett spielte nicht die Rolle, lange Haare schon häufiger. Welche Dame kommt nach der Nummer eins noch zum Tanz und Kennenlernen in Frage? Es passierte auch schon mal, dass ich nicht der Auserwählte war. Dann zeigte sich, wie wunderbar die Damenwahl um 22 Uhr war, man konnte nun noch die zweite Auserwählte auffordern und betören.

Ich spazierte also inkognito dieser schönen Frau mit gutem Abstand hinterdrein zum Tanzlokal. Dort angekommen, wählte ich die richtige Sitzplatzposition, um zu der Angebeteten hinschauen zu können. Bloß nicht zu oft gucken, das ist unhöflich. Aber vor allem auch die männliche Konkurrenz im Auge haben, denn wenn die Kapelle samt Kapellmeister das Musikinstrument aus der Ablagegabel nahm, musste nach den ersten Takten entschieden werden, ob Rock, Walzer oder Tango. Gut, tanzen war heute genau das Richtige, schön elegant zu tanzen. Man konnte sich damals während der Musik ohne Mühe auch zärtlich unterhalten. Das war diesmal für mich sehr wichtig. Bloß nicht zu früh das Blabla andeuten, sondern Sinnvolles. Ich hatte Glück, sie tanzte sehr gut. Noch hielt ich respektvoll Abstand. Die Tanzschritte passten. Die Bewegungen waren schön und übereinstimmend harmonisch. Das Tanzen wurde ein Schweben, es war ein voller Genuss. Die drei Schlager hatten zum Glück langsames Tempo. Aber schon war die erste Tanzrunde zu Ende. Ich führte meine Angebetete galant zum Tisch und sprach ein Lob aus: „Wo haben Sie so gut tanzen gelernt?" „Auf die Führung des Herrn kommt es an", sagte sie warmherzig und strahlte. Gekonnt verbeugte ich mich. Ich überlegte dann, ob ich diese schöne Tänzerin gleich zum nächsten Tanz auffordern sollte. Aber „gleich" kann auch aufdringlich sein. Diesen Eindruck wollte ich auf keinen Fall erwecken. Ich glühte schon in Erwartung des nächsten Tanzes. Sie nahm diese Wahl selbst in die Hand, ging erst einmal, um sich zu schminken und zu schauen, ob alles korrekt sitzt, nehme ich an. Das war gut so, damit war in der zweiten Tanzrunde schon einmal für meine zahlreichen Konkurrenten klar, dass sie sich eine andere Dame zum Tanz zu wählen hatten. Außerdem waren nun flotte Tänze an der Reihe.

Zum zweiten Tanz erklang wieder schöne ruhige Musik. Ich spürte, dass sie mehr Kontakt haben wollte. Ihre Taille konnte ich spielend umfassen, ohne sie zu bedrängen. Mit einem erneuten Dank und einem Kompliment für ihre weibliche Eleganz beim Tanzen hatte ich wohl ihr Herz geöffnet. Nun erzählte ich ihr, dass ich male und modelliere in der Freizeit, aber mich auch mit Wahrsagen beschäftige und in der Winterzeit häufig den rauen Eishockeysport betreibe. Aber schon hatte auch dieser wunderbare Tanz ein Ende. Kurz erwähnte ich noch, wenn ich noch einmal mit ihr tanzen und sie fest in meine Augen schauen würde, könnte ich ihren Vornamen mit relativer Sicherheit auf Anhieb erraten. Beim nächsten Tanz schaute sie mir einige Male tief in die Augen. Zunächst tat ich so, als hätte ich meine „Wahrsagefähigkeit" vergessen. Ihr Schoß war nun schon enger an mich herangekommen. Sie schien sehr glücklich, und ich sagte ihr dann ihren Vornamen, den ich ja vom Hotelschein wusste. Gleichzeitig fragte ich höflich: „Darf ich dich auch um den nächsten Tanz bitten?" Während des nächsten Tanzes hatten wir wohl die gleichen Gedanken: „Alles ist so schön" Nun sagte ich zärtlich und liebevoll: „So ein hübsches Mädchen wie du kann nur im Wonnemonat Mai geboren sein." Näher ging ich vorläufig nicht mehr auf ihre zarte Seele los. Ihre Stimme wurde nachdenklicher, war es Bewunderung oder Angst? Der Abend ging voran, der Damenwahltanz war mir sicher. Das Mädchen Karin und ich waren glücklich, je später dieser wunderbare Abend wurde. Ein Drink an der Bar gehörte natürlich auch dazu.

Damals war das Getränk „Nikolaschka" große Mode: ein doppelter Wodka, auf dem Glas eine Scheibe Zitrone, darauf Zucker und Kaffee. Bei einer heiteren Unterhaltung gelang es mir, sie von einer erneuten Frage in Sachen Wahrsagen abzuhalten. Nach einem liebevollen ersten Kuss von Karin sagte sie nur: „Name und Monat stimmen ganz genau. Woher weißt du das?" Ich wehrte ab, sagte: „Es ist doch nur der Monat. Es kann ja nun 30 mal mit dem Tag danebengehen. Ich spürte bei ihr den starken Wunsch, mehr über mich und dieser Wahrsagerei zu erfahren. Im nächsten Tanz, natürlich bei einem ruhigen Tango und Englisch

Walzer, ließ sie mich spüren, dass sie eine wirkliche Frau ist. Ihre Augen glänzten wohl genauso wie meine. Einige Frauen sagten früher zu mir, dass ich sehr schöne Augen hätte einschließlich der Wimpern. Mit diesem Satz versuchte ich, sie zu zerstreuen. Ein weiterer Nikolaschka löste ihre Unsicherheit in Heiterkeit auf. Wieder wollte sie mehr wissen. Nun denn, mein liebes zauberhaftes Mädel, fing ich an, eine schöne mittelgroße Stadt ist deine Heimat. Ein Bahnhof, sowie eine altehrwürdige große schöne Kirche befinden sich dort ebenfalls. Da ich schon häufig in Luckenwalde tanzen war und einmal sogar – wie sie – ein Hotelzimmer genommen hatte, kannte ich also auch ihre Heimatstadt. Bewusst erwähnte ich nur die Stadt, nicht Straße und Hausnummer. Nun aber bemerkte ich wieder einige Unruhe in ihrem Wesen. Sie dachte sicherlich darüber nach, wie das sein kann konnte. „Woher weiß er das alles?"

Ich zerstreute erneut mit einem Kuss ihre Unruhe und Neugier während wir wieder tanzten. Es war einfach zu traumhaft, sie als zarte Frau nachdenklich zu erleben und zu spüren. Ihr Körper passte sich wieder den herrlichen Rhythmen von südamerikanischer Musik an. Voller Leidenschaft waren wir wieder ein Paar. Nach diesem Hochgefühl kühlte ich mich in der Pause draußen etwas ab. Karin lief zur Kosmetikauffrischung zu den Toiletten.

In dieser Pause war wieder der Gedanke da: Ich überlegte, wie ich zum Heimgang ins Restaurant meiner Mutter komme, ohne dass dieses hübsche Mädchen etwas ahnte? Noch beim letzten Tanz kam mir eine tolle Idee: Ich wünschte mir, dass sie das uneingeschränkte Begehren nach meiner Nähe heute Nacht von selbst in die Tat umsetzt. Meine Gedanken formten einen sehnsuchtsvollen Satz, den ich Karin liebevoll ins Ohr flüsterte. „Wenn du heute Nacht deine Tür nicht verschließt, werde ich dich finden!" Nun musste ich eine Lösung finden, um auf dem Heimweg vorzeitig Abschied zu nehmen. Wir näherten uns langsam unserem Restaurant, dort oben brannte noch Licht, was ich aus der Ferne erkennen konnte. Aber wie trenne ich mich bis morgen von Karin, ohne dass sie etwas ahnte? Ich glaube, dass sie diesen Satz schon vergessen oder nicht ernst genommen hatte, denn sie blieb plötzlich stehen, küsste mich zum Abschied und verabschiedete sich. Ich fragte scheinheilig, als ich einen Zug fahren hörte, in welcher Richtung es zum Bahnhof ginge. Nun küsste ich sie noch einmal, drehte mich um in die hingewiesene Richtung und lief eilig davon. Bis morgen Mittag, rief ich noch hinterher.

Eine halbe Stunde ging ich spazieren, dann näherte ich mich wie ein Einbrecher unserem Hotel. Das gesamte Haus war dunkel, nur Mutters Katze schnurrte plötzlich um meine Beine. Auch Karins Fenster war dunkel. Jetzt ging ich ans Werk. Mit gekonnt leisen Schritten stieg ich die Treppe hinauf, ganz behutsam durch den langen Gang und noch leiser an Mutters Zimmer vorbei. Danach kam die Hoteltoilette. Das nächste war noch immer nicht Karins Hotelzimmer Nr. fünf, sondern erst das Zimmer Nummer vier, also weiter. Aber endlich war ich angekommen. Ich fühlte vorsichtig nach der Türklinke. Mein Herz schlug bis zum Hals, würde diese Tür offen sein? Ich wagte noch nicht, die Klinke herunter zu drücken. Ich hielt den Atem an, um zu hören, ob sich im Zimmer etwas bewegte. Aber nichts dergleichen geschah. Was würde passieren, wenn ich die Türklinke runterdrückte und sie war verschlossen? Würde Karin aufwachen und vor Angst schreien? Egal, ich wollte unbedingt meine Sehnsucht nach Karins Liebe stillen. So drückte ich behutsam und ganz leise den Türgriff herunter auf dem Weg zum Traummädchen mit den langen Haaren. Die Tür war offen.

Etwas verschlafen wachte Karin wieder auf. „Wie hast du das geschafft? Arbeitest du hier in diesem Hotel oder bist du auch ein Hotelgast?" „Das erkläre ich dir morgen beim Frühstück. Darf ich bleiben?" flüsterte ich. Sie richtete sich in dem großen Bett auf, hatte, wie damals üblich, einen Spitzenunterrock noch über ihrem zarten Busen. Ich hatte natürlich meine Jacke und die Schuhe schon vorher an meinem Zimmer abgelegt, damit ich leise wie ein Indianer den Hotelgang entlang schleichen konnte. Auf ihrem Bettrand sitzend küsste ich das Mädchen meiner Sehnsucht nun das erste Mal inniger. Sie legte ihre Arme um meinen Hals, drückte dabei ihr zarten, festen Brüste gegen mich. Der Duft ihres weiblichen Körpers nach einem Parfüm betörte all meine Sinne. Ich legte schnell meine Kleider ab und trat leise an das Waschbecken, um mich frisch zu machen.

Karin erhob sich vom Bett und schmiegte sich von hinten an meinen Körper, während ich noch stand. Ich ließ das Handtuch fallen. Sie hatte mich von hinten um die Lende gefasst. Zärtlich streichelte sie erst meinen Po und den Oberschenkelbereich, dabei küsste sie meinen Nacken und die Schultern. Ich war überrascht von dieser weiblichen Offensive. Darauf fiel mir wieder der Hotelschein mit ihrem Geburtsdatum ein: Karin war älter als ich mit meinen 18 Jahren. Sie hatte schon drei Jahre mehr Lebens- und sicherlich auch Liebeserfahrung. Inzwischen waren meine Gefühle auf dem Höhepunkt, denn ihre zarten Hände streichelten schon nicht mehr allein meine Lende. Fast wie zufällig glitten ihre zierlichen Fingerspitzen an meinem „Schmuckstück" vorbei. Jetzt zuckte ich, noch mehr erregt, mit dem Hintern gegen ihren Schoß. Mit der vollen Kraft erregter Frauenhüften drückte, nein presste sie ihren Unterleib gegen meinen von hinten. Dabei hielt sie mich weiter mit ihren Armen umschlungen, und die kleinen Hände streichelten nun ruhiger. Zärtlich flüsterte sie: „Bleib ganz still, ich möchte nicht, dass es jetzt schon passiert." Sie hielt ihre Hände nun still. Danach blieb sie schweigsam und untätig, um mich auf ihre Zärtlichkeiten einzustimmen. Sie atmete ruhig und löste behutsam die Umarmung meiner Lende. Frauen wissen viel früher, dass Männer schnell über den Höhepunkt sind. Sie leiden dann allerdings unter der unerfüllten Liebe. Ich als Mann hatte schon zwei Mal erlebt, dass ich viel zu früh hoch erregt zum Höhepunkt kam, den ich zu dem Zeitpunkt noch gar nicht wollte.

Als ich mich endlich zu ihr umwandte, hob ich sie dankbar hoch, wobei ich fast über ihre Pumps gestolpert wäre. Sie war ja ohne diese hohen Tanzschuhe recht klein. Ich trug sie langsam zum

Bett, um sie dann behutsam wieder in schöner Position nieder-
zulegen. Das Hochheben von Karin, der schönen, hatte ja doch
etwas Kraft gekostet. Ihre geschätzten 99 Pfund steuerten bei mir
die Energie etwas aus der Lende in die Muskeln der Arme und
Beine. Karin steuerte ihre Küsse nicht gleich wieder mit der Leidenschaft der liebenden Frau. Mich führte sie dadurch auf einen
längeren Liebesweg in dieser schönen Nacht. Jetzt aber lag ihr
zarter, schlanker Körper mit langen Haaren, einem heißen Atem
und streichelnden Händen vor meinen Augen. Ihre wunderbaren,
wie gemalten Brüste strahlten mir entgegen und erwarteten mich.
Die Morgendämmerung begann nun langsam. Das Zimmer lag
Richtung Osten, und ich konnte allmählich ihre ganze körperli-
che Schönheit mit allen Sinnen genießen. Dass sie schöne Beine
hatte, hatte ich bereits im Tanzsaal festgestellt. Damals waren die
Frauen grundsätzlich mit Kleidern und Röcken bekleidet. Hohe
Stöckelschuhe ließen Frauenbeine erst richtig schön erscheinen.
Ich habe nie die Mädchen nach ihrem Busen begutachtet, sondern zunächst nach ihren Beinen. Sie mussten schlank von hinten
anzusehen sein einschließlich der Hüften. Das bewunderte ich
mehr als den Popo.
Dieses Sexystrahlen ihres schönen Körpers erregte mich wieder
viel zu schnell. Ihre Hände streichelten schon wieder viel zu intensiv. Meine bewusste Seitenlage dicht neben ihr ließ ihren weichen
Oberschenkel langsam in meinen Schoß gleiten, was von einem
innigen Kuss begleitet wurde. Ihre Brüste wurden nach meinen
Streicheleinheiten um die Röschen ganz prall und hoch aufgerichtet. Ich spürte ihren intensiver werdenden Atem. Genussvoll
legte Karin den Kopf etwas zur Seite und schloss die Augen. Ihre
Brüste hoben und senkten sich jetzt noch heftiger.
Meine Hand lag nun auf ihrem Schoß und streichelte ihren Körper südlich vom Bauchnabel. Die leichten Schwingungen meiner
Hand im Bereich des Venusberges wurden von ihren Hüften quasi beantwortet. Ich küsste nun die prallen Röschen der Brüste.
Meine Zunge kreiste um die Spitzen. Sie reagierte mit leichtem

Schwingen nach rechts und links. Ihren Oberschenkel hatte sie
bereits zurückgenommen, um mir das Streicheln zu erleichtern.
Nun spürte ich wieder ihre zarten Hände in meinem Schoß, wo
ihre Finger vorsichtig meinen Penis streichelten. Dieser aber war
schon wieder so prall und die Erregung überschäumend. Als sie
das spürte, entspannte sie mich wieder mit einem Satz. „Schau
mal, der Morgen graut schon." Ich nutzte diese Ablenkung, richtete mich auf, um nun ihren Schoß und die Oberschenkel zu
küssen. Dieses neue Liebesspiel wollte Karin mehr genießen. Sie
hob wieder, neu angeregt, ihren Schoß ganz langsam, aber immer intensiver. Darauf küsste ich direkt ihre Venus. Meine Lippen
liebkosten Karin nun intensiver, wobei ich den Druck erhöhte.
Ganz leicht öffnete sie ihren Schoß. Das war ein Signal der Liebe, - komm zu mir! Ich möchte dich ganz in mir haben. Die Welt
kann dann ruhig untergehen. Langsam beugte ich mich über sie
und küsste sie erneut, aber nun weit inniger. Mit einer liebevollen
Geste setzte ich mich auf Karin. Glücklich schaute sie mir ins Gesicht. Wieder machte sie mir ein Kompliment für meine schönen
Augen. Dann schloss sie ihre Augen. Unsere Körper näherten sich
voller Sehnsucht. Ganz langsam, behutsam holte sie mich in ihren
Schoß. Ein sehnsüchtiges Stöhnen erfasste sie, ich spürte, dass ich
in ihr angekommen war. Recht lange genoss sie diese glückliche
Tiefe durch Stillhalten. Mein gefühlvoller leichter Druck löste die
ersten Glückshormone wohl in ihrem Körper aus. Nun spürte ich,
wie ihre Lende, ja, der ganze Venusberg in rhythmischer Bewegung wieder heftiger wurde. Ihr Herzschlag wurde heftiger, ihre
schönen Brüste stürmten auf und ab. Sie stöhnte leise, aber glücklich. Ihre Arme umschlangen mich, drückten mich noch fester.
Die Fingernägel pressten sich tief, sehr tief in meinen Rücken, ihr
Schoß bebte, wurde dann noch aktiver. Küsse genügten nun nicht
mehr. Es war für Karin so schön, dass sie weinte. Auch ich hatte im selben Moment „alles" für sie gegeben. Bis dahin hatte ich
noch nie in meinem jungen Leben solch eine wunderbare Liebesnacht erlebt, eine gemeinsame Leidenschaft von dieser Tiefe emp-

funden. Überglücklich schliefen wir engumschlungen ein. Erst spät am Mittag kamen wir aus dem Bett und schlenderten zum Restaurant. Meine Mutter begrüßte die junge Dame sehr nett. Es gab Kaffee und Schinkenbrötchen mit Curry.

„Karin, darf ich dir meine Mutter vorstellen?"" „Waaas?" Nun erklärte ich den Sachverhalt mit dem Wahrsagen und dem Hotelanmeldeschein. Nie wieder hatte ich solch eine Tanznacht. „Hast Du eigentlich mit Absicht und in der Hoffnung, dass ich komme, dein Zimmer nicht verschlossen?" Karin antwortete: „Ich habe nicht im Traum daran gedacht, dass Du kommen könntest. Aber offen habe ich die Tür trotzdem gelassen. Es sind die Träume, die uns tragen und hoffen lassen." Karin erklärte mir später: „Ich wusste, dass meine günstigen Tage heute dabei mitspielten, wollte einen Mann kennen lernen und mich dann morgens wieder mit ihm treffen. Du kamst schon nachts. Leben – Liebe – Tanzen – Träumen! Dieter, ich danke dir für diese Liebe." Wir blieben einen ganzen Monat ein Pärchen. Das war für meine wilde Jugendzeit sehr lange. Allmählich hatten wir uns aber doch aus den Augen verloren. Diese Erzählung ist die volle Wahrheit, ohne Übertreibung! Obwohl ich noch oft in Luckenwalde tanzen war, Karin habe ich später nie wiedergesehen. Aber die Erinnerungen bleiben ein Leben lang.

Dafür lernte ich eines Tages Helga in Luckenwalde im „Bergschlösschen" kennen. Auch mein Bruder Heinz hatte eine Freundin in Luckenwalde. Deshalb fuhren wir häufig mit der Bahn dorthin zum Tanz. Heinz hatte aber oft zu viel getrunken, und ich musste ihn dann immer nach Hause schleppen. Einmal schafften wir morgens um 5.00 Uhr den Ausstieg am Heimatbahnhof Ludwigsfelde nicht mehr, sondern erst eine Station später. Heinz war blau und fest eingeschlafen. Mitten auf dem Bahnübergang stritt er herum, in welcher Richtung die Heimat wohl ist. Er wollte immer wieder in Richtung Nachbardorf Genshagen laufen. Ich lief dann allein in Richtung Ludwigsfelde. Dort, kam Heinz über eine Stunde später an, ich war schon eingeschlafen. Unsere Wege trennten sich danach häufiger.

Ich hatte, so glaube ich, von Gott einen sehr guten Kameraden gesandt bekommen, der ein halbes Leben lang an meiner Seite blieb, das war Pinny. Diese Kameradschaft dauerte ja eigentlich schon seit der Schulzeit an. Das Schicksal hatte uns direkt von der Schule ins Lehrinternat nach Potsdam geführt. Wir fanden uns dort sogar im gleichen Zimmer und zum Lehraktiv zur Ausbildung wieder. Eine Schicksalsfügung! Ich erinnere an die Jugendjahre, Lehrgeld 1954-1956. Wir beide gingen in der Lehrzeit und auch später durch dick und dünn. Häufig feierten wir mit unseren Frauen zusammen. Er hatte eine sehr hübsche Frau, sie hieß Erika. Wie er erzählte, hatte sie mit meinem Kameraden Pinny das erste Mal überhaupt geschlafen. Er liebte sie sehr, alles schien wunderbar. Einige Jahre später haben wir das Jahresabschlussfest gemeinsam in Form einer Silvesterfeier erlebt.

Meine Verlobte und die wachsame Oma

Wir waren so gut wie verlobt, Vera und ich, aber eine gemeinsame Übernachtung bei Veras Eltern in Ludwigsfelde war tabu. Zum wiederholten Mal kuschelten wir nun schon bis Mitternacht auf der Terrasse. Vera wollte mehr. Irgendwann saß sie auf dem Gartentisch und ich stand davor. Aber bei aller Liebe, - auf dem Gartentisch und dann auch noch mucksmäuschenstill sein: Das geht gar nicht! – hat unsere Kanzlerin einmal viele Jahre später von einem Lauschangriff gesagt.

Veras Mutter öffnete genau am Höhepunkt des Glücks die Terrassentür zum „Lauschangriff". Gott sei Dank, es war so stockdunkel, dass sie wirklich nichts sehen konnte. Nur ein leiser Satz kam von ihr: „Bitte, seid etwas ruhiger, unser Vater wacht sonst auf." Schwups, war die Tür wieder zu.

Vera flüsterte in ihrer immer noch heißen Erregung: „Zusätzlich wacht auch noch meine Oma oben. Sie schläft gleich neben der Treppe, auf der ich nach oben muss."

Wochen später, als wir wieder vom Tanzen heimspazierten, war es schon wesentlich kälter. Vera hatte schon vorsorglich erklärt, dass die Treppe nach oben knarrt. Somit hatte ich erkannt, sie möchte gern, aber draußen auf dem Terrassentisch geht es nicht, obwohl es sehr schön war. Jetzt offenbarte ich meiner lieben Vera meinen Plan, die Oma zu überlisten und die knarrende Treppe als Waffe gegen Omas wache Ohren einzusetzen.

„Hör genau zu, liebe Vera, und verhalte dich genauso, wie ich meinen Plan erkläre. Deinen ganz normalen Gang die Treppe rauf bis in dein Zimmer durchführen. Du gehst mit ganz sicheren, aber ruhigen und gleichmäßigen Schritten die Treppe hoch, nicht zu leise, damit die Treppe nicht etwa zu wenig knarrt. Auch die Dielen auf dem oberen kleinen Flur ruhig und fest betreten. Den Trenchcoat lass ebenfalls zügig am Körper mitrascheln. Ich werde mit gleichmäßigen Schritten dicht hinter dir die Treppe hinaufgehen und darauf achten, in deinem Schrittrhythmus zu bleiben. Oben werde ich eine Treppenstufe übersteigen, damit die Stufenanzahl wieder stimmt."

Das alles vollbrachte ich geschmeidig wie die Indianer in meinen vielen Western-Romanen. Vera musste sich ja mit 19 Jahren immer noch das Zimmer mit ihrem Bruder teilen. Der Bruder Manfred aber war diesen Samstag ebenfalls bei seiner Freundin. Wie hatten also einmal „sturmfreie Bude".
Unsere Nacht war recht stürmisch und liebevoll. Als ich Vera kennenlernte, habe ich recht bald wie ein Arzt nach ihren Tagen und der Dauer der Periode gefragt. Somit hatte auch ich eine gute Kontrolle über unsere unbeschwerte Liebe. Selbst mein Mädchen bemerkte bald, dass wir dadurch die Liebe auch schön und innig genießen konnten.
Jetzt wollte sie ihre Liebe ungestörter erwidern. Ihr Zimmer befand sich nicht über dem Elternschlafzimmer. Vera hatte sich im Bett sofort aktiv mit Händen das genommen, was Hochgenuss versprach. Schoß und Schenkel walkten sehr zart, aber lustvoll dem Höhepunkt nun ganz innig entgegen. Ihr Atem wurde heftiger und deutete über den Schoß ihren Höhepunkt an. Nun konnte auch ich meinen Glücksfluss in ihren Schoß hinüberströmen lassen.
Nach langer Glückseligkeit weckte mich Vera etwas unruhig „Es liegt Schnee, wie kommst du nun unbemerkt über den Hof wieder raus? Oma steht früh auf, Tiere füttern. Sie bemerkt im Schnee deine Spuren und wird toben." „Mach dir, liebe Vera, keine Sorgen. Ich werde rückwärts aus dem Garten gehen. Dann hat Oma ein Problem, weil sie sich fragen wird: Wann stehen die Beiden denn endlich auf. Du aber kannst ruhig ausschlafen."
Vera erzählte später: „Oma hat um 8.00 Uhr schon die Türen mehrmals geschmissen. Als ich überglücklich aus meinem Zimmer kam und du aber nicht im Zimmer zugegen warst und auch

nicht am Frühstückstisch mit gegessen hast, war Oma vollkommen ratlos. Er muss doch hier im Haus sein! sagte sie immer wieder, die Spuren im Schnee auf dem Hof und im Garten beweisen das doch!"

Zwangswehrpflicht zur NVA 1964
Davor FDJ-Armeewerbung

Es begann mit der FDJ-NVA-Armeewerbung 1962. Ich erhielt die von der SED angeordnete Vorladung über den Bürgermeister Ludwigsfelde zum angeblichen NVA-Armeedienst. Das Erscheinen in dem Werbebüro war Pflicht. Geschulte FDJ-Funktionäre übten regelrecht politischen Druck auf uns Einzelkandidaten aus. Entweder zur Armee, um das Vaterland DDR zu verteidigen, oder die Weigerung mit Unterschrift: „Ich bin nicht bereit, das sozialistische Vaterland zu verteidigen."

Nach einer Stunde heftiger Diskussionen mit drei FDJ-Instrukteuren bei immer härterem Gesprächston lautete mein Abschlussangriff: „Ich habe in den Nachkriegsjahren einmal als Junge ein Katapult in der Hand zum Abschuss gehalten, da stand plötzlich ein Mann als Kriegsmahner neben mir. Er riss mir das Katapult weg. Ich bekam Schläge ins Gesicht. Dieser Mann schrie mich an: Wir fassen nie wieder eine Waffe an! Abschließend dann Unterschrift – *„Nein zu Waffen für die DDR!"* Ein FDJ-Instrukteur rannte mir noch bis auf die Straße hinterher mit wütendem Gebrüll. Meine Antwort: „Du bekommst jetzt eins in die Fresse, wie ich damals als Junge mit dem Katapult. Lass mich in Ruhe, hau ab! Ich fasse keine Waffe an!!"

Im Oktober 1964 allerdings folgte die NVA-Wehrpflicht-Einberufung zum November 1964 mit nur einem Monat Vorbereitung. Das war die erste Schikane, die Gesetzesverletzung des DDR-Wehrkreiskommandos.

- Wehrpflichtschluss war mit dem 26. Lebensjahr, ich war zwei Monate vor dem 26. Geburtstag.
- Dazu war ich inzwischen Familienvater mit zwei Kindern (3 und 5 Jahre). Die Kaserne war, Gottlob, nur wenige Kilometer entfernt, bei Potsdam Eiche, erst später musste ich nach Burg bei Magdeburg.

Aber das Leben hatte mich schon hart gemacht, und es sollte sich auch etwas Glück dann dabei zeigen. Von der Kaserne Burg war es einen guten Kilometer weit zur Stadt Burg, aber auch nur einen Kilometer bis zur Autobahn. Also war der Weg Richtung Autobahn ebenfalls günstig und damit Richtung Heimat eine vorteilhafte Variante!

Meine Pläne zum Ausgang Richtung Heimat waren schon klar. Obwohl die Strecke auf der Autobahn von Burg bis nach Ludwigsfelde guten 120 Kilometern entsprach. Günstig war auch meine Heimatwohnung an der Autobahn gelegen, mit 200 Meter Entfernung in Ludwigsfelde. Im Armeedienst wollte ich bei der fachlichen Schulung über „Chemische Kampfstoffe" erst einmal viel lernen und somit beim Kompaniechef positiv auffallen, um dann auch etwas zu bekommen, nämlich Urlaub!

Schon bald hatte ich für einen Verbesserungsvorschlag einen Tag Sonderurlaub bekommen. Für private Garagenhilfe nach Feierabend beim Kompaniechef hatte ich dann schon zum zweiten Mal Anerkennung erhalten. Der Kompaniechef war ein starker Raucher. Ich selbst hatte mit dem Armeedienstbeginn sofort das Rauchen eingestellt. Die Westzigaretten, die ich von Verwandten bekam, rauchte nun mein Kompaniechef. Ich wollte so viel wie möglich Urlaub über das Normalkontingent herausholen! Ich ahnte, dass mir meine riskanten, wenn nicht sogar gefährlichen Urlaubsausbrüche, auch Urlaussperren einbringen würden.

Dann war es auch schon so weit. Mein persönlicher Autobahn-Ausgang wurde durch einen kuriosen und seltsamen Vorfall beim Kompaniechef bekannt. Ich stand am Autobahnrand, nahe der Kaserne Burg. Ein Moped näherte sich auf der Autobahn. Der Fahrer bremst und hält. Seine Worte: „Wir sprechen uns in der Kaserne."

Der Mann war in Zivil, doch irgendwie kam er mir bekannt vor. Er gab Gas und weg war er. Am Montagmorgen musste ich beim Kompaniechef antreten. „Das war Pech," sprach er. „Ein Offizier des Panzerregiments hat dich, Genosse „Pi", gesehen."

Unsere kleine Kompanie „Chemische Abwehr" war häufig in Wettbewerben des Panzerregiments Sieger. Das war Neid – zwei Wochenenden Ausgangssperre, aber nach einer Woche hatte ich in der zweiten Ausgangswoche einen Arbeitsauftrag beim Kompaniechef, der eigentlich gleich mit einem Ausgang begann.

Noch kurioser war ein Zwischenfall während eines Wochenendurlaubes in Ludwigsfelde – Richtung Burg auf der Autobahn.

Wieder einmal versuchte ich, vom Wochenendausgang Montag früh um sechs Uhr auf der Autobahn Ludwigsfelde per Anhalter zur Kaserne zu fahren. Irgendein barmherziger Pkw-Fahrer in Richtung Burg/Magdeburg wird schon kommen! dachte ich. Das Problem war ja noch riskanter, denn die Autobahn hatte hinter Michendorf das Kreuz Leipzig, dann die Weststrecke nach Magdeburg. Frühmorgens war an Wochentagen damals zur DDR-Zeit auch schon starker Verkehr auf der Autobahn. Ein großer Pkw „Wolga" stoppte auf mein intensives Winken. Danach wäre ich am liebsten im Boden versunken: Voller Angst und Entsetzen erkannte ich nicht nur goldene Offiziersschulterstücke auf der Uniform hinter dem Fahrer, sondern riesige geflochtene Schulterstücke und weitere Orden an der Brust.

Mein Gott, jetzt bist du aber richtig in der Tinte! dachte ich. Die hintere Tür von dem silbernen Wolga wurde aufgestoßen. Ein älterer, hochrangiger Offizier, nein, um Himmels Willen, noch viel schlimmer, ein „General"! Er beugte sich zu mir rüber und rief sofort: „Steig ein, Genosse Soldat, wo willst du hin, zum Dienst?" Hilfsbereit reichte er mir sogleich die Hand zum Einsteigen. Dann, völlig verdattert saß ich nun im Wagen des Generals, ganz aufgewühlt. Der Wagen war kurz darauf wieder in voller Fahrt auf der Autobahn. Munter sprach der General über Privates und Armeedienst.

„Genosse Soldat, wo soll es denn hingehen?" Endlich fand ich meine Sprache wieder: „Ich muss zu meiner Kompanie nach Burg bei Magdeburg zum Dienstbeginn um acht Uhr." „Schade", sprach der General dann freundlich, „ich hätte mich gerne mal in

Ruhe mit einem einfachen Soldaten unterhalten, aber ich fahre nach Leipzig, und da biegen wir demnächst ab von deiner Strecke."

Wir waren sogleich in der Nähe von Saarmund, Segelflugplatz. Hinter Michendorf auf der Westtransitstrecke bat ich um einen Stopp. Der General wünschte mir gutes Weiterkommen.

Kein politisches Wort von Weststrecke – Transit, geschweige etwas von Klassenfeind oder dergleichen. Der General wollte endlich mal mit einem einfachen Soldaten über das normale Soldatenleben sprechen. Leider hatten wir nur wenig Zeit.

Ich habe als Soldat noch einige Male die Ausgangssperren mit Westzigaretten verkürzen können. Dann kam der Wintermanöver-Einsatz 1965 im Waldgebiet nahe der Oder. Seit Anfang März wurde es über zwei Tage in Reichsbahnwaggons von Burg bis fast zur Oder immer kälter, und es fiel Schnee. Am Entladebahnhof lagen dann ca. 25 cm Schnee und es herrschten Minus 12 Grad. Fast alle Lkw starteten nicht mehr. Wir lagen nachts in 16-Mann-Zelten, der runde Eisenofen glühte fast an den Füßen. Es war saukalt, und am Kopf trotz dicker Pelzmütze und Schal war es eisig, eisig. Bei minus zehn Grad haben wir bis weit in die Nacht irgendwann einmal den Film „Die Abenteuer des Werner Hold" angeschaut auf einem Bettlaken, das zwischen zwei Kieferbäumen aufgespannt war.

Nach einer Woche Frost und Schnee hatte ich im Rücken eine Schmerzattacke. Soldat „Pi" wurde mit dem Sanitätswagen in das Zentrale Armeelazarett Bad Saarow transportiert. Meine damaligen Kameraden habe ich nie wiedergesehen, denn ich war fast zwei Monate in diesem schönen Lazarett.

Meine Rückenschmerzen gingen langsam zurück. Die hübschen Schwestern päppelten viele Soldaten wieder auf. Ein kubanischer Rebell, gelähmt im Rollstuhl vom Kampf mit Fidel Castro in der Schweinebucht von Kuba war dort ebenfalls Patient. Dieser wunderhübsche Freiheitskämpfer, ihn habe ich oft im Rollstuhl spazieren geschoben, dieser Rebell konnte herrlich singen. Immer wenn Krankenschwestern vorbeigingen, sang er herrliche südamerikanische Melodien. Die jungen Schwestern schwärmten von ihm und hatten manchmal Tränen in den Augen. Dann küsste er sie häufig und sang auf Deutsch: „Alle Frauen lieben Zungenspiel". Ich glaube, er wusste, dass er gelähmt war und nie wieder eine Frau glücklich machen könnte.

Ein durch einen Kopfsprung in zu flaches Wasser querschnittsgelähmter NVA-Soldat lag auf meinem Zimmer. Dieser Soldat hatte im Kehlkopf einen Schlauch, um den Schleim aus der Luftröhre abzusaugen. Er konnte allein nicht richtig husten und sich räuspern. Die Krankenschwestern saugten diesen Schleim häufig nicht intensiv genug ab, danach musste ich immer wieder absaugen. Er sagte dann erlöst: „Du machst das besser als die Krankenschwestern."

Jeden Sonntag kam seine sehr hübsche Frau, die ihren Mann besuchte. Ich überlegte und plante, meine Frau ebenfalls zu Besuch kommen zu lassen, denn mein Rücken war mittlerweile um die Wirbelsäule herum schmerzfrei. Die Ärzte aber wollten mir immer wieder den Schmerz auf der linken Seite erklären. Ischialgie kann nur dort Schmerz verursachen. Aber meine echten Schmerzen meldeten sich im Feldlager und bis ins Lazarett mittig. Von Ischias hatte ich zu dieser Zeit noch nie etwas gehört. Ich glaubte, die Militärärzte wollten mich prüfen, ob ich simuliere.

Wenn ich den Schmerz im Lazarett einfach auf der linken Seite simuliert hätte, wäre ich am Ende des Lazarettaufenthalts mit Ischias aus der Armee vorzeitig entlassen worden. So wurde ich von sieben Entlassungskandidaten vor der NVA-Entlassungskommission als Einziger noch diensttauglich eingestuft für das Sanitätsbataillon Potsdam Ruinenberg. Ein halbes Jahr nach der Armeedienstzeit 1966 hatte ich dann tatsächlich Ischias auf der linken Lende bis hinunter zum Oberschenkel. Nun aber zurück zum Lazarett Bad Saarow.

Meine Frau kam mich dort besuchen. Eine ganze Woche vorher überprüfte ich unsere Krankenabteilung nach dem Zimmerbelegungsplan. Ich suchte nach einem freien Zimmer und fand dieses Appartement auch in einem nicht belegten Nebengang. Jeden Tag prüfte ich, ob dort Zimmer neu besetzt wurden. Nichts dergleichen geschah. Meine Sehnsucht, endlich einmal nach Monaten der Liebesabstinenz wieder mit meiner Frau zu schlafen, war sehr groß. Dann war der heißersehnte Besuchssonntag angebrochen. Meine Frau erschien mit einer völlig neuen wunderbaren Frisur. Sie sah einfach schön aus. Mein Begehren wurde noch heißer. Ihr enges Kleid ließ ihre zarten Brüste noch weiblicher und verführerischer zur Geltung kommen. Wenn sie sich im Zimmer bewegte, um die Blumen mit Wasser zu versorgen, bewunderte ich ihren sexy Gang von den Schultern über die schlanke Hüfte bis zum Gesäß. Ihre Gangart war reizvoll, einfach begehrenswert. Der Besuch des großen Kinos, in dem am Sonntag oft Liebesfilme im Programm angeboten wurden, war eingeplant. Viele Soldaten nutzten diese Kinoatmosphäre zum Schmusen und Küssen.

Mein Besuchsplan war jedoch noch viel umfangreicher. Gegen 16 Uhr war die Kinovorstellung zu Ende. Viele Soldaten spazierten nun angeregt in dem sehr weitläufigen Park des großen Armeelazaretts Bad Saarow.

Der Spaziergang mit meiner Liebsten führte direkt zurück in meine Krankenstation, die am Sonntag leer von Soldaten und schwach besetzt war mit Ärzten und Schwesternpersonal. Meine Frau wunderte sich, dass ich zielstrebig zur Krankenstation wollte, während sie mich fest umarmte und häufig küsste. Mit dem Fahrstuhl fuhren wir hoch in die oberste Etage. Ich nutzte diese Zeit zum intensiveren Schmusen. Sie sprach verwundert: „Meinst du, auf dem Krankenzimmer sind wir allein und können uns ungestört unterhalten und küssen?" „Meine liebe Vera, da bin ich auch nicht sicher", antwortete ich, „aber mal sehen, was sich auf der obersten Lazarettetage noch so bietet."

Schon hatten wir den Nebengang zu den nicht besetzten Zimmern erreicht. Ein kurzer Blick zurück: Alles auf der Etage war ruhig. Die Tür zum Gang der unbesetzten Zimmer schloss sich hinter uns. Vera wunderte sich noch darüber, als ich bereits eine Zimmertür öffnete und sie mit einem innigen Kuss hineinführte. Das Fenster hatte einen weiten herrlichen Blick über den Park mit alten Bäumen. In den Kronen erste grüne Blätter, die den Monat Mai begrüßten. Ich warf mich auf eines der Betten und sprach: „Hier sind wir ungestört." Aber schon war ich wieder hoch und küsste meine liebe Vera sehnsüchtig.

Jetzt konnte ich Veras Körper von Mantel und Kleid befreien. Ihre Brüste wurden nun noch reizvoller. Überglücklich schwärmte sie: „Wie hast du das denn arrangiert?" Trotzdem die bange Frage: „Sind wir hier wirklich ungestört?" Schon küsste ich sie wieder mit großer Leidenschaft und drückte sie sanft aufs Bett. „Selbst, wenn einer in diesen Nebengang rein wollte, er ist ja verschlossen. Außerdem sind hier einige Zimmer unbesetzt. Ich habe alles eine Woche lang getestet, liebes Mädel."

Diese Armeezeit mit langer Trennung frischt die Liebe auf, warten macht die Liebe noch schöner. Zusätzlich hatte Vera ihren Besuch so gewählt, dass eine Empfängnis recht unwahrscheinlich war. Sie wusste, wie ungebremst ich in der Liebe sein konnte. Sie wurde nun leidenschaftlicher, aber lenkte mich mit Fragen geschickt immer wieder vom vorzeitigen Höhepunkt ab. Dafür wechselte sie die Stellung, um ihr Liebesspiel von Neuem zu beginnen. „Du mein lieber Mann hast einen kranken Rücken, ich muss also ganz behutsam mit deinen Kräften umgehen."

Trotzdem wurde Vera immer erregter, drückte ihren Schoß intensiver gegen meinen. Ihre Bewegungen wurden heftiger und liebevoller. Sie jubelte und rief überglücklich: „Küss mich, küss mich, ich bin ganz erregt und spüre, wie du ebenfalls jetzt kommst! Mein Gott, so schön haben wir schon lange nicht mehr unsere Liebe erlebt!", rief Vera, als sie wieder freier atmen konnte. „Nie im Leben hätte ich geglaubt, im Armeelazarett mit dir eines meiner schönsten Liebesabenteuer zu erleben. Ich hatte nur Sorge, dass du wieder gesund nach Hause kommst." Innig lagen wir noch einige Minuten eng umschlungen und träumten noch einmal die letzten Stunden. Inzwischen war die abendliche Dämmerung eingetreten. In dem Zimmer befand sich ein Waschbecken, und das Wasser war sogar warm. Mein Mädel wollte unbedingt noch meine Lende recht umfangreich waschen, und noch einmal glitten ihre zarten Hände ausgiebig um meinen Schoß. Überglücklich zogen wir uns gegenseitig an, spazierten zum Bahnhof und nahmen innig voneinander Abschied.

Der Armee-Sanitätsdienst in Potsdam

Im Sanitätsbataillon hatte ich häufig Dienst, aber dafür ebenfalls jedes Wochenende Ausgang. Die Heimfahrt von Potsdam Ruinenberg nach Ludwigsfelde war recht kurz. In diesem Sani-Bataillon war der Militärdienst recht zivil. Wir konnten sogar Westfernsehen, der Feldwebel schaute abends ebenfalls mit.

Ein weiteres kurioses Ereignis war die monatliche Gehaltszahlung. Vom Major über uns fünf Soldaten bis zur zivilen Reinemachefrau, jeder ging sein Gehalt, frei von Militärdisziplin, zwischen 9 und 16 Uhr an derselben Kasse abholen. Einmal lag die Gehaltszahlungsliste völlig offen auf dem Auszahltresen. Ich konnte ohne Mühe die Gehaltssummen ablesen und musste dann aber wirklich ganz laut aus vollem Herzen lachen. In dem sogenannten Ein-Klassen-Staat DDR war das Gehalt gewaltig unterschiedlich, genau wie im Kapitalismus der BRD, dachte ich:

der Soldat Gefreiter erhielt 80 Ost-Mark,
die Raumpflegerin 280 Ost-Mark,
der Major 1.280 Ost-Mark.

Noch immer lachend zeigte ich dem Kassenspieß „die kuriosen Gehälter". Ab dem nächsten Zahltermin gab es getrennte Kassenstunden für Soldaten und Offiziere. Warum wohl?

Als Cheffahrer der Ärzte hatte ich sämtliche Freizügigkeiten und konnte deshalb meine täglichen Essenmarken für die Kantine häufig einsparen. Zusätzlich flirtete ich mit den hübschen und weniger hübschen Köchinnen, dadurch bekam ich sehr oft meine Essenmarken noch zusätzlich zurückgeschenkt. Als Wehrpflichtiger mit den 80 Ost-Mark konnte ich dadurch meinen Sold auf 125 Ost-Mark aufstocken. Ich habe in den eineinhalb Jahren Wehrdienst über 600 Ost-Mark gespart. Das verkündete ich voller Stolz zu Hause meiner lieben Vera nach der Armeezeit. Meine

Frau hatte in dieser Zeit keine finanziellen Sorgen: Gehalt netto 400 Mark, zweimal Kinderzuschuss machte 320 Mark, dazu zweimal Kindergeld von 40 Mark, also insgesamt 760 Ost-Mark.

Die erste große Ehekrise, Jahre später Scheidung

Ich hatte mit 20 Jahren im Jahr 1959 geheiratet, mein Ziel in den Jahren davor war hartes Sparen auf einen Trabbi. Dieses Traumziel war nach der Pkw-Anmeldung 1958 im Dezember 1959 erreicht. Einige Menschen sagten später, da hast du aber gute Beziehungen spielen lassen. Genau das Gegenteil war der Fall. Ich wurde sogar noch auf der Warteliste im Kreis Zossen benachteiligt mit der Nummer 65 im Kreis. Diesen Trabbi hatte ich völlig unüberlegt noch im Monat Oktober 1964 vor der Armeezeit verkauft.

Der Preis damals 7.200 Ost-Mark (neu 7.485). Da ich nach dem Verkauf meiner Garage vermietet hatte, glaubte ich nach der Armeezeit das Geld für den Trabbi 500, also 7.200 Mark, plus Garagenmiete von ungefähr 800 Mark, also 8.000,00 Mark zu besitzen. Für einen gebrauchten Trabbi als Neustart wäre das doch gut gewesen! Das große Glück war ja für mich der Trabbi, der als Mieter in meiner Garage für eineinhalb Jahre Gast war. Diesen Trabbi bekam ich zum Kauf für 7.500 Mark.

Meine Ehekrise begann nun im verflixten 7. Jahr. Das Geld, von dem ich glaubte, es auf meinem Sparbuch zu haben, war fast alles von meiner Frau Vera verbraten worden. Sofort kam mir nach Jahren der Spruch von unserem Lehrmeister wieder in Erinnerung. Wie recht doch dieser großartige Meister hatte: „Jungs, passt im Leben ganz stark auf, dass ihr nicht eine Frau erwischt, die das Geld mit der Handtasche aus dem Haus bringt, was ihr mit der Karre reingebracht habt!" Ich als Mann war jedenfalls nicht der Typ, der das Geld in den Gläsern der Kneipen verrieseln ließ. Beim Tanzen und Kennenlernen der Frauen galt der Spruch: „Ein Glas Kirsch und ein Bier, wer mich liebt, bleibt trotzdem dabei." Ich musste mir das Geld für den Trabbi von meiner lieben Mutter leihen. Aber in der Ehe zu meiner Frau war nun ein fundamentaler Riss, nur im Bett stimmte die Chemie noch recht gut.

Die Party „Sektflaschendrehen" – 1967

Wir jungen DDR-Bürger waren den 68-er Bürgern der BRD im offenen freien Sexleben schon am Anfang der 60iger Jahre voraus. Das Nacktbaden in der Ostsee und in Binnenseen war bereits allgemein üblich. Ich glaube, die Mauer hat diese Art der Freiheit als Antwort auf unser Leben „hinter Gittern" beschleunigt. Während einer Party in meiner ersten Neubauwohnung, wir waren vier Paare, und sehr ausgelassen, ereignete sich Folgendes: Plötzlich ergreift eine Frau die leere Sektflasche und das Spiel „Flaschendrehen" geht los. Jeder, auf den die Öffnung zeigt, muss ein Stück seiner Kleidung ablegen. Meine Jugendliebe, die nun verheiratet war, ereilte das „Glück" recht oft. Sie tanzte schon im BH und ohne Kleid, was meines Bruders Frau Christa auch am liebsten getan hätte, man sah es ihr an. Mein Bruder Heinz war, wie häufig, schon blau. Das ermunterte sie, noch reizvoller zu tanzen. Die Frau meines Nachbarn war voller Hoffnung, ihren schönen großen Busen nun auch endlich frei zu zeigen. Die Stimmung schäumte über, als ihr Mann in langen Unterhosen tanzte und meine Vera diese Unterhosen nach unten zog. Nun zogen schon zwei Frauen die immer länger werdenden Unterhosen kreischend herunter auf Kniehöhe. Der nächste Stopp der Flaschendrehung traf wieder meine Jugendliebe Gitti. Ihren hübschen zarten Busen, den sie jetzt entblößte, hatte ich noch nie gesehen. Wir hockten nun auf dem harten Bouclételeppich. Die Sektflasche drehte spannend lange. Wieder war Gitti dran. Einer wollte die Flasche weiter anstoßen, sie aber hielt sie fest, erhob sich langsam und zog ihr letztes Stück, also den Slip, herunter. Bei gedämpftem Licht und leiser Musik tanzte Gitti, nein, nicht mit mir, sondern mit ihrem Mann. Meine Vera tanzte ohne BH mit dem Nachbarn. Ich bat meine Schwägerin zum Tanz, was ihre Schenkel und ihr Schoß sofort voll nutzten. Nun war ich mir nicht im Klaren, ob sie ihren BH schon durch das Flaschendrehen ablegen konnte. Egal, ich drückte mein pralles Schmuckstück in ihren Schoß, was sie mit lustvollen Seufzern beantwortete. Es war die heißeste, schönste Party überhaupt. So unbeschwert und offen sexy wäre es nicht gelaufen, wenn die fünfte ledige Frau Hanne, Schwester meiner Frau, nicht eine Stunde vorher noch abgesagt hätte. Sie war schon immer an der Ostsee nackt, allerdings nur auf dem Bauch liegend, am Zingster Strand, wo wir häufig in der Urlaubszeit waren, mit dabei. Es blieb für immer die schönste Sex-Party aller Zeiten.

Später, in den Jahren nach der Scheidung, hatte ich als Schürzenjäger einen schlechten Ruf in Ludwigsfelde. Ich selbst gab mir einen größeren Teil der Schuld, doch da war das, was im Allgemeinen als Gerücht in der Provinz, so auch in Ludwigsfelde, zu hören war.

Meine Frau Vera arbeitete im großen IFA-Autowerk, ich war im Baubetrieb. Aber bei meiner Mutter in der Gaststätte war dann sofort die Schaltstelle der Gerüchte für unsere Scheidung. Es hieß, meine liebe Frau Vera flirte schon lange vor der Scheidung mit einem Meister in ihrer Abteilung. Eine Tatsache zeigte sich dann nach unserer Scheidung: Vera war schwanger bevor ich wieder verheiratet war. Das Gerücht blieb sich treu. Ihr neuer Ehepartner ist der Meister ihrer Abteilung dann doch gewesen. Das wieder Kuriose im Leben, ihr neuer Mann wohnte in Potsdam West, Schillerstraße, genau zwei Eingänge gegenüber meiner neuen Frau. Das war dann im Jahre 1968. Veras neuer Mann Peter ist ein guter Stiefvater. Wir haben bis zur Gegenwart gute Kontakte. Er ist genauso alt wie ich, aber nicht mehr so gesund.

Meine Tochter Heidi als Stieftochter betreut ihn gegenwärtig sehr viel, obwohl sie in Hannover Krankenschwester ist und dort wohnt. Sie unterstützt Peter, der ja seit Jahren Witwer ist, holt ihn an allen Feiertagen nach Hannover oder betreut ihren Stiefvater hier in Ludwigsfelde in seiner Wohnung.

Auch ich habe meine Tochter Heidi ständig als Gast sowie ihren Stiefvater Peter Rosenstock. Doch heute, im Alter, habe ich öfter Schuldgefühle. War meine Scheidung richtig?

Die Weisheit im Leben zeigt uns aber, es sind wohl immer die Kinder, die eine Trennung ertragen müssen. Wir Männer und Väter sind viel unreifer im Leben. Das wirklich starke Geschlecht und wohl auch umsichtigere und klügere sind die Frauen. Von der Stunde der Schwangerschaft sind Frauen reifer, erwachsener. Das Kind im Mann bleibt wohl ewig, sowie auch die Naivität.

1961
Der Mauerbau - meine schriftliche Verweigerung
Inhaftierung durch Stasi

Die Fachschule für Kunst durfte ich nicht besuchen. Dafür wurde ich von 1954 – 1956 ein sehr guter Facharbeiter mit mehreren Auszeichnungen in der Bau-Union Potsdam. Im Lehrlingskombinat waren Rock 'n Roll und „Nietenhosen" aus Westberlin große Mode. Meine Jeans musste ich draußen vor dem Lehrlingskombinat an- bzw. ausziehen. Nur meine guten Leistungen verhinderten den Rausschmiss. Mit meinem Austritt aus der FDJ war ich bereits ein „Rebell" gegen den DDR-Unrechtsstaat.

Mit dem Mauerbau im August 1961 sollte ich laut Arbeitsweisung vom Kreisbau Zossen am Mauerbau in Mahlow-Blankenfelde mitwirken. Ich weigerte mich schriftlich mit „Arbeitsverweigerung". Daraufhin wurde ich strafversetzt nach Wünsdorf, einer Baustelle der Russischen Armee. Meine Brigade wurde komplett zum Mauerbau abkommandiert. Ich kam in eine Sonderbrigade „Westhandwerker", dazu gehörten zwei Parteigenossen sowie ehemalige Westberlin-Maurer. Diese kamen durch die Mauer nicht mehr an ihre gut bezahlte Westarbeit.

Seit meiner harten Agitation gegen den Mauerbau 1961, schon weit vor dem Bau der Mauer, geschah die Inhaftierung nach kurzer Zeit. Ich wurde vom Parteisekretär und dem Leiter der Abteilung Arbeit observiert und auf eine Inhaftierung vorbereitet, indem ich in politische Diskussionen hineingezogen und provoziert wurde. Der Beweis – siehe eine politische Personalbeurteilung vom 5. 12. 1961 durch Götze und Matschke, beide SED-Leute.

Aber ich hatte wieder einmal Glück, wie mit der Handgranate 1945. Wohlgesinnte Kollegen informierten mich. Es war eine brisante, politisch glückliche Rettung vor langer Stasihaft und Verurteilung.

1961
Ein Nazi als Denunziant
SED-Genosse und Leiter

Erneute gab es harte Diskussionen gegen den Mauerbau, ich als Anführer der harten Diskussionen. Ein erfahrener älterer Kollege ahnte die Gefahr für mich. Er war 1945 Hitlerjunge und kannte aus der Nazizeit den heutigen Abteilungsleiter und SED-Genossen Matschke.

Zur Hitlerzeit war Matschke ein Anführer der HJ und Mitglied der NSDAP. Ich wurde tatsächlich durch diesen Mann von der Stasi in Haft genommen. Meine Verteidigung war: Der Abteilungsleiter Matschke lügt, er war Nazi, und heute will er als SED-Genosse wieder junge Menschen ins Gefängnis bringen. Einige Tage später wurde ich freigelassen. Der Abteilungsleiter hatte seine Nazitätigkeit in der Entnazifizierungsmaßnahme verschwiegen. Er war seine Arbeit als Abteilungsleiter los und musste sich als Polier bewähren. Später war er dann Gewerkschaftsleiter.

Aber auch meine Mutter in ihrem Restaurant wurde damals gewarnt. Sie kam zu dieser Zeit plötzlich noch spät nachts in meine Wohnung und warnte mich weinend vor dieser Verhaftung. Ein ehrlicher Genosse hatte Mutter den Hinweis gegeben. Der Hinweis befindet sich in dem Schreiben vom 5.12.1961. Ich schwieg, es ist keine Diskussion mit Pietzofski mehr in Gang gekommen.

Das Schreiben vom 5.12.1961, eine Personalbeurteilung war zu 90 % politisch. Ein Rest aus meiner Personalakte bei der Übergabe der Personalakten 1990 im Betrieb. Der farbige Kopfbogen rotblau wurde bei der Bereinigung wohl übersehen und nicht entfernt. Omland, Ilse war IM-Chefsekretärin im Kreisbau Zossen. Omland, Heinz war mein Brigadeleiter nach der Strafversetzung zur russischen Baustelle Wünsdorf. Beide „gute Menschen". Sie gaben mir ein Schreiben zu meiner Agitation in der DDR-Zeit:

- Verweigerung des Mauerbaus
- Politische Opposition usw.

Über die Chefsekretärin Ilse Omland erfuhr ich vierzig Jahre später den heutigen Wohnort des SED-Parteisekretärs Götze, der mich nach meiner häufigen Agitation gegen den Mauerbau 1961 an die Stasi zur Verhaftung mit denunzierte. Er wohnte in der Kommunisten-Hochburg Berlin-Marzahn. Ich besuchte diesen ehemaligen SED-Parteisekretär Ernst Götze in seiner Wohnung. Er war ein gütiger alter Kommunist geworden, enttäuscht vom DDR-SED-Staat.

Sofort entschuldigte er sich bei diesem Besuch für sein Handeln und meine daraus entstandenen Berufsschwierigkeiten und persönlichen Nachteile in meinem Leben. Ernst Götze war zu dieser Zeit nach dem Mauerfall schon sehr krank. Ich erhielt von ihm eine schriftliche Entschuldigung seiner damaligen Tätigkeit gegen meine Person, siehe Nov. 2004.

Im Jahre 1962 wurde mir durch politische Agitation gegen das FDJ-Aufgebot für den „NVA-Beitritt zur Verteidigung der DDR" meine Berufsweiterbildung verwehrt.

Später 1964 – 1966 musste ich allerdings als Familienvater mit zwei Kindern meinen NVA-Wehrdienst doch noch leisten. Nach Jahren der Behinderung in meiner Berufsqualifikation habe ich dann mit einem Betriebswechsel die Delegierung zum Meisterstudium und Techniker 1971 erreicht.

1974 – Als Kostenplaner im Bauplanungsbüro des IFA-Autowerks Ludwigsfeld hatte ich innerhalb von drei Jahren gute Personalbeurteilungen. Eine gute, sichere Arbeit. Aber die verlogenen SED-Kollegen und Abteilungsleiter!!!
Immer wieder Schulungen zur „sozialistischen Arbeit". Ich hatte mich einige Jahre gezwungen, politisch mit Agitationen zurück

zu halten. Doch unser Abteilungsleiter, ein leidenschaftlicher Kommunist, wurde mir zum Verhängnis. Er war früher einmal Parteisekretär im IFA Autowerk gewesen. Nun kannte er meine Personalakte und forderte mich in Kadergesprächen sowie häufig in Politgesprächen auf, endlich in die „Kampfgruppe" einzutreten. Mein Hass gegen Waffen und Krieg ist sehr tief verwurzelt. Als Junge habe ich nach dem Krieg von Vätern meiner Generation häufig Schelte bekommen. Wahrscheinlich traumatisiert, haben wir ja immer wieder Krieg gespielt und uns erst danach geändert. Nun wollten diese Kommunistenleiter mit verlogenen Argumenten, ich solle eine Waffe für die DDR und gegen die imperialistische BRD in die Hand nehmen und notfalls auch einsetzen!

Da entbrannte meine Leidenschaft für die politische Opposition wieder, genauso, wie schon gegen den Mauerbau, die FDJ-Waffenwerbung und die NVA–Wehrpflicht. Ich wurde aufgefordert, in mehreren Schreiben politisch Stellung zu nehmen:

- Keine Bereitschaft, die DDR mit Waffen zu verteidigen,
- meine Anerkennung für eine „Deutsche Nation",
- Dass BRD-Bürger mir näherstehen als Sowjetmenschen

Diese Personalakten sind 1990 aus der Personalakte entfernt worden. Ich wusste nun, was das für meinen Arbeitsplatz bedeuten würde.

Am 25.10.1974 wurde eine politische Arbeitsbeurteilung unter Mitwirkung der oberen Kaderleiterin der Autowerke Ludwigsfelde (10.000 Werktätige) aufgesetzt.

„Der Kollege Pietzofski hat nicht die geeignete Qualifikation. Ihm wird ab 1.Januar 1975 eine Arbeit am LKW-Montageband oder als Maurer angeboten. Bei Verweigerung: Kündigung ab Januar 1975." (siehe Schreiben vom 25.10.1974). Dadurch war ich zunächst entsetzt und verzweifelt, aber dann war mein Kampfwille wieder da.

1975 – 1991
Meine Arbeitsflucht in einen kleinen Baubetrieb

Ab 1. Januar 1975 bis 1990 hatte ich dann einen guten Arbeitsplatz im Kreisbau Zossen in Ludwigsfelde. Planer – Technologe – Preisbildung. Ich bin aufgrund meiner DDR-systemkritischen Haltung in der DDR nie Abteilungsleiter o.ä. geworden. Mein Gehalt konnte ich über 15 Jahre als bester Neuerer mit Verbesserungsvorschlägen häufig aufstocken. Meine technischen Ideen hatten mich ja als Kind schon fast das Leben gekostet (Handgranate).

Als Ingenieur und Meister kam der Werkdirektor in den 15 Jahren häufig zu mir an den Arbeitsplatz. Er war hauptamtlicher Stasi-Mann. Aber er brauchte mich und meinen technischen Sachverstand. Ständig griff er in die Planwirtschaft „seiner" DDR ein. Er wollte als Kreisbaudirektor häufig aus der Planwirtschaft für Bezirksbaubetriebe ungesetzlich zu große Bauprojekte für seine eigene Planwirtschaft an Land ziehen. Ich machte ihm dann klar, dass er der Planwirtschaft der DDR Schaden zufüge. Unser Kreisbau Zossen hatte weder die technologischen Maschinen, Fahrzeuge, Kräne und oft auch nicht die Fachleute. Das Ergebnis für unseren Betrieb war genau wie für die gesamte DDR-Planwirtschaft: Rote Zahlen!

Diese „roten Zahlen" musste ich dann in komplizierten Montagen mit schwierigen Verbesserungen ändern in „Schwarze Zahlen".

Wenn das nicht ganz gelungen war, dann gab es ja noch die „Ingenieur-Ökonomen" der DDR.

Mein Kreisbau Zossen war im Bezirkswettbewerb häufig auf Platz Zwei oder Drei. Die guten Jahresendprämien sparte ich für eine Pkw-Lada-Anmeldung, wofür im Jahre 1990 die Wartezeit 16 Jahre betrug. Für dieses Problem hatte ich leider keinen „Verbesserungsvorschlag".

Meine Pkw-Wartezeiten von 1958 – 1990 betrugen 32 Jahre mit Anmeldungen, vier Pkw plus einmal „Honecker-Mazda" ohne Wartezeit (Tausch).

1 Jahr Wartezeit = Trabbi
9 Jahre Wartezeit = MB- Skoda
14 Jahre Wartezeit = Wartbug (Tausch/ Mazda)
8 Jahre Wartezeit = Lada
Die Lada- PKW- Anmeldung hatte schon acht Jahre Wartezeit bei einem Arbeitskollegen absolviert, also sechzehn Jahr Wartezeit.

Das Superprojekt in der Arbeit im Kreisbau Zossen

Das größte Bauobjekt meines Betriebsdirektors war eine Handballhalle für Frauen der „DDR-Oberliga Rangsdorf".

Nachdem sein Ingenieurteam in der Betriebsleitung diese Riesenmontage für unseren Kreisbau als nicht ausführbar erklärte, kam unser Werksdirektor in der Mittagspause dieser Fachsitzung hinter meinem Technischen Direktor einher und legte mir dieses Bauprojekt auf den Schreibtisch. „Bitte, schau dir diese Montage an."

Das war eine Demütigung für meinen „Technischen Direktor". Dieser war seit einem Jahr in unserem Kreisbau Zossen. Er arbeitete vorher im Bau- und Montagekombinat Ost, Bezirk Potsdam. Ich bekam die Weisung, eine Vorplanung der technologischen Möglichkeiten zu überprüfen. Können wir diese Montage durchführen?

Selten machte ich Überstunden, aber dieser Auftrag! Feierabend war schon lange, und es war bereits dunkel. Nun war ich in meinem Element. Ein Last-Diagramm der 25m langen und 2,5m breiten Dachelemente als HP-Schalen aus Beton ergab 13,5t Gewicht. Ich ermittelte dann einen Autokran mit ca. 130t Hebeleistung, der dazu erforderlich wäre. Aber woher so einen Riesenkran?? Ich fand nach langem Suchen einen Betrieb in Berlin-Karlshorst. Die Baustelle Rangsdorf bei Zossen war sogar günstig gelegen. Unsere Kräne im Kreisbau hatten eine Tragkraft von 6,0 t. Keine Sattellastzüge, keine Erfahrung in der Großmontage. Nach langen Verhandlungen sowie einer Flasche Krim-Sekt und 300,00 Ost-Mark (schwarz) bekam ich lediglich einen 90 t-Kran. Ich musste meine gesamte Lagerung und Montage auf der Baustelle völlig neu planen. Diese Kranleistung für die vorgesehenen Dachelemente war zu gering. In der technologischen Herstellung sowie bei Verhandlungen im Betonwerk wurden weitere Schwierigkeiten geäußert. Es seien nicht 13,5 t, sondern 15,0 t Gewicht. Auch das Betonwerk

hatte Risiken in der Fertigung dieser seltenen 25-m-Riesenscha-
len erfahren. Beton- und Stahlqualität der DDR? Wir haben diese
Handballturnhalle Rangsdorf gebaut!

1991
Kuriose und seltene Verbesserungs-/Neuerungsvorschläge, in harter DM-Währung vergütet

Als aktivster Neuerer hätte meiner Neuererarbeit nach geltenden DDR-Gesetzen längst eine Aktivistenauszeichnung folgen müssen. Aber so wie die Stasi die Auszeichnung einer Kindesrettung verhinderte, so wurde auch aus der Aktivistenauszeichnung nichts. Meine Vorschläge mussten ja immer Ingenieur- oder Architekten-Klassifikation haben.

1. Ein Neuerer-Vorschlag 1976 war gegen unseren TKO-Statikmann: Brettbinder-Einsparung! – Mein Honorar betrug 400 Ost-Mark.

2. Neuerer-Vorschlag 1977 gegen meinen Chefarchitekten: Ein Mauerwerksbau oder komplett aus fünf Tonnen Betonfertigelementen mit Glasfenstern, die auf der Baustelle lagerten. Honorar: 3.000 Ost-Mark. Durch Gerichtsentscheid nach zehn Jahren Zinsen erhielt ich 500 Ost-Mark zusätzlich.

3. Mein Neuerer-Vorschlag 1989 gegen das Planungsbüro Potsdam, Dortustraße, Objekt: „Alte Wache", Bauherr Commerzbank: Honorar: 5.000 DM West. Im Jahr 1989 war diese Summer noch 5000 Ostmark Über einen Gerichtsentscheid im Jahre 1991 erhalten.

4. Mein größter Neuerer-Vorschlag 1989, September. Er entstand komplett auf dem Reißbrett: ein Gleisanschluss für die Betonmischanlage unseres Kreisbau Zossen in Ludwigsfelde, direkt vor dem ehemaligen DDR-LKW-Werk IFA Autowerk Ludwigsfelde, wo ich 1974 wegen unzureichender Ingenieur-Kompetenz

gekündigt wurde. (siehe Schreiben vom 25.10.1974) Das Kuriose an diesem Neuerer-Vorschlag: Der Gleisbau-Ingenieur aus dem LKW-Werk, der daran mitgearbeitet hat, erklärte mir, ich hätte im LKW-Werk einen Kampfgefährten für den erforderlichen Gleisanschluss genau an dieser Stelle, wo die große „Deutschland Montagehalle" bis 1944 von Daimler-Benz stand. Damals, im Jahr 1989, waren wieder neue Gleise vorhanden. Der Kampfgruppen-kommandeur will dort seine Schützenpanzerbe- und Entladung per Gleisanschluss abwickeln.

Mein Gleisanschluss vom Kreisbau Zossen war nun genehmigt. Dieser Verbesserungsvorschlag sollte ja Devisen für Diesel einsparen. Eine Hauptforderung von Erich Honecker. Gutes Honorar von 10.000 Mark. Ich hätte also den Mauerfall abbremsen müssen bis zur Realisierung meines Neuerervorschlages. Aber dafür habe ich gern auf die 10.000 M verzichtet.

Ein 30-t-Kran für einen alten Abgasstahlschlauch
DDR- „Produktionshilfen"

Im Jahr des Mauerfalls 1989 war die wirtschaftliche Lage der Betriebe katastrophal. Ein Kuhhandel Ware gegen Ware war häufig die Lösung für Produktionsprobleme. Mein Kreisbaubetrieb Zossen hätte nie einen 30-t-Kran für seine Baumontage bekommen. Das Teltower Halbleiterwerk aber besaß diesen Kran. Nach längerem Suchen fand ich dann auch den Leiter der Transport-Gerätereglerwerke Teltow GRW.

Mein lustiger Begrüßungsspruch lautete: „Eure Halbleiterchips müssen ja ungeheuer schwer sein, wenn Ihr dafür einen 30-t-Kran braucht! Ich benötige für eine Stahlkonstruktion an einem Schornstein in 27 m Höhe diesen Kran für maximal zwei Tage Montage." Eine Flasche Krim-Sekt und eine Schachtel West-Zigaretten lagen dabei auf dem Schreibtisch.

Offiziell und natürlich gegen Rechnung sollte das „Ausleihen" ca. 1.400 Ost-Mark kosten. Die Gegenantwort: „Wenn du mir für die Instandsetzung meiner Gabelstapler nur einen ein Meter langen Stahlabgasschlauch beschaffst, bekommst du den 30-t-Kran."

Eine Sekunde dachte ich, will der dich auf den Arm nehmen? Aber nein, wir sind ja in der realen DDR-Wirtschaft. Meine Gedanken rasten schon zum großen IFA-Autowerk Ludwigsfelde: 10.000 Werktätige, 20 Fabrikhallen, dort werde ich mit meinen Beziehungen diesen Stahlschlauch schon finden. Aber sämtliche Fachleute sagten nur: „Dieser Abgasschlauch – Goldstaub", ein Begriff, der zur DDR-Zeit bedeutete: nicht zu bekommen!

Bei meiner verzweifelten Suche kletterte ich sogar auf unserem riesigen Betriebsschrottplatz herum. Nach längerem Umstapeln und Stöbern fand ich tatsächlich so einen, allerdings rostigen, Stahlschlauch, 80cm lang, 5cm im Durchmesser. Ein grüner Anstrich machte ihn „neu".

Am nächsten Tag bekam ich einen Vertrag. Nicht schriftlich, aber mit Handschlag. Der Transportleiter erfüllte den Auftrag mit dem Kranführer. Monatelang wartete ich auf die Rechnung in meinem Betrieb. Immer wieder ging ich zu der hübschen Buchhalterin, aber die Rechnung kam nie.

Die Mauer fiel 1989. Im Jahr 1991 wurde mir in meinem Betrieb gekündigt. Nach kurzer Arbeitslosigkeit bekam ich sofort einen neuen Job, genau in dem ehemaligen Halbleiterwerk Teltow, als Fachtechnischer Leiter der SAR-GmbH. In diesem neuen Betrieb treffe ich dann plötzlich den ehemaligen Transportleiter: 30-t-Kran gegen alten Abgasschlauch! Wir lachten beide. „Aber sage mir: Warum bekam ich nie eine Rechnung von euch? 1.400 Mark?" Er sagte nur: „Wenn ich diese Rechnung geschrieben hätte, hätte ich mir großen Ärger eingehandelt. Der Kran war für unseren Betrieb „Goldstaub". Den hatten wir bekommen für zehn Rechnergeräte PC 17-15, der erste Tischcomputer der DDR aus dem Halbleiterwerk Teltow!"

Die DDR war in der Urgemeinschaft angekommen und musste nicht nur politisch, auch wirtschaftlich sterben.

Es gab einen Witz zu diesen Rechnern: Woher hat der PC 17-15 seinen Namen? Antwort: Weil 17 Millionen DDR Bürger 15 Jahre lang auf ihn warten.

Einen weiteren 30-t-Kran organisierte ich bei meinem früheren NVA-Regimentskommandeur in Potsdam-Eiche, wo ich Wehrpflichtiger war. Eine Flasche Krimsekt und West-Zigaretten der Marke HB, und wir waren im Gespräch. Noch unsicher, fragte der Kommandeur, woher ich Kenntnis über diesen Gefechts-Kran habe (Militärgeheimnis). Ich sprang auf und salutierte: „Genosse Kommandeur, ich war Ihr Soldat im Objekt." „Ach so", war die erleichterte Antwort. Ich bekam den Kran. Der Regimentskommandeur wollte dafür zehn Holzspanplatten als Schießscheiben haben. Selbst bei der NVA war vieles Mangelware. Übrigens: Dass ich in dieser Kaserne diente entsprang nur meiner Fantasie.

Die „Rote Burg" Potsdam
Die SED-Partei: Sie tranken Wein
und predigten Wasser
Richtfestverbot

Irgendwann nach dem Mauerbau wurde von der Partei das Sparen radikal angeordnet. Dazu gehörte unter anderem, dass „Richtfeste" auf allen Baustellen untersagt wurden. Und trotzdem: Das komfortabelste und üppigste Richtfest, was ich überhaupt erlebte und genießen durfte, war im sogenannten Kreml, hoch über Potsdam in der ‚'Roten Burg", Sitz der SED -Zentrale.

Dieses Richtfest fand im großen Saal mit einem riesigen Tafeltisch statt. Echte Kreml-Genossen werden sich an diesen Festraum (Tagung) erinnern. Wir Baufachleute aus dem damaligen VEB Kreisbau Zossen in Rangsdorf hatten die fachlichen Putz- und Stuckateurarbeiten ausgeführt. Es war der neue rechte Gebäudeteil, wenn der Betrachter der „Roten Burg" von unten aus Potsdam nach oben schaut.

Der Rohbau war zu dieser Zeit schon längere Zeit fertig gestellt. Ich bin der Meinung, dass der SED-Club dort oben das Verbot des Richtfestes auf diese Weise arglistig umgangen hat. Im Saal stand ein langer schöner Tafeltisch. Er war mit weißen Tüchern eingedeckt und mit mehreren Blumengestecken dekoriert, es gab herrliches Porzellan sowie sehr schönes Besteck. Das Richtfest-Hauptgericht war natürlich ein wunderbares Eisbeinessen. Zur Handwerkertradition gehörte selbstverständlich auch sehr gutes Bier und echter, edler Weinbrand. Wir Handwerker und Baufachleute staunten, sieh mal an, dass für die Genossen so etwas überhaupt noch möglich war! Es wurde damals auf Festen noch geraucht. Hier, auf diesem Festbankett wurden sogar gute (West-)Zigaretten und Zigarren präsentiert.

Erst Jahre später, 1990, wurden mir persönlich diese Heucheleien und Ausnahmen der „Partei der Arbeiterklasse" erneut bewusst. Die „neuen" Herren auf dem ehemaligen „Kreml" der Arbeiterklasse sind ebenfalls wieder bevorzugt. Für ein Betriebsessen bezahlte ich als Gast für einen sehr leckeren Eintopf mit viel Fleisch 1,70 Euro, ein Rindersteak kostete 3,30 Euro, und das bei dem Verdienst dieser Genossen des Landtages! Welche Schule oder Kindertagesstätte hat so niedrige Preise für Kinder? Dazu eine ausgezeichnete Speisenqualität mit Gemüse, Obst und Nachtisch. Das alles trotz ihrer Diäten.

Einmal im Leben muss ein Mann ein Haus bauen
Finnhütte 6 m x 6 m, zwei Etagen

Seit 1976 suchte ich in meiner Stätte der Kindheit ein Grundstück am Güterfelder See. Hier, wo das Haus meiner Großeltern steht, in der Potsdamer Straße, direkt neben der alten Schule führte ein Weg hinunter zum See. Genau an diesem Weg zum See lag ich ja auch im Straßengraben, schwer verletzt durch die Handgranate. Bis hierher lief ich einst blutüberströmt, bevor ich bewusstlos zusammenbrach. Das war kurz nach dem Kriegsende 1945.

An dieser Stelle der Potsdamer Straße, Nummer 17, führt unser Weg heute noch direkt zum Seeufer. In diesem Uferbereich hatte ich als Kind oft heimlich mit der Tochter der Schuldirektorin Frau Giese nackt gebadet. Dieses Grundstück wurde gerade mit zwei Gartenhäusern in Ufernähe bebaut. Von dieser Stunde an war ich begeistert. Der Entschluss stand fest, hier baue ich ein Haus. In der DDR war nach jahrelangen eintönigen Baustilen genau zu dieser Zeit ein herrlicher Haustyp groß in Mode die „Finnhütte".

Meine Arbeit als Projektant und Kostenplaner war genau passend für den Entwurf meines eigenen Hauses mit Standort an dem See meiner Kindheit. Dazu die Grundstückslage, Südwest, einfach traumhaft! Nach einem Jahr des Suchens fand ich dann endlich auch ein Teilgrundstück auf diesem Flurstück in der Potsdamer Straße.

Der Rentner, Herr Pahl, arbeitete gerade auf seinem Gartenland, als ich ihn ansprach. Nach einem kurzen Gespräch erklärte er mir: „Eigentlich kommen Sie zur rechten Zeit, ich schaffe es sowieso nicht mehr, das ganze Land zu bearbeiten Sie können ein Stück auf der Seeseite bekommen." Genau diese Seeseite wollte ich ja unbedingt haben. Den Seeblick, dazu Südwest mit Sonnenuntergang über dem See.

DDR-Hausbau – Materialbeschaffung über Liebe
Ein wahrer Freund

Das größte Materialproblem in der DDR war das Holz. 16 Sparren, sieben Meter lang und 16x8 cm im Querschnitt. Diese Sparren hatte mein Baubetrieb im eigenen Sägewerk Klausdorf angefertigt. Das Holz musste ich in dem DDR-Baumarkt BHG-Ludwigsfelde in Kanthölzern 10x12 cm und andere Maße als Massenausgleich erst einmal selbst einkaufen, dann meinem Baubetrieb verkaufen. Nicht nur Kanthölzer, auch die Dachschalung ca. 90 Quadratmeter ergatterte ich über meinen wahren Freund „Pinny" ebenfalls über den BHG-Baumarkt.
Dieser Kamerad hatte dort eine Freundin, denn nur durch gute Beziehungen bekam man Dachschalungsbretter. Ein Jahr später aktivierte mein Kamerad Pinny erneut diese Liebesbeziehung. Dieses Mal für gehobelte Innenbretter. Später mussten auch noch Treppenbohlen „im Schlaf" nachkommen.

Mein Traum war eine antike Holztreppe. Die Stufen und Treppenwangen stellte ich in Eigenleistung selbst her. Das Geländer sowie zehn Sprossen nebst einem gewaltig verschnörkelten Endpfosten in antiker Drechselarbeit organisierte ich aus einer altehrwürdigen Villa. Potsdam führte Ende der 1970er Jahre im Zentrum, Breite Straße, eine Generalrekonstruktion vieler Gebäude durch. In der Nähe, wo gegenwärtig die Garnisonskirche wieder entstehen soll, fand ich diese wunderbaren Treppenelemente. Viele Teile der Treppe in den vier Etagen waren schon zerstört. Ich bewahrte auf diese Weise ein historisches Treppenteil.
Ein selbst hergestellter großer Kamin aus dunkelroten Klinkersteinen ziert ebenfalls noch heute, nach 35 Jahren, das Wohnzimmer. Die Hauseingangstür ist ebenfalls eine sehr schöne rustikale alte Villentür. Der gesamte Terrassensockel besteht aus hellen und

dunklen Kieselsteinen von der Steilküste der Ostsee in Binz auf Rügen.

In dieser Bauphase hatte ich sogar noch die Energie, eine alte antike Kanone zu entwerfen und zu bauen. Nach meinen Plänen fertigte mir ein Dreher das Kanonenrohr sowie ein gesondertes Mundstück und Endstück an. Nur diese drei Einzelteile passten in das Kupferbad der Flugzeugwerft in Ludwigsfelde, was ebenfalls eine Geheimaktion war. Die Kanonenräder organisierte ich aus dem alten großen Handwagen meines früheren Güterfelder Lehrers, Herrn Klemp. Die Lafette schnitzte ich selbst wieder passend dazu. Weitere Zierelemente meiner alten Kanone waren Teile eines großen alten Messingtischleuchters.

Viele Besucher, die heute an meinem Haus am See vorbei spazieren glauben, diese Kanone sei eine echte, alte Kanone aus dem 18. Jahrhundert.

Hausbau 1978

Herr Pahl äußerte noch, dass seine Kinder und Enkel kein Interesse an seinem Landstück des Volksgutes Großbeeren hätten. Wenige Monate später hatte ich einen Pachtvertrag ab dem 1. Mai 1978 auf dem Teilgrundstück von Herrn Pahl. Das Bauplanungsprojekt sowie der Baubeginn laut Bauzustimmung vom 22. Mai 1978 klappten ebenfalls wunderbar. Nun begann der Bau meines eigenen Hauses mit zwei Etagen. Sämtliche Erdarbeiten für die Fundamente (6 mal 6m mit 80 cm Tiefe) habe ich völlig allein ausgeschachtet. Dann eines Tages gegen 13 Uhr wurde der Fundamentbeton angeliefert, ca. drei Kubikmeter, die ich wiederum im Ein-Mann-Betrieb bis in den späten Abend, es war ca. 23 Uhr, mit der Schippe in die Fundamente eingefüllt habe. Ab der Erdebene habe ich dann die Holzschalung aus Schaltafeln aufgestellt, verankert und abgestützt. Diese Schalung war am Vortag passend zugearbeitet worden. Dann musste diese Fundamentschalung über eine Länge von 2mal 6m bis auf 40cm über das Gelände mit Fundamentbeton aufgefüllt, verdichtet und die Oberfläche 20cm breit waagerecht abgerieben werden. Auf jeder Fundamentseite habe ich jeweils sieben Sparrenanker in den Fundamentbeton eingebaut von je 70cm Länge. 30cm freistehend zur Verankerung der sieben Meter langen Sparren.

Das Vermessen der Anker sowie das Einsetzen in den Beton und das Einbetonieren im Fortgang der jeweils sechs Meter langen Fundamente wurden von mir als Einzelperson in einem Arbeitsgang ausgeführt, was mich an den Rand einer totalen Erschöpfung brachte. In der hereinbrechenden Dunkelheit hatte ich dann zwei Anker falsch eingesetzt. Erst später, beim Aufstellen der sieben Meter hohen Sparren, bemerkte ich diese fehlerhafte Vermessung. Das erforderte noch einmal einigen Aufwand bei der Korrektur am Richtfesttag mit drei Kameraden. Dieser Kraftakt der Fundamentherstellung für den Rohbau meiner Finnhütte war wohl der körperlich schwierigste aller Bauarbeiten bei gleichzeitiger Vermessung!!

Mein zweiter Ersatzvater Willi Butz –
Bauabnahme
Willis Erbangebot

Willi Butz wurde im Jahre 1948 fast mein Stiefvater. Als fähiger Bauingenieur war er jahrelang in Güterfelde der Sachverständige für Bauzustimmungen, so auch für mein Haus „Finnhütte" im Jahre 1978. Später, nach der Bauabnahme, besuchte er mich noch einmal in meinem Haus am See und bewunderte diesen in der DDR damals völlig neuen Hausbaustil.

Ich spürte, dass er mich immer noch sehr sympathisch fand und mich noch gernhatte. Er erinnerte im vertrauten Gespräch daran, dass ich als Junge sehr häufig in seinem Haus zu Besuch war. Dann saß ich sofort am Zeichenbrett und ergriff voller Elan und Begeisterung Papier, Lineal und Bleistift und zeichnete, worüber er stets sehr glücklich war.

Bald kam er auf sein Haus und den Garten zu sprechen. Weiterhin darauf, dass er keine Kinder mehr hat. Der Krieg hatte ihm ja seine Familie auf sehr dramatische Weise genommen. Nun, im Herbst seines Lebens, kam er noch einmal zu mir mit einem Herzenswunsch, einem für mich wunderbaren, großartigen Angebot. „Lieber Dieter, ich möchte dir sehr gerne mein Haus vererben. Das Ganze ohne Geld und Zins, ohne Schulden!" Ich war so stark emotional betroffen, dass ich für eine geraume Zeit gar nicht antworten konnte.

Freude – Erinnerungen – Erregung – Gedanken – Zögern!

Der jahrelange schmerzliche Kampf meiner Mutter um ihr selbst erbautes Haus rückte plötzlich wieder in meine Erinnerungen, verdrängte die Freude und die mir nun erwiesene Ehre. Hier im DDR-Regime waren Hausbesitzer bei diesen niedrigen Mieten die Deppen der Bevölkerung. Ziegel, Zement, Bretter, Kanthölzer, Pappen, Alu, Zink, Kupfer, Bohrmaschine, Sägen, Pumpen, Rohre – immer alles „Mangelware"! Ich habe lange nach Dankesworten gesucht und dann doch schweren Herzens die Erbschaft ausgeschlagen.

Der alte Rentner, Herr Pahl, starb nach acht Monaten im Dezember 1978, dem Jahr mit dem großen Wintereinbruch und hohen Schneeverwehungen. Ich konnte nicht mehr auf mein Grundstück fahren, der Pkw versackte völlig. Frau Pahl stand wartend am Gartenzaun und sprach: „Nun können Sie das zweite Teilgartenland haben, mein Mann ist tot."

Aus Dankbarkeit habe ich der Oma Pahl 500 Ost-Mark geschenkt. Der Sohn des netten, alten Rentnerehepaares Pahl, der ja das Gartenland im Jahr 1977 nach Vater Pahls Aussagen nicht übernehmen wollte, unterstellt mir seit Jahren, ich hätte seinem Vater viel mehr Geld geben müssen. So sind manche Menschen: Neid und nochmals Neid! Er selbst war wohl zu faul, ein Gartenland vom Vater zu bearbeiten. Ich besaß plötzlich das gesamte Gartenland mitten in der Hausbauphase, schneller als ich selbst es wollte.

Eigentlich hatte ich im Sommer das Schwimmen und Schlauchbootfahren auf meinem See als oberste Priorität im Sinn.

Lebensrettung Kind:
Stasi verhindert Auszeichnung
Stasi-General-Oberst Dickel kritisiert noch die Verzögerung!

Zwei Jahre später im Sommer am 2. August 1980, es war ein heißer Tag. Drei Kinder spielten ganz still auf dem Ufersteg am See. Ich war zum Glück nicht am Hausbau, sondern im Garten auf der Seeseite.

Plötzlich hörte ich Kinderschreie. Ich riss die Gartentür auf und rannte die ca. 40 m zum Steg, der mit einem langen Gang noch ca. 15 m durch das damals noch sehr hohe Schilf führte. Die Steghöhe betrug mehr als 70 cm über der Wasseroberfläche. Ich sah, wie ein kleiner Junge auf dem Bauch liegend verzweifelt versuchte, ein im Wasser absinkendes Kind zu erreichen. Ich raste über den langen Gang des Ufersteges, dann über den breiten Stegkopf und sprang sofort ins Wasser. Aber nicht, wie sonst, im Kopfsprung, damit wäre ich dann doch zu weit draußen im See gelandet. Mein Sprung ins Wasser sollte direkt neben dem im Untergang befindlichen Kind landen. So konnte ich sofort im Wasser zugreifen, das strampelnde Kind packen und zurück zum Ufersteg ziehen. Dem kleinen Jungen auf dem Steg reichte ich einen Arm des Kindes und rief: „Erst einmal festhalten!" Ich wendete im Wasser, um mit gewaltigen Schwimmstößen schnell zur Leiter zu gelangen, die sich aber acht Meter vorm Stegkopf entfernt am Steggang befand. Ich glaube, so schnell bin ich nie wieder aus dem Wasser gekommen! Sofort war ich neben dem Kind, das immer noch am Stegrand „hing" und von dem zweiten Jungen gehalten wurde. Ich hob den prustende und sich erbrechenden Jungen auf den Steg. Nach einer wohl endlos langen Zeit hatte der kleine Junge sich dann wieder erholt, und ich konnte die Kinder trösten und heimwärts zu den Eltern bringen.

Einige Zeit später erhielt ich eine schriftliche Vorladung von den Gemeinden Güterfelde am See sowie etwas später auch vom Bürgermeister meines damaligen Hauptwohnortes Ludwigsfelde mit der Aufforderung, ich möchte bitte den beiden Ämtern meine Personalien einreichen zwecks Auszeichnung einer Kindesrettung. Die Personalien wurden von beiden Orten getrennt zum Ministerium des Innern zur Auszeichnung vorbereitet. Aber es passierte monatelang nichts, deshalb ging ich zu den beiden Ämtern und verlangte eine Aussage zur Klärung. Mir wurde nochmals erklärt, dass von beiden örtlichen Organen sämtliche Unterlagen sofort für eine Auszeichnung abgeschickt wurden. Weitere Monate und Jahre aber passierte nichts. Ich wusste ja, dass ich von der Staatssicherheit seit der schriftlichen Weigerung, an der Mauer 1961 mit zu bauen, unter Kontrolle stand. Hier war nun die Bestätigung, dass die Stasi des Staates DDR sogar in menschlich-humane Lebensbereiche eingreift und dort kommandiert.

Ich habe einige Jahre später noch einmal ein Kind vor dem Ertrinken gerettet. Es war allein mitten auf dem See mit einem großen Leichtschlauchboot unterwegs. Eine kurze, heftige Windbö kippte das Boot blitzschnell über den Jungen, er war aus dem Schlauchboot gefallen und lag darunter im Wasser.

Wir paddelten zufällig in einer ungefähren Entfernung von zwanzig Metern an diesem Boot vorbei. Plötzlich hörte ich den Jungen unter dem Boot dumpf schreien, aber er kam nicht mehr allein darunter vor. Blitzschnell sprang ich aus meinem Boot und schwamm im Kraulstil zu dem Jungen, tauchte unter das umgekippte Boot und zog ihn hervor. Inzwischen war meine Frau mit unserem Boot heran gepaddelt. Wir haben den Jungen in unserem Boot zum Badestrand des Güterfelder Sees gebracht. Er hatte sich inzwischen ein wenig erholt. Die Eltern lagen am Strand und waren seelenruhig eingeschlafen.

Im Jahr 2004 habe ich diese zweite Stasi-Akte 47744 über die verhinderte Lebensrettungsauszeichnung in Archiven gefunden. In der ersten Stasi-Kontrolle wurde die Medaillenauszeichnung

gestrichen, dafür war ein Anerkennungsschreiben handschrift-
lich dazwischen geschrieben. Danach hat eine weitere Stasi-Kontrolle auch das verbliebene Anerkennungsschreiben blockiert.
Das Kuriose daran, ein Berliner General-Oberst Dickel hatte
noch zwischenzeitlich die Auszeichnung zur Ausführung bei den
Potsdamer Stasi-Organen angemahnt (siehe Anhang). Die Auszeichnung wurde trotzdem im Kreis Zossen verhindert. Meine
Stasi-Hauptakte in Zossen wurde komplett vernichtet. Das bestätigte mir unsere frühere IM-Chefsekretärin, Ilse Omland, siehe
Kopfbogen rechts oben, Kurzzeichen „MO" vom 5.12.1961 (meine Haftvorbereitung) vom Kreisbau Zossen.

IM-Chefsekretärin –
SED-Personalleiter Matschke, Nazi
Personalbeurteilung 5.12.1961

Die Chefsekretärin IM „Ilse Omland" besuchte ich nach der Wiedervereinigung nicht wegen der Stasi-Akte „47744 Kindesrettung". Da ich während der Strafversetzung anlässlich der Mauerbauaktionen der DDR nicht am Errichten der Grenzmauer mitwirken wollte, erfolgte eine weitere Strafversetzung in eine völlig neu aufgestellte Stuckateur- und Putzerbrigade nach Wünsdorf in der russischen Kaserne. Diese Strafbrigade war zusätzlich mit guten Handwerkern aufgestockt worden, die durch den Mauerbau 13. August 1961 ihre Arbeit in Westberlin verloren hatten.

Zusätzlich waren zwei Parteigenossen eingeschleust worden, was wir „Mauergestraften" aber erst viel später erfahren haben. Diese Brigade hatte einen Brigadeleiter namens Omland, Heinz, er war also der Ehemann der IM-Chefsekretärin. Es war damit alles von der SED-Partei und Betriebsleitung unter Staatskontrolle.

Das Kuriose an meiner Strafversetzung war, dass ich sofort danach eine Lohngruppe höher eingestuft und bezahlt wurde. Die Westhandwerker hatten über zu niedrigen Lohn geklagt und dadurch für zusätzliche Aufregung im Mauerbau gesorgt.

Das Ehepaar Ilse und Heinz Omland waren zu jeder Zeit gute Kollegen, was auch für den menschlichen Bereich galt.

Später, nach 30 Jahren, stand ich dann in ihrem Haus in Rangsdorf. Ilse Omland umarmte mich ganz herzlich, danach dachte ich sofort: Da habe ich schon mal gute Karten für mein Anliegen. Ich glaubte, ein Schreiben als Bestätigung meiner politischen Verfolgung durch das DDR-Regime könnte meine Rente nach der Wiedervereinigung aufbessern. (Ein großer Irrtum.)

Aber Ilse Omland eröffnete jetzt erst einmal, dass sie IM-Chefsekretärin war. „Lieber Dieter, deine Stasi-Hauptakte ist in der

Stasi-Zentrale Zossen ebenfalls unter den vernichteten Akten. Die Stasi Zossen hat in Zusammenarbeit mit den Russen sämtliche Akten vernichtet in den russischen Kasernen in Wünsdorf."

Ich bedankte mich ganz herzlich und bekam trotzdem mein gewünschtes Schreiben über Strafversetzung und Verfolgung durch unsere SED-Parteileitung und die Leitung der Personalabteilung.

Ein SED-Parteisekretär mit Entschuldigung für Unrecht und Repressalien zum Mauerbau 1961 im Jahre 2004

Ich hatte aus meinen bereinigten Arbeitspapieren direkt nach der Wiedervereinigung 1990 nur ein Dokument durch glückliche Umstände erhalten und als Beweis dabei: diese Arbeitsbeurteilung vom 05.12.1961.

Eine völlig politische Beurteilung. Sie wurde wohl bei der Bereinigung übersehen, da sie einen farbigen blauroten Kopfbogen hatte. Das Kurzzeichen der Sekretärin Omland war rechts oben zu erkennen: M/O.

Der Verfasser „M" war der SED-Leiter Personal, Matschke. Die Sekretärin „O" war die Frau meines damaligen Brigadiers, wie bereits erwähnt. Der Inhalt dieser politischen Arbeitsbeurteilung war eine Vorbereitung zur Inhaftierung.

1. Der Parteisekretär Götze, der Initiator-Vollstrecker
2. Der Leiter Personal Matschke, ein SED-Mitläufer und ehemals aktiver Nazi

Mein Interesse war weiterhin, die Adressen der beiden aktiven SED-Bonzen zu erfahren. Die IM-Chefsekretärin Ilse Omland gab mir bereitwillig und freundlich Auskunft. Götze lebt in der Kommunisten-Hochburg Berlin Marzahn. Matschke soll bereits verstorben sein. Hier unterbrach ich die Sekretärin. „Weißt Du, dass Matschke ein Nazi war?" Erstaunt antwortete sie: „Das habe selbst ich als IM-Sekretärin nie erfahren. Es wunderte mich damals nur, dass er plötzlich abgesetzt wurde vom Leiter Personal und nur noch als Polier auf der Baustelle eingesetzt war. Den genauen Wohnort vom ehemaligen SED-Parteisekretär Götze bekommst du auf dem Meldeamt hier in Rangsdorf."

Ich fuhr also Richtung Marzahn. Bereitwillig wurde ich in die Wohnung von Frau Götze eingeladen. Sie erzählte quasi in Vertretung für ihren Mann von der Enttäuschung über ihre gemeinsame Partei.

Später bekam ich das Schreiben vom 4. November 2004. Eine offene, ehrliche Entschuldigung für das politische und berufliche Unrecht, was mir als Kollegen angetan wurde, besonders durch das Haftrisiko und die Verhinderung weiterer Berufsqualifizierung.

Ein Betonkommunist

Danach besuchte ich einen weiteren ehemaligen hochkarätigen SED-Leiter und überzeugten Kommunisten zum Gespräch: meinen damaligen Abteilungsleiter TRP-Projektierung 1971-74 im VEB IFA-Autowerk Ludwigsfelde. Ich arbeitete dort als Kostenplaner im Ingenieurbereich für den Aufbau einer nicht vorhandenen Kostenplanung der Bau-Projektierung des Autowerkes. Dieser Leiter hatte meine Arbeit in mehreren jährlichen Arbeitsbeurteilungen als gute, selbstständige Leistung mit hoher Eigeninitiative in den Jahren 1971-1973 schriftlich bestätigt. Er kannte auch meine oppositionelle Einstellung gegenüber der Politik. Ab dem Jahr 1974 mussten wir als Kollektiv alle 14 Tage politische Schulungen ertragen. Diese begannen immer 30 Minuten vor Feierabend. Niemand traute sich dann, aufzustehen und zu gehen. Meine Diskussionen waren rege zu den Technik- und Wirtschaftsthemen, aber geschickt und professionell wurden von diesem Abteilungsleiter die Themen mit Politik in der sozialistischen Arbeit verwoben.

Dann war plötzlich immer der „imperialistische Staat", also die Bundesrepublik Deutschland, an allen Schwierigkeiten der DDR Schuld. Ich wollte eigentlich ehrlich diskutieren über unsere wahren Probleme: schwache Technik, fehlendes Material und Ersatzteile usw. Nach einigen Monaten kam das Gespräch häufiger auf Verteidigung, Kampfgruppen, Sowjetunion. Irgendwann im Oktober 1974 wurde ich dann im Einzel-Kadergespräch wieder, wie schon vor 10 Jahren, vor die Notwendigkeit gestellt, in die Kampfgruppen einzutreten. Damit waren wieder schriftliche Erklärungen verbunden:

Wie stehe ich zum DDR-Staat und den zwei deutschen Nationen, den Sowjetmenschen, den Bundesbürgern? Zwei Schreiben wurden von meinem Abteilungsleiter Gehrmann gefordert. Damit war meine oppositionelle Energie entzündet. Ich hätte schweigen können, aber nichts lag mir ferner als den Wunsch nach der Einheit der deutschen Nation zu leugnen.

- Die DDR und die BRD sind eine Nation, die zwei Staaten nur eine Notlösung
- Bundesdeutsche Bürger stehen mir näher als Sowjetmenschen

(Beide Schreiben hier als Kurzfassung des Titels.) Diese sind aus meinen Personalakten ebenfalls entwendet worden.

Am 25. Oktober 1974 wurde mir die Kündigung von diesem Abteilungsleiter G. Gehrmann präsentiert. Als Ersatzarbeit könnte ich als Maurer arbeiten oder am Fließband der LKW-Produktion. Die ersten Tage war ich entsetzt, verzweifelt, aber dann erwachte in meinem Kopf die oppositionelle Kampfbereitschaft. Nun wurde mir auch klar, dass meine zwei Schreiben für einen hochkarätigen Kommunisten wie diesem früheren Parteisekretär des Autowerks Ludwigsfelde eine Kriegserklärung darstellten. Dieser war nun mein Abteilungsleiter, ein Karl-Marx-Irrläufer, dem ich beipflichten sollte. Zusätzlich sollte ich dann auch noch die Kündigungsbegründung unterschreiben, was ich verweigerte, da sie die Unwahrheit sowie ein Unrecht darstellte.

Ab diesem Zeitpunkt begann ich intensiv und verzweifelt eine neue Arbeitsstelle zu suchen. Schneller als ich glaubte, fand ich diese in dem Kreisbau Zossen Ludwigsfelde als „Projektant und Kostenplaner". Mein Gehalt betrug 100 Ost-Mark mehr. Das Wichtigste für mich war die 14-tägige Kündigungsfrist.

Noch bevor meine hochbrisante und systemkritische Arbeitsbeurteilung von dem großen Apparatschik des Autowerkes Ludwigsfelde mit über 10.000 Beschäftigten in den kleinen rein fachorientierten Baubetrieb überstellt wurde, war ich in diesen neuen Betrieb integriert. Monate später sprach mich die neue Kaderinstrukteurin etwas listig lächelnd an. Sie wohnte in der Nachbarschaft von Mutters Restaurant „Weißes Rössl". Sie kannte mich schon von Kindheit an. „Lieber Herr Kollege, beißen Sie sich doch lieber einmal auf die Zunge, anstatt Ihr politisches Feuerwerk erneut zu entzünden."

Anschließend äußerte diese nette ehrliche Kommunistin, denn ich kannte sie auch schon ewig, etwas leiser und privat: „Die schärfsten Beurteilungen habe ich herausgenommen, da das keine Arbeitsbeurteilungen sind, aber ich kann nicht alles rausnehmen, das würde meinen Papierkorb überfüllen." Ich versprach, mich in diesem Betrieb zu bessern. Später war ich der aktivste Kollege im Betrieb mit Neuerungen und Verbesserungen.

Nun zurück zu dem hochkarätigen Kommunisten, meinem Abteilungsleiter Günter Gehrmann.

15 Jahre später war der Sozialismus auch für diesen Leiter nur noch ein Haufen Schrott. Er musste aus seinem Westhaus bei Potsdam ausziehen und wohnte nun im Plattenbau in Ludwigsfelde, Clara-Zetkin-Straße, genau in der Straße, wo auch ich damals 14 Jahre lang gewohnt habe.

Entschlossen klingelte ich an seiner Tür. Frau Gehrmann erklärte beim ersten Besuch, ihr Mann sei krank und dürfe sich nicht aufregen. Im zweiten Versuch öffnete mein „lieber Abteilungsleiter" G. Gehrmann persönlich.

Schnell und höflich kam ich auf meine politische Kündigung zu sprechen. „Werter Herr Günter Gehrmann, würden Sie den Mut haben, mir eine Entschuldigung zu schreiben?"

Die Antwort war kurz und klar: „Nein! Ich war ja damals auch nicht bereit, den Sozialismus zu unterstützen sowie weiterhin auch mit der Waffe in den Kampfgruppen eine klare Stellung zur DDR zu beziehen."

Viele Jahre später habe ich für den „Historischen Geschichtsverein Ludwigsfelde" Dokumente aufgearbeitet und übergeben. Diese Schriftstücke beweisen die kaltblütige Enteignung von Mutters Restaurant in Ludwigsfelde in der Walter-Rathenau-Straße in den Jahren 1949-1959. Die Leiterin des Vereins sprach über verzweifelte SED-Bürger. Unter anderem sprachen wir über Kommunisten, die im Verein mitarbeiteten und eine neue Orientierung suchten. Sie gaben nun die Unrechtstaten ihrer Partei zu, fühlten sich aber nicht mitschuldig.

Plötzlich erzählte sie von einem sehr verzweifelten Herrn, der seit vielen Jahren im Geschichtsverein aktiv mitgearbeitet habe: Günter G.

Ich fragte mehrmals, wo dieser Herr denn gearbeitet und als „ehrlicher Kommunist" mitgewirkt habe. Tatsächlich, es handelte sich um meinen früheren Abteilungsleiter, der mir aus rein politischen Gründen eiskalt und brutal gekündigt hatte. Er war vor kurzem verstorben!

Nun erzählte ich meine Geschichte von diesem Kommunisten Günter G. Ich hatte danach den Eindruck, diese Leiterin wollte meine Geschichtswahrheit nicht so recht glauben. Meine Nachfrage bei der Frau Gärtner im Geschichtsverein Ludwigsfelde nach über einem Jahr, im Dezember 2015, zur Veröffentlichung der kaltblütigen Enteignung des Restaurants „Weißes Rössl" in Ludwigsfelde durch SED-Rechtsorgane hatte keinen Erfolg. Es war noch keine Bearbeitung geschweige denn eine Veröffentlichung erfolgt.

Frau Gärtner ist mit über 80 Jahren geistig noch sehr rege. Sie erinnerte sich sogleich, dass ich ein Sohn der Gastwirtin aus dem „Weißen Rössl" in den Holzhäusern bin. Außerdem bin ich mit der hübschen Tochter ihres früheren Lehrerkollegen, Herbert Hennig, verheiratet. Sie versprach erneut, die Bearbeitung durchzuführen. Bis zum Jahr 2017 noch keine Veröffentlichung.

„Weißes Rössl", Ludwigsfelde – Enteignung durch DDR-Behörden

Ich werde den Geschichtsverein Ludwigsfelde erneut auffordern, Dokumente über brutale Enteignungen von mutigen Frauen zu veröffentlichen.

Von Kriegerwitwen mit Kindern, die in tiefster Verzweiflung nach dem Zweiten Weltkrieg aufgestanden sind, um zu überleben. Diese Mütter und Frauen wollten die von den Männern verwüstete Heimat ihrer Kinder wieder ins Leben zurückholen, aber nicht noch einmal für eine Partei oder gar eine politische Ideologie ihren Kopf hinhalten; auch nicht für diese am Anfang so hoffnungsvolle Partei „SED".

Unsere Mutter hatte das Überleben geschafft und sowohl die Heimat als auch eine Existenz wieder aufgebaut. Ein Dokument von der Gemeinde Ludwigsfelde und der kommunalen Verwaltung aus dem Jahre 1949 beweist diese Fakten.

Das von unserer Mutter selbst erbaute Restaurant sollte an sie übereignet werden, umseitig das Dokument. Aber Mutter hatte inzwischen meinen dritten Ersatzvater, den Kommissar Koßelowski, geheiratet. Der war zu dieser Zeit aus dem Polizeidienst ausgeschieden, um Restaurantleiter zu werden. Ein folgenschwerer Fehler war, dass er gleichzeitig aus der SED „in Ehren" austrat. Dies las ich später in Briefen meiner Mutter an die Behörden.

Meine Mutter hieß seit der Heirat mit dem Kommissar nicht mehr E. Pietzofski, sondern sie hatte ab 1949 den Namen Koßelowski angenommen.

Die Repressalien und Enteignungen des Hauses „Weißes Rössl Ludwigsfelde" wurden ab 1951 von der Steuerbehörde der DDR auf eine Zwangsversteigerung vorbereitet, angeblich wegen „unerklärten Vermögens", und diese wurde im Jahr 1952/1953 tatsächlich durchgeführt. Das Enteignungsschema der DDR-Behörden, angefangen bei der damaligen Steuerbehörde Mahlow bis hin zur Finanzbehörde Potsdam war oft dasselbe: Unerklärtes Vermögen, daraus sich ergebende riesige Steuerschuld, ergab 26.968 Ost-Mark.

Unsere Mutter war das Kämpfen gewöhnt, sie sparte, pumpte und zahlte ab, auch über Schuldscheine mit Geschäftsleuten. Schuldabzahlungen als Belege sind heute noch vorhanden.

Sie opferte sogar das 1947 geerbte Haus in Güterfelde, indem sie es für rund 12.000 Ost-Mark verkaufte, dieses war gewissermaßen die zweite Heimat für uns drei Kinder gewesen nach dem Krieg. All unser Glück und unsere Geborgenheit waren weg für die dritte Heimat, das Hotel und Restaurant in Ludwigsfelde „Weißes Rössl" Obwohl unsere Mutter diese ungesetzliche riesige Steuersumme von 26.968 Ost-Mark nachweisbar zahlte, das selbsterbaute Haus wurde uns trotzdem einfach weg genommen, enteignet! Hierzu Dokumente der DDR-Behörden. Immer wieder erinnere ich mich an die vielen Tränen meiner Mutter sowie ihre Aussagen:

- Obwohl die angeblichen Steuerschulden von 26.968 Mark bezahlt sind, haben sie uns das selbsterbaute Haus trotz Baugenehmigung von 1947 über neue Gesetze enteignet.
- Mit der neuen Eigenheimverordnung der DDR 1954 und 1956 konnten doch sämtliche Mieter ihre Häuser kaufen!

Meiner Mutter als Bauherrin und Hauseigentümerin wurde dieses Recht nicht gewährt, obwohl sie ein zweites Mal bezahlen wollte! (Siehe Dokumente der DDR-Behörden zu den erneuten Kaufanträgen meiner Mutter: Koßelowski)

Die Tränen meiner immer weiterkämpfenden Mutter haben meinen Hass gegen dieses SED-Unrechtssystem weiter gefestigt. Es war nach der Schulzeit mein Ziel, die Bildhauer-/Kunstschule zu besuchen, das wurde ja auch abgelehnt. Plötzlich war ich dann nur im Lehrlingswohnheim der „Bau-Union Potsdam".

Meine Einstellung zum SED-Staat war zu dieser Zeit vollkommen negativ durch das Leid meiner Mutter. Schon im letzten Schuljahr wurde eine eventuelle Flucht in den Westen mehrmals in der Familie in Erwägung gezogen. Das hätte aber auch bedeutet, dass wir nach der Ausbombung in Berlin, dem Leben bei der Oma in Güterfelde auch die nunmehr dritte Heimat im Restaurant Ludwigsfelde für eine vierte Heimat hätten aufgeben müssen (Westberlin).

Ich glaube, meine Mutter hatte einfach nicht mehr die Kraft, noch einmal von vorn anzufangen. Obwohl unser ältester Bruder nun wieder in der Heimat Berlin wohnte und mit einer freien Wohnung in seinem Wohnblock lockte, blieben wir zwei Brüder Heinz und Dieter in Ludwigsfelde. Für uns zwei Kinder kämpfte Mutter in der DDR weiter. Ich aber hatte nach dieser Vertreibung aus der dritten Heimat durch die Kommunisten aus dem Haus der Mutter Rachepläne.

In diesem Haus wohnte ja auch privat seit 1950 unsere fünfköpfige Familie Koßelowski/Pietzofski. Die arglistige Hausenteignung hätte in erster Überlegung der SED-Leute gar nicht die verlogene Begründung laut der Eigenheimverordnung 1954 haben können: Dieses Doppelhaus war ein Gewerbehaus! Wo hat denn die fünfköpfige Familie gewohnt?

Eine weitere Verhöhnung und Beleidigung in einem anderen Dokument: Sie könnte ihr Haus erwerben, wenn E. Koßelowski Angehöriger der Intelligenz wäre oder Freiberuflicher. Hierzu Dokumente!

Meine Rachepläne für eine Flucht als Kind

Auf dem Spitzboden unseres Hauses lag schon jahrelang Heu.
- Ein offener Benzinkanister im Heu aufgestellt
- Fünf große Kerzen rund um den Benzinkanister
- Die Kerzen auf Kaffeeteller fest gegossen mit Wachs
- Kerzen anzünden, als Zeitzünder mit Heu umrahmt
- FLUCHT NACH WESTBERLIN

17. Juni 1953 – Volksaufstand in der DDR Restaurant „Weißes Rössl" Ludwigsfelde

Als 14-jähriger Junge stand ich mittags in der Küche bei der Mutter. Plötzlich sprang einer der Restaurantgäste auf und rief: „Deutsche Armee-Soldaten sind auf einem Armee-Mannschaftswagen vorgefahren!" Ein Offizier brüllte die Soldaten an: „Absitzen, aufstellen!"
Acht Soldaten sprangen vom Lkw – Aufstellung in Zweier-Reihen – Bajonett aufpflanzen – Marsch! Zwei Soldaten rannten rechts um das Restaurant, zwei Soldaten links, direkt auf den Hof. Zwei Soldaten marschierten in unseren Eingangsbereich, die Gewehre mit aufgepflanztem Bajonett waagerecht im Sturmgang.
Der Offizier, von zwei Soldaten flankiert, betrat das Restaurant. Im Kommandoton gab er den Befehl, nachdem die zwei Soldaten das Gewehr mit Bajonett in der Hüfte im Anschlag auf die Gäste gerichtet hatten: „Verlassen Sie sofort das Lokal, es wird geschlossen!!"

Nachdem die etwa 10 Gäste eilig aufgestanden und gegangen waren, befahl er meinem Stiefvater, dem Gastwirt, energisch: „Anziehen, Ausweis und mitkommen!" Vor den aufgepflanzten

Gewehren der Soldaten marschierte Hans Koßelowski hinaus, es folgte der Offizier.

Der Stiefvater musste auf den Armee-Lkw steigen, dann kam der gebrüllte Befehl des Offiziers: „Soldaten antreten! Bajonett ab! Aufsitzen!"

Der Stiefvater wurde drei Tage lang im damaligen „Objekt 19" im Industriewerk Ludwigsfelde verhört. Er war ja ehemaliger Polizist und zudem aus der SED ausgetreten. Blass und verängstigt kam er nach seiner Entlassung wieder nach Hause, verschwieg aber vor uns, was in den drei Tagen mit ihm geschehen war.

Für mich als Kind war der Krieg sofort wieder allgegenwärtig mit all seinen Ängsten und Erinnerungen. Wieder weinte die Mutter, die die Zwangsenteignung ihres Restaurants gerade überstanden hatte. Erneut standen die Westberlin-Fluchtpläne ganz fest in meiner Kinderseele und wollten realisiert werden. Aber meine Mutter kämpfte weiter. Sie stellte jährlich neue Kaufanträge auf ihr selbsterbautes Haus, obwohl ein Restaurant in den 50-er Jahren weniger Gewinn einbrachte als jeder Arbeiter in einem festen Beruf erwirtschaften konnte.

In der Gaststätte kostete ein Glas Pils mit 0,25 Liter Inhalt 0,51 Mark, im Konsum gab es die Flasche Pils mit 0,33 Litern zu ebenfalls 0,51 oder sogar 0,49 Mark. Davon konnte kaum eine Gaststätte in der DDR überleben.

Mutter hatte ja zusätzlich 1949-1959 noch vier Hotelzimmer. Der Übernachtungspreis war katastrophal wenig: ein Einzelzimmer gab es für 4,80 Ost-Mark, ein Doppelzimmer für 6,00 Ost-Mark – Bankrottpreise!

Wir Bundesbürger von heute kennen Hotelpreise für Doppelzimmer von 70,00 bis 90,00 Euro. Diese damaligen DDR-Preise sollten die privaten Hotels in den Konkurs treiben.

Als zwölfjähriger „Schmuggler" hatte ich für Mutters Restaurant amerikanische Zigaretten besorgt in flach um Bauch und Rücken gebundenen Paketen. Wir Nachkriegskinder waren sehr dünn, da fiel ein Rundum-Zigarettenpaket beim Grenzdurchgang von

West- nach Ostberlin nicht auf. Am Nachmittag zum Feierabend gegen 16.00 Uhr im dichten Berufsverkehr am Kontrollpunkt Teltow kamen Kinder ohne Körperkontrollen fast immer durch. Diese Schmuggeltaktik aus den Kinderjahren zu jener bestimmten Tageszeit nutzte ich Jahre später, um einen gebrauchten Großbild-Fernseher von Westberlin nach Ludwigsfelde (Teltow) im Gedränge von hundert Fahrgästen nach einer Zugankunft in der Grenzstation zu schmuggeln.

Die damaligen DDR-Fernseher hatten nur ein 33-cm-Bild. Sie waren Mangelware und sehr teuer, rund 1.800 Mark. Ich kaufte in Westberlin einen guten Gebrauchten für 195,00 DM zu einem Umtauschkurs von 940 Mark Ost. Das war natürlich ein Möbelstück von sehr großem Gewicht. Das TV-Gerät hatte ich zur Tarnung umwickelt mit einer alten, grauen und schmuddeligen Soldatendecke. Die Transportbindung war eine nur dünn und billig aussehende Strippe mit Fransen. Diese schnürte selbst durch meine ebenfalls alten Handschuhe meine Finger schmerzhaft ab. Ein ebenfalls noch sehr junger Kollege, Günter Richter aus Ludwigsfelde, war mein Schmuggelhelfer. Wir jungen Fachhandwerker hatten dieses Schmuggelgeschäft erfolgreich absolviert.
In unserer Arbeitsbrigade wurden wir von den älteren Kollegen mit viel Neid bedacht. Wochen später praktizierte der eigensinnige und besserwisserische Brigadeleiter Franz Serwuschok, ein erfahrener Soldat, der bis vor den Toren von Moskau gekämpft hatte, den gleichen Fernseherschmuggel. Er wurde erwischt, und der Fernseher war weg. Wir jungen Facharbeiter hatten den Brigadier als „großen Soldaten" immer bewundert. Seine Erzählungen von den Schlachtfeldern klangen nie überheblich. Wenn wir einmal bei einer Kiste Bier saßen, wünschten wir uns immer wieder das „Wolgalied". Ich habe einmal still geweint, denn die Erinnerung an meinen Papa wurde dann wieder wach. Er hatte eine wunderbare tiefe Tenorstimme als Sänger.
Ich hatte ihm meine gute „Grenzerfahrung" klar mitgeteilt, sie

wurde von ihm ignoriert. Sein Fernseherschmuggel hatte zwei Fehler, was beim Ausstieg aus der S-Bahn in Teltow die „Enteignung" verursachte:

- Vormittags, 10.00 Uhr, die S-Bahn war fast leer.
- Er stellte den Fernseher am anderen Ende des S-Bahn-Waggons ab. Die Transportpolizei sah das völlig alleinstehende Großpaket sofort und kassierte es ein.
-

Anfangs glaubten die Transport-Polizisten, dass das große „Gepäck" vergessen worden sei. Doch als entdeckt wurde, worum es sich handelte, kassierten sie natürlich die „West-Ware" ein. Unser Kollege tat mir leid wegen dieses unglücklichen Schmuggelunternehmens und dem Verlust des schönen TV-Gerätes.

Irgendwann erzählte ich einmal während seiner Landser Erinnerungen, dass ich im Krieg häufig für meinen Papa, der Soldat war, gebetet habe. Danach offenbarte dieser hart geprüfte Soldat, er kannte vor dem Krieg kein Gebet zu Gott. Doch schon nach wenigen Wochen in Russland musste er als Infanterist hinter unseren deutschen Panzern ständig ganz flach im Schlachtfeld liegen. Er erzählte: „Die russischen Panzer waren den unseren zahlenmäßig weit überlegen, nur unsere Kriegstaktik und Erfahrung war besser und sicherte das Überleben! Die russischen Panzerangriffe und PAK-Geschütze hatten allerdings ständig die Übermacht. Die Granaten schlugen immer häufigerer direkt neben uns Soldaten in den Boden.

Ich lag seit dieser Zeit oft Tag und Nacht im Dreck, jede noch so kleine Mulde wurde zur Deckung genutzt, den Körper flach an den Boden gepresst, in der russischen Steppe, den Stahlhelm tief über die Ohren gezogen. Das Gesicht war verdreckt, weil es tief ins Erdreich gepresst werden musste, wenn wir es überhaupt noch vor dem Angriff schafften, eine flache Soldatenmulde auszuschaufeln oder uns liegend einzuscharren. Irgendwann spürte ich in dieser fremden Erde, fern von der Heimat: Ich betete plötzlich, ich betete zu Gott. Unzählige Male haben wir unseren Panzern eine tiefe Rampen-Mulde geschaufelt, sodass nur noch die getarnte Panzerkuppel über der Erde zum Gefecht heraus schaute. Mindestens vier, fünf schwere Schrammen an der Kuppel bewiesen, das wären Volltreffer im oberen Gelände mit nachfolgendem Tod gewesen. Dieser war nun auch häufiger unter den Kameraden. In einigen Gräbern haben wir deutsche Landser und russische Soldaten gemeinsam begraben."

Der Deal mit zwei Eishockey-Karten
Ost gegen West
Dynamo Berlin – Eisbären Berlin

Noch heute laufe ich sehr viel und auch gern Schlittschuh. Eishockey ist bis heute „mein Spiel". Die großen Spiele Kanada – Sowjetunion sowie Sowjets gegen CSSR beobachte ich gern. Aber auch sehr spannend und aufregend waren Ost gegen West, also Dynamo Berlin gegen Eisbären Berlin!

Ich fieberte in den 80er Jahren mit den Eisbären-West. Ein Sportdirektor des Fußball-Clubs „Motor Ludwigsfelde" kannte meine Eishockey-Leidenschaft sehr gut. Dieser nette Kamerad, Philipp, verkaufte mir zwei Karten des hochdramatischen Rückspiels im Inter-Cup Dynamo gegen Eisbären für 16 Ost-Mark.

Schon die Anfahrt zur Werner-Seelenbinder-Halle war aufregend. Der 100 m lange Zugang zur Eishalle war mit Sportfans überfüllt. Viele Leute wollten noch Karten haben, aber diese waren längst ausverkauft. Ich aber wollte eigentlich meine zweite Karte verkaufen. Schon viele Fans hatten mich buchstäblich nach einer Karte angebettelt. Dann kam einer mit einem meterlangen Schal, rotweiß. In diesem Moment begriff ich: das ist ein „Wessi", der wird – genau wie ich – für die West-Eisbären schreien und sie anfeuern. Aber wir sitzen in einem Meer von DDR-Bürgern und überzeugt vernarrten Ossis. Ich sagte kurz zu dem Eisbären-Fan: „Ich kehre um, im Abstand von 10 m bitte unauffällig folgen." An der Straßenbahnhaltestelle setzte ich mich hin, forderte ihn auf, sich neben mich zu setzen und die Karte für den Tagesaufenthalt auf den Schoß zu legen, damit ich sehen könne, dass er heute aus Westberlin gekommen sei. Er hatte nun schon Vertrauen gefasst und sagte: „Ich gebe dir 50 Mark West für die Karte." Völlig überrascht über dieses hohe Kartenangebot orientierte ich mich neu und erklärte: „Ich habe zwei Karten." „Ja, dann gebe ich die 100 D-Mark." war die rasche Antwort. Ich habe noch einmal neu überlegt: 100 West gegen 16 Ost! Ein „Superdeal"! glaubte ich, und hocherfreut fuhr ich heimwärts. Wochen später erzählte mir ein Insider: „Dein „Superdeal", du Depp und Ahnungsloser, mit etwas Geduld hättest du 200 West bekommen!" Wenn ich nur noch in Erinnerung hätte, ob ich dieses Ding mit den Eishockey-karten dem Kameraden Philipp gebeichtet habe? Aber das war ja dann auch egal, die Karten hatte ich mit 16 Ost-Mark bezahlt. Die Eisbären West hatten dieses Rückspiel gewonnen. Ich hätte mich mit dem Eisbären-Fan ganz sicher sehr gefreut, gejubelt und gefeiert. Das Risiko, in Konflikte mit den Dynamo-Fans zu geraten und dabei Schläge zu bekommen, war aber auch sehr wahr-scheinlich. Zusätzlich wären auch Stasi-Leute sofort nach dem Spiel an unserer Seite. Ich hätte den Eisbären-Fan garantiert zum freundschaftlichen Gespräch auf ein paar Bier in ein Restaurant eingeladen. Bei den billigen Bierpreisen von 0,51 Ost-Mark in der DDR wäre mein Gesprächsthema vom Sport sehr bald zur Politik gewechselt. Dann wurde ich als Oppositioneller ganz offen und hart zum Systemkritiker der DDR. Das alles hatte ich nun ver-mieden.

Ich erinnerte mich an eine Prag-Reise, abends in dem berühm-ten Gasthof „Flecken". Junge Tschechen und auch Deutsche am Tisch. Wir diskutierten, kritisierten ganz offen den „Prager Früh-ling" 1968. Wieder waren deutsche Soldaten in die Tschechische Republik einmarschiert. Die Wunden der Tschechen vom Zwei-ten Weltkrieg waren gerade vernarbt, aber noch nicht vergessen. Diese Wunden bluteten nun 1968 wieder. Wir Deutsche entschul-digten uns erneut bei den Tschechen als DDR-Bürger der 80er Jahre für Deutschland. Ein Deutscher diskutierte mit mir noch nach Mitternacht auf den Straßen Prags, aber eigenartig geschickt nahm er Partei für den DDR-Aufmarsch 1968. Am Bahnhof ver-abschiedete er sich plötzlich. Sein Zug käme gleich, weg war er! Nach einigen Minuten schaute ich auf den ruhigen Bahnhof. Aber weder der Deutsche war im Bahnhof, noch fuhr ein Zug zu dieser späten Stunde. Ein Stasi-Mann im Lauschkontakt für die DDR? Stasi auch im Ausland des Warschauer Paktes? Man weiß es nicht, konnte nie sicher sein.

Deutsches Schwein aus DDR
Ungarn-Reise 1972

Ungarn war damals ein relativ „offenes" Land im Ostblock. Wir Deutschen der DDR fühlten uns dort am Balaton viel freier. Viele Westberliner und Westdeutsche verbrachten ihren Urlaub in Balaton-Füred in dem großen Hotel „Marina".

Da ich eine sehr hübsche Frau hatte, waren wir dann, sehr gut angezogen, schnell in Gesprächskontakt mit Hotelgästen aus dem Westen. Ein braun gebrannter Westberliner Bau-Ingenieur war für mich also ein Berufskollege. Sein Bruder, ein 17 Jahre alter Junge, langweilte sich am Abend. Wir saßen in einem typisch ungarischen Restaurant mit etwa acht Personen, speisten und tranken Wein. Einige Musiker spielten verträumte Zigeunermusik. Es war herrlich warm, und der Balaton plätscherte leise direkt neben den matten Laternen im Garten. Wir speisten nachts noch einmal Kesselgulasch mit Brot, das in hübschen geflochtenen Körbchen auf dem Tisch stand. Plötzlich riss ein Kellner den 17-jährigen Bruder des Westberliner Bau-Ingenieurs an der Brust hoch, zog unter dessen Jacke ein Brotkörbchen hervor und schrie: „Deutsches Schwein aus DDR!"
Erschrocken schauten die übrigen Gäste auf den wütenden Kellner und den verängstigten Jungen. Sechs von uns waren Urlauber aus der DDR, zwei Westberliner. „Siehst du", sprach ich zum Westberliner Bau-Ingenieur, „wir DDR-Bürger verlieren den Zweiten Weltkrieg immer wieder aufs Neue."

Am Wochenende hatte er meine Frau und mich zu einer Striptease-Show im Hotel eingeladen. Der für uns teure Eintritt betrug etwa 30 DM West einschließlich Getränke. Das war sehr großzügig von ihm. Von diesem Urlaub konnte ich meiner Mutter sogar noch attraktive Souvenirs mitbringen: Da sie sehr gerne westdeutsche Zeitschriften las wie den „Stern" oder die „Frau im Spiegel", schenkte mir der nette Westberliner einige, die ich im Koffer nach Hause schmuggeln konnte.

Der Freund, seine Frau und ich
Liebe, Treue, fast die Katastrophe

Dieses Sylvesterfest feierten wir im Haus von Erikas Schwester. Die Party war schon voll im Gange. Wir tanzten, tranken munter und flirteten ausgelassen. Erika hatte bereits gegen 23.00 Uhr wohl etwas zu viel getrunken. Sie legte sich im Gästezimmer auf das Bett. Die Feier ging munter weiter bis Mitternacht. Mit dem Gongschlag um 24.00 Uhr erreichte die Fröhlichkeit ihren Höhepunkt. Alle prosteten sich munter zu und küssten sich, wie es allgemein üblich ist. Dann liefen die Gäste hinaus, um auch den Eltern zu Hause ein gutes Neues Jahr zu wünschen. Das Haus war auf einmal leer und still. Noch ein Glas Sekt, und plötzlich kam mir Erika in den Sinn. Sie müsste doch nun wieder fit sein, überlegte ich. So ging ich die Treppe nach oben, um sie als erster zum Neuen Jahr zu begrüßen.

Als ich die Tür zum Gästezimmer am Ende des Flures öffnete, war Erika schon wach und schien mich zu erwarten. Ich näherte mich zögernd dem Bett. „Nun komm schon, sei nicht so schüchtern!" Ihre Arme zogen mich herunter zum Bett. Sie hatte Rock und Bluse ausgezogen und schaute recht sexy aus.

„Alles Glück und alles Gute zum Neuen Jahr", flüsterte sie sehr herzlich und gefühlvoll, zog mich sogleich noch tiefer herunter und küsste mich lange, - den Freund ihres Mannes. In der Neujahrsstunde ist das ja nichts Besonderes! Aber das war inniger. Ich weiß heute nicht mehr, ob diese Zeit nur wenige Minuten waren oder doch eine längere Zeit. Ich wollte Erika ja nur munter machen und nach unten zum Weiterfeiern zurückholen. Aber sie wollte „etwas mehr"!

Mit Verwunderung bemerkte ich, dass sie ihre Arme nicht von meinem Nacken löste. Nein, diese Arme taten genau das Gegenteil. Meine Gedanken rasten nach unten. Wenn jetzt einer hochkommt, aber nein, niemand kam. Ich war immer noch bei diesem Neujahrskuss, der schön und von Erika gewollt, ein „inniges Küssen" war. Erika setzte erneut zum leidenschaftlichen Zungenkuss an. Ihre Arme umschlangen mich noch immer ziemlich fest. Ich tat aber ebenfalls nichts, um ihr Begehren zurück zu weisen. Wir waren jung, und als Mann ist man solch einem Begehren wohl doch leichter erlegen. An dieser Stelle muss ich einfügen, dass sie eine sehr schöne und begehrenswerte Frau war. Ich bemerkte plötzlich, dass mich in dieser heiklen Liebessituation plötzlich ein Geistesblitz durchzuckte, der mich zum Nachdenken brachte. Waren meine Gedanken zum langjährigen Freund Pinny geflogen? Mit ihm hatte ich in den letzten zehn Jahren viele schöne Dinge, aber auch Brisantes erlebt. Oder war da eine Stimme, die von unten bis hierher ins Obergeschoss drang? Ich löste mich aus der Umarmung der Frau meines Freundes. Erika sah in ihrer nur wenig bekleideten noch immer Büste wunderschön und begehrenswert aus, aber sie löste sich nun von mir, wenn auch widerwillig. Nun spürte ich nicht mehr ihr intensives Begehren, welches mich beinahe überwältigt hätte, war ich doch kurz davor, es zu erwidern. Darauf folgte voller Enttäuschung eine Bemerkung von ihr, die ich nie vergessen habe: „Du Feigling!"

Wir blieben weitere zwanzig Jahre unzertrennliche Freunde. Ich ging in seinem Haus ein und aus. Alles war gut! Der Freund hatte die Treue zum Freund nicht gebrochen! Als ich mich scheiden ließ, musste ich mir plötzlich von Erika Vorwürfe darüber anhören. Ich antwortete darauf: „Liebes Mädel, wirf bitte nicht mit Steinen, wenn du selbst im Glashaus sitzt. Bitte, verzeih." Ich vergaß, welches Schicksal auch ihr widerfahren war in den letzten Jahren. Aber früher hatte ich meinem Kameraden hohe Summen Geld geliehen, tausend Mark und sogar zweitausend Mark, die er dann gewissenhaft über viele Monate wieder zurückgezahlt hatte. Nie habe ich eine Unterschrift, geschweige denn einen Schuldschein verlangt. Er sagte dann immer:„Ich liebe meine Erika, wir schaffen das schon!"

Dann kam das Jahr mit der Katastrophe, 1981, nach dreißig Jahren wunderbarer Kameradschaft. Zwei Stunden bevor sich dieser Schicksalsschlag ereignete, war ich noch bei meinem Kameraden. Er wollte ins Schwimmbad Ludwigsfelde. „Kommst Du mit?" „Nein!" „Ich muss eine Stunde schwimmen", sagte er, „dann merkt Erika nicht, dass ich angeheitert bin." Wäre ich doch nur mitgegangen!!

An diesem Abend etwa gegen 20 Uhr kam der Nachbar meines Freundes weinend in meine Wohnung. „Dein Kamerad Pinny ist tot! Er ist in der Schwimmhalle beim Tauchen ertrunken!!" Er hatte sich beim Tauchen über die gesamte Beckenlänge erbrochen und ist daran erstickt. Ich habe nachts um meinen treuen Kameraden geweint. Tagsüber beim Autofahren musste ich immer wieder weinen und habe in meiner Verzweiflung geschrien: „Herrgott, gib mir den Freund zurück! Nimm dir den Bruder dafür." Ich wusste genau, warum ich das damals schon spürte und sagte!! Ich half der Frau meines Freundes danach häufig bei allen anfallenden Arbeiten am selbsterbauten Haus. Wieder fühlte ich ihre Zuneigung, sie brauchte Trost und Liebe. Aber bald war spürbar, sie begehrte mich. Eine sehr schöne Frau war sie immer noch und wollte mich, den Freund verführen. Aber war das nicht ein bisschen früh? Ich wollte ihr gerne Schutz und Geborgenheit geben, aber die Liebe blieb außen vor. Da Erika in dieser Witwenzeit wirklich Geld brauchte, bot sie mir ein großes Schlauchboot an, welches ich tatsächlich schon lange suchte. Einen weit höheren Preis gab ich sofort dafür. Mir war ja bekannt, dass sie immer Geld brauchte. Inzwischen hatte Erika den knallroten VW-Käfer ihres Mannes verkauft. Für einen Preis, den weder ihr Mann noch ich je herausgehandelt hätten. Aber dieses Geld war auch schon nach einem Jahr aufgebraucht. Weiterhin wusste ich, dass für meinen Kameraden Pinny eine hohe Lebensversicherung ausgezahlt worden war, 25.000 Mark. War diese große Summe ebenfalls schon verheizt?! Darauf erinnerte ich mich wieder an den Ausspruch unseres gemeinsamen Lehrmeisters, den dieser oft fast beschwörend ausrief: „Jungens, passt im Leben auf, dass ihr nicht eine Frau erwischt, die das schneller mit der Handtasche rausbringt, was ihr mit der Karre ins Haus reinbringt!"

Meine Erfahrung im Leben: Dieser Ausspruch trifft häufiger zu, als ich damals glauben wollte. Aber musste ich denn diese Lebenserfahrung gerade an dem besonders schweren Schicksal der Frau meines Freundes erleben? Erika hatte zuerst zwei Söhne und dann auch noch ihren Mann verloren. Alle drei tödlichen Unfälle hatten eine besondere Schwere und Dramatik. Nur wenige Menschen im Krieg hatten ein derartiges Schicksal zu tragen. Beide Söhne kannte ich persönlich sehr gut. Ich hatte eine sehr starke feste Freundschaft zu meinem Kameraden von der fünften Schulklasse bis zum Tod.

Der eine Sohn, Marko, lernte in meinem Betrieb. Seine unsolide Lebensweise hatte er selbst eines Tages nicht mehr ertragen. Er ging betrunken am Ludwigsfelder Bahnübergang dem Zug entgegen.

Sohn René fuhr per Anhalter mit einer hübschen jungen Frau im Pkw mit. Sie müssen wohl geflirtet haben während der Fahrt. Ein unachtsamer Augenblick, und das Auto rammte einen Baum. Das Mädchen wurde schwer verletzt, der hübsche René starb an seinen Verletzungen.

Erika ließ ihren Charme und ihre Leidenschaft bei jedem meiner Besuche zum Arbeiten deutlicher werden. Einmal sind wir auch in ein Restaurant gegangen. Am Abend bei einer Flasche Rotwein in meinem Haus am See geschah es dann: Im Radio wurde gerade der Song gespielt, den ich oft in ihrem Haus hörte, wenn ich kam. Es war ihr Lieblingslied nach dem Unglück ihres Mannes. Elegant, mit einem Knicks, bat sie um diesen Tanz. Ihren Schoß schmiegte sie intensiv immer fester an den meinen. Diese Tanzart sagte nun ganz deutlich: Ich möchte mehr! Ihr Lieblingslied war schon längst beendet, aber auch der nächste langsame Song war anregend. Erika spielte mit den Waffen einer Frau, denen kein Mann widerstehen kann. Ich muss gestehen, sie war „gut" und vergaß wohl für diese schöne Stunde einmal ihr Schicksal. Es gab noch einige schöne Stunden und Tage. Irgendwann erinnerte ich mich allerdings auch an ihren Spruch nach diesen über zwanzig Jahren: „Du Feigling!" Ich wollte nun etwas nachholen dürfen, was wir so beide wohl nie für möglich gehalten hätten. Erika aber wollte jetzt Tatsachen sehen. Unser Verhältnis erfuhr keine Weiterentwicklung. Und eines Tages kam eine Frage von ihr, die mich sehr verblüffte: „Dieter, hast Du nicht einen Mann für mich?" Das war aber nur der erste Teil der Frage. „Er möchte aber auch nicht unvermögend sein."

Nun war das Problem wieder da: Erika und Geld. Spätestens jetzt hatte mich meine Erfahrung mit Erika wieder eingeholt. Sie bestätigte von sich aus den Spruch mit der Handtasche und der Karre. Erika sah noch immer sehr gut aus und ging dann allein tanzen. Im Ludwigsfelder Autowerk arbeiteten zu DDR-Zeiten englische Fachkräfte zur Montage. Bald hatte sie sich einen englischen Mann geangelt, der dann auch bei ihr wohnte.

Ich war früher auch auf Montage und wusste, dass das ein „Bratkartoffelverhältnis" für den Mann war. Sie setzte aber fest auf ihn und glaubte an Liebe. Er hatte schließlich das Westgeld. Ich gönnte ihr dieses Glück nach ihrem schweren Schicksal, doch es sollte bald ein Ende haben. Erika verkaufte das Haus an ihre Schwester, bei der wir vor 25 Jahren die Sylvesternacht feierten. Dort zog die Tochter der Schwester ein. Erika selbst aber siedelte nach Westdeutschland um, nach Siegburg bei Bonn. Nach der Wiedervereinigung wollte sie ihr Haus wieder zurückholen. Ein Rechtsanwalt machte ihr das schmackhaft. Verloren hat sie dadurch nicht nur diese unrechtmäßige Forderung, sondern auch ihre Schwester.

Immer wenn ich meine Eltern auf dem Friedhof besuchte, ging ich auch zum Grab meines Kameraden. Seit 2014 ist dieses Grab plötzlich verschwunden, mein Kamerad Pinny und seine beiden Söhne wie ausgelöscht. Ich war erschüttert, als ich das plötzlich sah.

Noch einmal kamen Erinnerungen an unsere Jugendzeit zurück:

Wir gingen tanzen im Stammrestaurant „Sanssouci". Gegen 22 Uhr kam plötzlich der Chef zu uns. Eine Dame möchte uns sprechen am Telefon! „Hier ist die Sparkasse Ludwigsfelde. Bitte rettet uns vor diesem Abrechnungswahn. Die Zahlen tanzen schon vor unseren Augen. Wir aber möchten viel lieber mit euch, lieber Dieter, tanzen." Meine „Sparkassendamen" Elfi und Lorle mussten noch ihre umfangreichen Abrechnungen in der Sparkasse vor Monatsschluss ausführen. „Kommt doch bitte vorbei." Mit zwei Flaschen Wein liefen wir zur Sparkasse. Jubelnd wurden wir reingelassen und mit einem Kuss begrüßt, bei dem es später aber nicht blieb. Wir tanzten bis Mitternacht. Die Mädels waren sehr lieb, was wir natürlich doppelt erwiderten. Über den Mut dieser beiden Frauen, in der Sparkasse eine Party zu feiern, staunten wir sehr, und das am Samstagabend von zehn bis Mitternacht! Die Abrechnung wurde natürlich nicht fertig.

Immer wenn ich zur Sparkasse kam, bediente mich Elfi bevorzugt. Jahre später waren neue Sparkassendamen im Dienst. Plötzlich sollte ich mein rotes „Deutsches Sparkassenbuch" einfach abgeben, weil es nun ungültig war. Ich bekam ein neues „Sparkassenbuch". Der DDR passte der Begriff in großer goldener Aufschrift nicht mehr in den politischen Kram:„Deutsches". Ich protestierte dagegen. Meine gesamten Spareinlagen von ca. 25 Jahren samt den Zinseintragungen öffneten sich für mich immer in diesem Buch. Die Summe hatte 20.000 Mark weit überschritten. Viele Ein- und Auszahlungen hatten starke Erinnerungen ausgelöst, wie zum Beispiel der erste „Trabbi 500" mit nur einem Jahr Wartezeit im Dezember des Jahres 1959 für 7.485 Mark. Ich heulte fast, danach betrug die Summe nur noch 2.500 Mark auf dem Sparbuch.

Der ganz spontane Pkw-Kredit

Meine Spareinlagen für einen Pkw waren immer vorhanden. Viele DDR-Bürger hatten plötzlich ihre lang vergessene Pkw-Anmeldung im Briefkasten, aber kein Geld gespart. So auch eine Kollegin. Eines Tages erzählte sie uns Arbeitskollegen traurig von diesem Problem. Es fehlte das Geld. In der DDR musste sofort bar bezahlt werden. Immer wieder jammerte sie, wie gerne ihre Familie ein Auto hätte. Ich wusste, dass sie auch ein behindertes Kleinkind haben. Beide Großeltern wollten ja mitfinanzieren, aber das ging nicht. Es hätte auch noch einen Monat oder ein Vierteljahr gedauert.

Ich hatte schon zweimal Geld an Kollegen verliehen. Probleme gab es in beiden Fällen nicht. Irgendwann war ich soweit, ich ging zur Sparkasse zu meiner netten Elfi, meiner mit Kosenamen betitelten Sparkassendame. Sie zahlte auf meinen Wunsch den Betrag von 12.000 Mark bar aus.

Am nächsten Tag legte ich meiner Kollegin dieses Geld in ihrem Zimmer auf den Tisch. „Ich hoffe, dass du deinen Mann und die Großeltern zu diesem Pkw-Kredit gewinnen kannst." Spontan kam die Antwort: „Das kann ich nicht!" Weitere Gründe folgten, warum und weshalb. Meine nette Geste, -brauchst mir keine Zinsen zu geben-, änderten ihre Meinung zur Annahme des Geldes nicht. Im weiteren Gespräch kam ich zu der Überzeugung, sie wollte von Anfang an den Pkw Trabbi gar nicht kaufen. Dann bot ich ihr an, die Pkw-Anmeldung an mich zu verkaufen: „Bitte sag mir eine Summe." Ich erklärte, mein Pkw sei schon recht alt, ich könnte ehrlich einen neuen gebrauchen. Irgendwann wurde mir klar, dass alles von der netten Kollegin nur dummes, naives und unüberlegtes Gequatsche war. Ich sprach und lächelte auch Tage und Wochen danach wirklich nett zu ihr. Sie aber war ständig distanzierter. Das Geld hatte ich kurzerhand wieder meiner Sparkassendame Elfi zurückgegeben. In den späteren Jahren grüßte mich diese Kollegin nicht einmal mehr. Frauen lernen wir Männer wohl niemals richtig zu verstehen!

Die mutige Attraktive während einer Weiterbildung

In den 1980er Jahren arbeitete ich im Bezirksarbeitsausschuss „Preise". Alljährlich wurden wir internatsmäßig in Potsdam oder Umgebung zu Preislehrgängen für eine Woche eingeladen. Die DDR nutzte in der Zwischensaison die guten Ferienheime dazu, zum Beispiel Chemnitz bei Brandenburg u. a., herrlich gelegen mit Parks am See.

Am ersten Tag wurden neue Bekanntschaften gleich mit einem gemeinsamen Duschen eröffnet. Damen und Herren unter einer Dusche, da staunte selbst ich, der Mutige. Jeden Abend wurde gefeiert und auch getanzt.

Bei einem Preislehrgang platzierte sich mir gegenüber eine blonden Dame, gut aussehend, selbstsicher, redegewandt. Wenn die Kostenexperten als Dozenten zu langweilig wurden, tuschelte diese Dame mir häufig aktuelle Witze zu. Wir nahmen gleich am ersten Tag Kontakt auf. Sie flirtete und tuschelte jeden Arbeitstag sowie abends. Nicht allein unsere Blicke, auch unsere Beine berührten sich häufiger. Möglich machten das die schmalen Tische in langen Reihen. Das Flirten erfolgte die ganze Woche munter weiter.

Neben der mutigen Frau mit der sexy Ausstrahlung saß ihre Kollegin. Sie war sehr schüchtern, zierlich, mit schwarzen schönen Augen und dunklem kurzen Haar. Eifrig benutzte sie aber die Zeit für Notizen. Einige Male bemerkte ich kurz, als wir beim Schreiben die Köpfe gesenkt hatten, ihren längeren Sichtkontakt zu mir. Im Allgemeinen aber war sie recht still. Ihre Augen waren sofort auf dem Papier, wenn ich meinen Blick ohne Kopfbewegung zu ihr wendete. Am letzten Tag der Schulung war der Preislehrgang um 13 Uhr beendet. Noch einmal ging die mutige sexy Dame voll ins Gespräch und flirtete aus sich heraus. Eine nette Verabschiedung folgte vor dem Auseinandergehen. Dann war der Preislehrgang abgeschlossen. Im Waschraum packten wir vor der

Heimfahrt unsere persönlichen Dinge ein. Das schüchterne Mädchen trat herein. Dicht neben mir räumte sie ihre Utensilien ein, dann wandte sie sich mir zu. Ein warmherziger Blick aus ihren dunklen, schüchternen Augen traf mich. Mit einer Geste der Zuneigung begann sie das Gespräch, was mich überraschte. Es war nur ein liebevoller Satz: „Ich möchte mit Dir schlafen." Sie wusste, dass ich mit meinem Pkw allein angereist war. Es folgten nur noch wenige Worte. „Warte bitte, wenn du möchtest, auf mich. Wenn sämtliche Teilnehmer und meine Kollegin abgefahren sind, komme ich zu deinem Wagen." Von dieser selbstsicheren Strategie der Frau war ich sehr überrascht und beeindruckt.

Das schüchterne Mädchen

Wieder einmal war ich in der Erfahrung mit Frauen einen Schritt reifer. Sie sind den Herren der Schöpfung weit überlegen. Diplomatisch zurückhaltend, aber zielstrebig.

Ich hatte ein derart liebevolles Angebot vor vielen Jahren schon einmal bekommen. Das ruhige, schüchterne Mädchen eröffnete diesen schönen und romantischen Nachmittag mit einem Picknick. Dazu eine Flasche Rotwein, zwei Gläser aus dem Lehrgangsinternat. Nun saßen wir vor einem schönen stillen See und küssten uns. Eine Decke hatte ich zum Baden ständig in meinem Wagen. Langsam wurde sie vertrauter, wärmer und dann auch inniger. Ihre Schüchternheit hatte sie abgelegt. Aber die Liebe hat sie tief in sich aufgenommen.

Jahre später eine neue Partnerin in Dresden

Irgendwann im Frühjahr wurden in meinem Betrieb ein paar Kollegen zur Instandsetzung des herrlichen Ferienheimes in Binz an der Ostsee benötigt. Meine handwerklichen Fähigkeiten sowie alljährliche Urlaubsnutzung in Binz im Wonnemonat Mai gaben den Ausschlag, und ich war dabei.

Beim Überprüfen unseres betriebseigenen Zimmers fand ich merkwürdigerweise einen großen Bernstein von cirka drei cm Durchmesser mitten unter dem Doppelbett. Jahrzehntelanges Suchen an der Ostseeküste hatte mir nie das Glück beschert, einen so großen Bernstein zu finden. Er muss dort unter dem Bett im vergangenen Jahr zwischen den Matratzen heruntergerutscht sein. War dort nie sauber gemacht worden? Abends ging es dann mit den betriebseigenen Fahrrädern in das große „Arkona Strandrestaurant" zu Tanz und Vergnügen. Während des ganzen

Abends hatte ich eine Dame im Blick, aber kein Pärchen tanzte. Plötzlich wurde zur letzten Tanzrunde aufgerufen. Nachdem unerwartet nun doch drei Paare tanzten, sprang ich auf und lief quer durch den Saal zur besagten Dame. Sie strahlte über diese unerwartete späte Tanzrunde. Die Musik wurde mehrfach verlängert. Damit waren das Gespräch und der Kontakt bald vertrauter. An der Sprache war schon erkennbar: Sachsen. Ihre Stadt war dann auch Dresden. Die nette Unterhaltung wurde etwas getrübt, als sie in liebenswertem Sächsisch äußerte „Morgen fahre ich leider schon nach Hause." Nun wurde ich mutiger und fragte: „Darf ich Sie besuchen?" Die Tanzrunde war schon beendet, leidenschaftlich hielt ich auf der Tanzfläche inne. Die Adresse habe ich dann am Tisch erhalten. Dresden, Autobahnabfahrt „Wilder Mann", recht günstig von Berlin aus. Der Bernstein hatte also tatsächlich Glück gebracht!

Ich war geschieden und wollte eine neue Partnerin finden. Am nächsten Wochenende sagte sie leider ab. Ein kompletter Wochenenddienst sagte sie. Was ist das für eine Arbeit? dachte ich. Eine Woche später rauschte ich mit meinem „Dacia" los. Sie wohnte noch bei den Eltern mit ihren etwa dreißig Jahren. In Dresden gab es nicht so günstige Wohnungen wie im Raum Berlin. Ihr Name war Karola, es war ein umfangreicher erster Besuch vorbereitet. Dresden und eine Hengstleistungsschau bedeuteten ein gutes kulturelles Niveau.

Es war Frühsommer. Am späten Abend sollte ich noch den Garten der Eltern besichtigen, was mich auch neugierig machte. Überall gab es Blumen und sehr viel Gemüse. Ich selbst hatte ja auch einen Garten. Nach einem umfangreichen Abendbrot war meine Entscheidung auf der Heimfahrt leicht. Diese Frau könnte eine feste Partnerin werden.

Ich spürte, dass auch Karola gern einen Partner wollte. Am nächsten Wochenende: auf nach Dresden zu Karola! Wir waren wie Verliebte, die sich schon länger kennen. Die Mutti war sehr um mein Wohl bemüht. Mittags und zum Kaffee gab es ein regelrechtes Festtagsessen. Karola kochte fleißig mit den Eltern. Der Vater und zwei Brüder wurden beim Nachmittagskaffee vorgestellt. Karola hatte sie mit ihrem grauen Trabbi abgeholt. Vater arbeitete in einer Gärtnerei-LPG. An dem Nachmittag schlenderten wir verliebt zu den Tomatenplantagen des Vaters. Zwischen 100 m langen Reihen von Tomatenpflanzen gingen wir spazieren, flirteten miteinander und geizten dabei die Pflanzen aus. Auch das Küssen war nicht vergessen. Sie wollte wohl auch prüfen, ob ich wirklich Erfahrung in der Gartenarbeit habe.

Am Abend plagte mich der Rücken: Ischias! Karola war sehr um mich bemüht. Mit fachlicher Kompetenz hatte sie sofort eine Medizin parat. Meine humorvolle Anmerkung: Meine Tomatenreihen zu Hause sind nur fünf Meter lang, nicht 100. Ihre mir verabreichte Schmerztablette „Rewodina" half gut.

Am Abend gingen wir das erste Mal in ihr Zimmer. Bescheiden klein, einfache Möbel. Aber ein gutes Bett! Abends wurde mit Wein und Bier das Kennenlernen der Familie erweitert. Nicht allzu spät zogen wir uns zurück. Mit heiteren Worten ging Karola ins Bad. Ich hörte, wie sie duschte, um danach in einem hübschen Nachtkleidchen reizvoll zu erscheinen. So, nun bist du dran mein Herr. Nach dem Duschen kam ich im Slip zurück. Karola küsste mich sofort, zeigte sich als Frau verführerisch. Leichtfüßig hüpfte sie ins Bett und erfasste meine Hand zur Einladung. Ihr Körper war schlank, etwas zierlich, ihre Brüste leicht wahrnehmbar. Erkennbar war auch, dass sie keinen Slip mehr darunter trug. Darauf dachte ich nun hoffnungsvoll, sie möchte etwas mehr. Was ich mir auch schon lange wünschte. Karola küsste mich zart, aber irgendwie schüchtern. Mein Begehren wurde nur zögernd erwidert, worauf ich das Licht löschte, um Karola noch liebevoller die Brüste zu küssen. Sie ließ es geschehen. Mein Streicheln der Lende sowie ihren Schoß ließ sie geschehen, aber mit nur leichtem Begehren. Ihre Arme schlossen sich dann um meinen Körper, als wollte sie sagen, komm!

Ja, Karola gab sich schon völlig und liebevoll hin. Aber mein Begehren fand keinen glücklichen Eingang. Sie spreizte ihre Schenkel, kam mir mit dem Schoß sehnsuchtsvoll entgegen. Meine Begierde sie zu lieben traf erneut auf Schwierigkeiten. Ich konnte Karola an diesem Abend kein schönes Liebeserlebnis geben. Ihre Schamlippen waren eng und verkrampft. Mit einigen Liebkosungen wollte ich Karola trösten, vergebens! Zärtlich fragte ich sie:„Ist dir das früher auch schon einmal passiert?" Sie schwieg, ihr Atem ging unruhig. Ich streichelte und küsste ihr Gesicht, dabei bemerkte ich Tränen. Karola kämpfte mit Worten und einer Entschuldigung. Sehr zögernd begann sie zu sprechen. Es war wie eine Offenbarung. „Ich bin der Liebe bis heute nicht begegnet. Studienzeit, Beruf, Promotion, Tag- und Nachtschichten durchgearbeitet, Verantwortung getragen, mich um das Wohl anderer bemüht. Ich bin Oberärztin, 31 Jahre alt und habe die Liebe noch nicht erfahren. Jungfrau! – In all den Jahren habe ich einfach meiner eigenen Liebe keine Gelegenheit eingeräumt. Dann dieser erste richtige Urlaub, allein nach Binz. Plötzlich bittest du mich zum Tanz, dieser Tanz, ein Traum für mich. In dieser letzten Urlaubsnacht fand ich keinen Schlaf mehr. Immer wieder dachte ich, wird er kommen? Oder eventuell erst einmal eine Karte schreiben? Das erste Mal passierte es mir danach, dass ich in meiner Reha-Klinik abgelenkt war, träumte. Der Tanz und immer wieder der Mann, dann wieder der Tanz. Die Gefühle spielten wie in einem wunderbaren Konzert, nur alles durcheinander. Ich glaube, wenn eine Frau für die erste Liebe schon so alt ist, dann dringt alles noch viel tiefer in die Seele ein." Wir redeten in dieser Nacht noch lange über die Liebe und das Leben. Am nächsten Tag war der Besuch der Moritzburg und dem schönen Park auf Karolas Ausflugsplan. Als ich wieder in meiner Heimat war, holte mich meine frische Scheidung zurück. Um die 12-jährige Tochter wenigstens einmal im Monat sehen zu können, übergab ich das Kindergeld an der Wohnungstür. So konnte ich mit Sicherheit Tochter Birgit persönlich treffen. Ein Funke Hoffnung war dann immer dabei, vielleicht können wir wieder eine Familie sein. Meiner geschiedenen

Frau passte das aber nicht. Ich hatte wohl zu viel „Porzellan zerschlagen". Bin auch fremdgegangen und fühlte mich schuldig.

Am Wochenende war wieder ein Besuch in Dresden bei Karola vorgesehen. Die missglückte Liebesnacht hatte sich zu meinem Bedauern für Karola erneut als Problem erwiesen. Sie wollte die Liebe, kam aber nur mit Schmerzen zur Erfüllung. Auch ich hatte dadurch ein unerfülltes Liebesleben, was ich nie vorher gekannt hatte. Karola hatte eine Bergwanderung mit den Eltern geplant. Ich und Bergwandern, und dann gleich zwanzig Kilometer, wo meine Leidenschaft die Ostsee war! Ich blieb zu Hause.

Ein Freund lud mich zur Geburtstagsparty in einem Restaurant ein. Potsdam, Restaurant „Minsk", ein schönes und gepflegtes Haus mit Tanz. Herrliche Musik: Roland Kaiser, Udo Jürgens und Roger Whitacker. Um 20.30 Uhr wurde damals schon ausgiebig getanzt. Genau wie früher, beobachtete ich eine hübsche Dame. Etwas später kam dann wieder Damenwahl. Besagte Dame steht auf. Eine herrliche Figur, schwarze lange Haare kunstvoll zum Dutt frisiert, hübsche Beine, die in Pumps elegant auf mich zusteuerten. "Darf ich bitten, mein Herr?" Wir waren nur zwei Herren in der Tischrunde. Welch ein Glück, ich war der Auserkorene. Zur Damenwahl wurde früher langsame Musik ausgewählt. Ich weiß es noch genau, Roland Kaiser. Wir konnten traumhaft gut zusammen tanzen. Die Dame hatte keine Scheu, sich sofort anzuschmiegen, als sie spürte wir tanzten, alles war schön. Tanzen kann zum Traum werden, wenn die Chemie stimmt. Ich tanzte im Leben immer gern!

Eine Liebe, eine Nacht und dann –
Abschied, Tod von Ulrike

Am Partytisch war ich von den Frauen am Tisch schon als „vermisst" eingestuft worden. Sie kannten mich und wussten, dass ich geschieden war. Ich aber hatte nur noch einen Gedanken im Sinn: diese sehr gut aussehende Dame am anderen Tisch. Das Tanzen wurde immer harmonischer. Sie legte ihren schönen Körper ganz in meinen Arm. Jede Tanzrunde, die damals aus drei Schlagern bestand, durfte ich diese schöne Frau und gute Tänzerin auffordern. Ich spürte zunehmend: Wir tanzten und träumten schon von etwas „Schönem", einfach herrlich war diese Harmonie. Es war Hochsommer, und die Nacht warm. Am Schluss dieses wunderbaren Abends bedankte ich mich ausführlich bei meinem Freund und den Frauen am Tisch.

Ich hatte zu diesem Zeitpunkt schon die Frage der gemeinsamen Heimfahrt mit dieser Dame geklärt. Wir gingen hinaus in die milde Sommernacht. Im Auto spielte ich wieder eine herrliche Musik zum Träumen und Tanzen. Sie schmiegte ihren Kopf zart an meine Schulter. Leider ging dieses Heimfahren nur bis Potsdam, Wohnstadt II. Vor einem Wohnblock hielten wir an. Ich ahnte, dass dies nicht der richtige Eingang war. Wir verabschiedeten uns mit einem Kuss. Wir vereinbarten ein Treffen für morgen, einem Sonntag. Um 13 Uhr wollte ich sie abholen zum Baden und Kaffeetrinken an meinem See. Nach wenigen Schritten drehte sich dieses hübsche Mädchen noch einmal zu mir um: „Aber einen Kaffee würden Sie doch jetzt noch mit mir trinken?" Meine lachende Antwort: „Wenn ich zu diesem herrlichen Angebot jetzt Nein sage, wäre ich wohl kein Mann." „Aber einen Moment bitte, ich muss erst noch nach meinen Kindern schauen." Ich dachte nur kurz, müssen es denn gleich mehrere sein? Wie kompliziert! Nach kurzer Zeit erschien sie mit zwei kleinen Rassehunden in der Tür. „So, nun gehen wir erst einmal Gassi", war ihre Erklärung. Aber diese Aussage, ich muss nach meinen Kindern schauen, hatte bei dieser Frau einen wahren Hintergrund. Die Äußerung hörte sich sehr besorgt und innig an, woran ich mich eine Woche später erinnerte. Wir gingen nun engumschlungen mit den beiden niedlichen Hunden Gassi, um ein, zwei Wohnblöcke. Danach ging es endlich ins Körbchen, nicht wir, nur die beiden Yorkshire. „Das sind meine Kinder, und ich bin Ulrike." Damit stellte sich die Dame nun vor. „So, ich bin der Dieter, 44 Jahre alt, und wohne in Güterfelde am See."

Nach dem Nacht-, bzw. Morgenkaffee war es inzwischen 2.Uhr morgens geworden. Als Ulrike die Kaffeesahne in den Kühlschrank zurückstellte, bemerkte ich recht wenig Lebensmittel darin. Butter, Konfitüre, ein paar Äpfel. Aber zusätzlich eine Flasche Bols Cherry, mein Lieblingslikör. Das erklärte, warum sie bei dem Tanzabend leicht angeheitert und wohl etwas mutig war. Ulrike ging singend ins Bad. Nach einigen Minuten rief sie: „Bitte reinkommen zum Duschen!" Bettfertig erwartete sie mich in einem hübschen Nachtflatterchen. Ein liebevoller Kuss, dann schlüpfte sie an mir vorbei zurück ins Zimmer. „Wenn Du fertig bist, komme bitte ins Schlafzimmer." Ich dachte, schnell duschen und dann zu diesem schönen Mädchen ins Schlafgemach. Ulrike saß schon im Bett. Ein wunderbar gedrechseltes Holzbett. Ihre Haare waren jetzt offen, schmiegten sich verheißungsvoll um ihre Schultern und umhüllten auch ihre zarten schönen Brüste. Die Haarpracht war so füllig, dass ihr Busen fast bedeckt erschien. Sie hatte ihr Nachthemdchen schon wieder abgelegt. Sehnsüchtig umarmte sie mich, ihre Küsse wurden inniger, einfach schön. Diese hübsche Frau ließ ihren Wünschen freien Lauf, sie wollte mit mir schlafen, die Liebe voll genießen. Ihr zärtliches, leises Jubeln zeigte, dass sie alles tief in sich aufnehmen will. Jede Liebesbewegung meines Körpers erwiderte sie mit doppelter Hingabe und tiefem Atem. Ulrike wollte sämtliche Spiele der Liebe wiederholen, um mit neuer Leidenschaft ihre Hüfte fest an mich zu pressen. Nach wenigen sanften Liebkosungen durch meinen Körper intensivierte sie erneut ihre zarten Brüste, um mich wieder zu erregen. Mit dem Schoß und den Schenkeln presste sie alles aus mir heraus, um es mit einem langen Jubeln in ihren Körper aufzunehmen.

Nach diesem innigen schönen Gefühl schliefen wir ein. Plötzlich klingelte es an der Wohnungstür. Es war schon Tag, ein heller Sonnenschein begrüßte uns. „Bitte nicht erschrecken, das ist nur meine Zwillingsschwester." Ich sagte nur: „Was, noch ein so hübsches Wesen wie du?" Sie sprang auf und öffnete die Tür. Tatsächlich war ihre Schwester ebenfalls sehr hübsch. Völlig selbstsicher sprach sie: „Habt Ihr eine schöne Nacht verbracht?" Alles hörte sich an, als wäre das erwartet. Die Schwester freute sich über meine Anwesenheit sowie über die Ausgelassenheit und Fröhlichkeit von Ulrike. Nach dieser Feststellung verabschiedete sie sich herzlich. Nach einem kurzen Frühstück fuhren wir wie zwei Verliebte mit den beiden lieben Vierbeinern zu mir an den See zum Baden. Wir flirteten und vergnügten uns auf dem Rasen im Garten. Am Abend brachte ich meine drei neuen Freundinnen zurück nach Potsdam-Waldstadt.

Ich sollte am nächsten Wochenende mit Bohrmaschine und weiterem Werkzeug bei Ulrike zum Heimwerken und zum Besuch erscheinen. Pünktlich klopfte ich an der Wohnungstür zur verabredeten Zeit. Nach längerem Klopfen öffnete nicht Ulrike, sondern die Nachbarin gegenüber. „Frau Lebrenz", so hieß Ulrike mit Nachnamen, „Frau Lebrenz können sie nicht mehr antreffen." erklärte die Nachbarin sehr ernsthaft. „Ich bin für heute als Heimwerker bestellt", sagte ich sofort, um der Nachbarin eine solide Erklärung zu geben. Sie aber schwieg und schloss die Tür wieder. Voller Sorge dachte ich, ist sie krank, ein Unfall oder wollte sie mich nicht mehr wiedersehen? Völlig in Sorge und verunsichert überlegte ich, während ich zurück zum Wagen ging, was ich tun könnte. mir fiel ein, dass Ulrike erzählt hatte, in welchem Betrieb ihre Zwillingsschwester arbeitet. Im Telefonbuch fand ich dann auch ihre Schwester. Sie sagte mir sofort einen Termin zu in einem Café in Potsdam, Brandenburger Straße. Schon beim ersten Treffen sah ich in der Zwillingsschwester nur noch das Gesicht von Ulrike. Die Schwester weinte verzweifelt, still, fassungslos. „Ulrike ist tot. Sie hat sich das Leben genommen. Immer wieder wollte ich sie schützen, mehrmals hatte sie schon versucht, aus dem Leben zu gehen. Immer wieder habe ich sie aufgerichtet. Ulrike hatte sehr viele Jahre mit einer zerbrochenen Liebe in ihrem Leben gekämpft. Sie bekam keine Kinder, daran ist sie wohl verzweifelt. Meinen Rat doch tanzen zu gehen, hat sie befolgt. Deswegen kam ich am Sonntagmorgen sofort zu ihr, besser gesagt zu euch. Meine ganze Hoffnung hatte ich auf dich gesetzt, wie auch Ulrike mir in dieser Woche mehrmals glücklich erzählte. Das Tanzen und Kennenlernen mit dir war für sie die Erfüllung eines neuen Lebens."

Nun verstand ich plötzlich den Satz von Ulrike: „Ich muss erst nach meinen Kindern schauen."

Mein fester Wunsch war es, bei ihrer Beerdigung dabei zu sein. Ulrike wollte auf den Flächen der „Namenlosen" ruhen. Ihre beiden „Kinder" wollte sie dabei haben, was aber ihre Schwester dann doch nicht übers Herz brachte. Nach der Beerdigung bekam ich von der Schwester noch ein Bild von Ulrike. Sie hat darauf lange Haare bis zu den Hüften, so wie ich sie in Erinnerung hatte nach dieser schönen Nacht.

Nach dieser Beerdigung der mir schon sehr vertrauten lieben Ulrike habe ich einmal Bilanz gezogen. Mir ist sehr viel Schönes im Leben gegeben worden, aber auch als Gegenpol sehr viel Dramatisches.

Irgendwann hatte ich mich zum Himmel an Gott gewandt und mich beschwert: „Herrgott, ich habe Vieles falsch gemacht, aber nach elf Beerdigungen in drei Jahren ist es genug der Buße. Bitte geh jetzt zum nächsten Sünder!"

Diese Beerdigungen waren nicht etwa Bekannte oder Nachbarn, nein, diese Menschen waren Eltern, ein Freund und dessen Söhne, Kollegen und geliebte Menschen als Selbstmordopfer.

Dramatisch war auch Ulrikes Ausscheiden aus dem Leben, worauf ich hier nicht näher eingehen möchte. Doch der Selbstmord einer Kollegin ging mir ebenfalls sehr tief ins Herz. Sie hatte sich aufgrund einer Beziehungskrise das Leben an der eisernen Hausnummer neben der Tür der Frau genommen, bei der ihr Mann schlief. Sämtliche Kolleginnen verurteilten unwissentlich den Ehemann von Renate. Aber ich kannte Renate schon aus der Jugendzeit. Der Teufel hatte nun in der Blüte des Lebens die Schicksalskarten von Renate und ihrem sehr ruhigen, geduldigen Mann völlig neu gemischt. Danach war sie die Gehörnte. Unsere Kolleginnen tratschten gerne. An einem kalten, klaren Wintertag ging gerade die Sonne auf. So konnten wir im gegenüberstehenden Haus einer stadtbekannten Frau Doktor im Erdgeschoß ins Fenster schauen. Trotz der Gardinen gestattete das tief stehende Sonnenlicht einen guten Einblick. Sie saß am Frühstückstisch, nur mit einem BH bekleidet, ein Mann saß ihr gegenüber mit freiem Oberkörper. Aber der Gentleman war nicht ihr Mann. Er war ebenfalls stadtbekannt. Während ich nachdenklich hinüber schaute, rissen zwei Kolleginnen aus der anderen Abteilung schon meine Tür auf. Völlig außer sich schrien sie: „Hast du das gesehen?" Zufällig kannte ich den Mann auch von meinem Garagenplatz. Am nächsten Tag warnte ich ihn: „Bitte geh nicht wieder von der Straßenseite dort hin!" und erklärte ihm auch warum. Wochen später stand sein Fahrrad an der Waldseite immer wieder mal am Zaun des besagten Grundstückes. Noch viele Jahre später grüßte auch diese Frau Doktor mich immer mit einem sehr dankbaren Lächeln, - es war angekommen. Vielleicht hatte ich das Glück, eine Beziehung oder Ehe vor dem Bösen zu bewahren. Diese Frau Doktor tat auch mir später etwas Gutes. Sie gab mir ein ärztliches Attest, damit mein Betrieb mich mit der Kampfgruppenwerbung endlich in Ruhe ließ.
Zweimal im Leben habe ich von zwei Ehepaaren nach langen Jahren ihres Partnerglücks dies mehrmals bestätigt bekommen. Wir haben uns durch ihr Handeln kennen und lieben gelernt. Nicht

nur durch Worte, sondern durch umfangreiche Taten. Ich glaube, dass man viele Menschen zu ihrem Glück regelrecht stoßen oder einladen muss.

Das Leben hat mir häufig schöne Stunden angeboten. Ich habe sie immer angenommen und nicht gezögert, sie voll zu erleben!

Einmal musste ich noch eine schwere Entscheidung gegenüber einer großartigen Frau in Dresden treffen: Frau Dr. Karola W. Eine Frau in dieser Position wäre von vielen Männern mit großer Dankbarkeit und Liebe angenommen worden. Ich hatte das Gefühl, auch sie liebte mich sehr, aber in unserer Liebe gab es ja ein Problem. Auf keinen Fall durfte ich diese liebenswerte Frau hinhalten. Karola wartete in Dresden. Ulrikes Beerdigung fand in Potsdam statt. Ich fühlte mich vom Schicksal bestraft und habe schweren Herzens den Entschluss gefasst, Karola einen Abschiedsbrief mit einer feigen Ausrede zu schreiben. Meine Tochter Birgit aus der geschiedenen Ehe hielte mich noch fest in der zerrütteten Familie, wollte ich schreiben, was ja eigentlich auch der Wahrheit entsprach. Ich hatte immer wieder das Kindergeld persönlich abgegeben. Meine geschiedene Frau aber war weiterhin kühl und unversöhnlich. Es war dann doch alle Liebesmüh vergebens!

Mein Traummädel und meine Ehefrau
Verlobte 25 Jahre

So traurig wie der Abschied von der wunderbaren Ulrike war, so hatte sich auch dieser schöne Sommermonat verabschiedet. Wolken und Regen zogen über das Land. Ganz spontan hatte ich Lust, anstatt in den See einmal in das Schwimmbad Ludwigsfelde zu gehen. Die schmerzlichen Erinnerungen an den Tod meines wunderbaren Kameraden Pinny waren zwar langsam verblasst, aber das Geschehen selbst vergisst man nie. Das Unglück war in diesem Bad geschehen.

Ich schwamm nachdenklich vor mich hin, da begegnete mir auf der Nebenbahn eine hübsche Frau. Prustend schwamm sie nun schon wiederholt elegant an mir vorbei. Auf einmal kam mir Roland Kaisers Schlager in den Sinn: „Verdammt, es geht schon wieder los"! Dann aber wieder diese schmerzlichen Erinnerungen, Chaos der Gefühle! Die tiefe Betroffenheit um den toten Freund, dann wieder der Schmerz über Ulrikes Tod, der ja noch so tief und frisch war. Ich aber bin hier, mitten im Leben! „Wenn dieses hübsche Mädchen noch einmal vorbei schwimmt, dann greife ich mutig an", dachte ich bei mir. Kurz vorher lächelte ich dieser schönen Nixe noch einmal freundlich zu. Aber dann riss ich das Ruder herum und ergriff ihre schlanken braunen Beine, natürlich sehr zärtlich, an den Fesseln. Danach, schwups, sanken wir beide hinab in Neptuns Reich. Schon unter Wasser sah sie mich freundlich an. Und sprudelnd aufgetaucht, lachte sie ganz herzlich. Befürchtet hatte ich ein Donnern und Schimpfen. Aber nein, eine nette Unterhaltung nahm nun ihren Anfang.

Völlig überrascht erkannte ich, dass sie die nette Zahnarzthelferin ist. Schon einmal hatte ich sie beinahe aus dem Auto heraus angesprochen, als die große Sommerperiode uns beglückte. Aber da war ich einfach zu feige. Später stellte sich heraus, sie hatte meinen Versuch, sie anzusprechen, bemerkt und gehofft, ich würde ihn in die Tat umsetzen, anstatt nur charmant zu lächeln.

Damals wollte ich nach Feierabend gerade nach Güterfelde zum Baden zu meinem Grundstück. Diese Begegnung hatte auf der Brücke in Struveshof stattgefunden. Auch die Zahnarzthelferin wollte damals baden. Sie ist mit dem Rad zum Schwimmbad nach Kleinmachnow gefahren. Hätte ich nur einen Wink zum Anhalten gegeben, sie wäre mit nach Güterfelde gefahren. Aber mein Schicksal hatte ja immer etwas mehr vor. Später wurde in unserer Unterhaltung deutlich, an dieser Brücke damals war bereits unsere Liebe für das ganze Leben geboren.

Es grenzt an Wunder, wie rätselhaft das Schicksal seine Weichen manchmal stellt. Ich hätte Ulrike mit ihrem tragischen Tod, aber auch diese liebevollen Stunden mit diesem Mädchen niemals erfahren. Immer wieder kommen mir die weisen Worte meiner lieben Mutter in Erinnerung:

Ich werde ein sehr dramatisches Leben haben,
viele schöne Stunden und Begegnungen erleben, aber auch Böses.
Bitte nicht so waghalsig, dann wieder gutgläubig sein.
Bitte kein Glücksspiel, du bist darin nur Verlierer.

Sie hatte mir in jungen Jahren (21) Vorsicht mit dem Magen angeraten, ich würde zu unruhig leben. Auch vor einem Verkehrsunfall hatte sie mich gewarnt. Beides hatte ich vergessen, Mutters Hinweise ignoriert, ihnen überhaupt keine Beachtung geschenkt. Etwa ein Jahr später hatte ich ein Magengeschwür, auch ein leichter Verkehrsunfall passierte später mit dem Trabbi. Danach fielen mir Mutters Worte erst wieder ein.

Mein dramatisches Leben im Schönen wie im Schwierigen konnte ich erst in späteren Jahren erkennen, es hat sich bestätigt. Irgendwie erkannte ich nach einigen Jahren, dass meine Mutter etwas vom Wahrsagen verstand. Sie hatte sogar kurz vor dem Mauerbau 1961 eine größere Packung wirksame Magentabletten in Westberlin für mich gekauft. Im Osten bekamen magenkranke Normalbürger diese Medikamente nicht. Ich lag damals zwei Monate im Krankenhaus, sah aus wie der „Tod auf Latschen", sagte mir Mutter nach Jahren mal. Dann erinnerte ich mich, dass sie damals beim Besuch im Krankenhaus weinte. Sie kam sehr häufig zu Besuch und brachte zarte Spargelspitzen mit an das Bett.

Das hübsche Zahnarztmädchen verabschiedete sich mit der Hoffnung auf eine erneute Unterhaltung sowie etwas mehr. Sofort hatte sie meine Zahnarztkarte am nächsten Arbeitstag hervorgeholt. Vor allem mein Alter war ihr wichtig. Sie wollte mit ihren 24 Jahren schon immer einen reiferen Liebhaber haben, was sie auch praktizierte. Ich aber war 44 Jahre alt! Nun gut, erzählte sie mir später, das war Rekord. Aber mal erleben, was dieser reife Hase so alles drauf hat. Aussehen tut er schon mal gut, sein Auto ist klasse. Die Finnhütte direkt am See ist prima, der Schwimmsport ebenfalls. Sie war damals Rettungsschwimmerin, also alles passte. Und ich nicht mehr verheiratet. Die meisten anderen in meinem Alter waren ja verheiratet.

Wir kannten uns nun schon zwei Wochen lang und flirteten heftig. Aber dann erfolgte ein unangemeldeter Besuch von mir in der Zahnarztpraxis. In dieser Sekunde fiel Kerstin vor Aufregung ein Tablett mit hundert Instrumenten im Flur herunter. Alle Schwestern wussten, warum ich plötzlich so daher kam, kannten mich und lachten laut. Jetzt, in der weißen Schwesternkleidung, sah sie noch mehr sexy aus. Das wundervolle Fräulein Kerstin war verliebt.

Sie besaß eine Taille und einen Busen wie Brigitte Bardot. Im Schwimmbad hatte sie stets einen Einteiler an. Ich wusste auch, dass ich gut aussah und erinnerte mich an früher. Da wurden meine Augen, Wimpern und Brauen bewundert. Aber dass ich in der Lage war, Hände zum Zittern zu bringen, so dass sie große Tabletts nicht mehr unter Kontrolle halten können und dann abstürzen, das wusste ich bisher noch nicht. Aber auch meine Flammen loderten, wenn ich sie sah.

Am Wochenende habe ich Kerstin dann zum Tanz eingeladen. Am sonnigen Nachmittag badeten wir in meinem See. Eine Hausbesichtigung fand natürlich statt einschließlich Schlafzimmer. Von dort zeigte ich ihr, nicht ohne Hintergedanken, den wunderbaren Blick weit über den See. Sie sollte ja vorbereitet sein, wenn wir nachts vom Tanzen heimkehren. Vor allem, falls sie den Mut hat, mit mir aufzuwachen, sich schon mal anzuschauen, welche Aussicht auf die Natur sich ihr dann bieten würde.

Schnell wurde es Abend, und Kerstin wollte noch den Sonnenuntergang genießen. Mein Haus am See hat eine Südwestlage zum See hin, darum bewundern, beneiden mich viele Menschen. Für mich war es außerdem noch die Stätte meiner Kindheit. Drei Häuser weiter steht Omas Haus. In diesem See lernte ich schwimmen und darauf Schlittschuh laufen. Meine Naturverbundenheit hat mich wohl auch mit Kerstin vereint. Als die Sonne über dem See hinter den Waldkronen versank, blieb sie noch ganz still und genoss diesen Augenblick. Sie streckte sich auf dem Ufersteg aus und wollte offensichtlich geküsst werden. Wie fast immer hier am See umschmeichelte uns eine wunderbare Stille. Mein Sehnsuchtsvogel, der Kuckuck, ließ seinen Ruf vernehmen. Dann der herrliche Abendgesang einer Drossel. Irgendein Besucher hat einmal gesagt: „Das ist ja eine Million wert, wie Sie hier wohnen!" Lange nach Sonnenuntergang beendeten wir dann unseren gemeinsamen Abend. Noch einmal erfrischten wir uns im nun schon etwas kühlen See. Kerstin äußerte, sie bade viel lieber im See als in einem künstlichen Bad.

Es war schon zu vorgerückter Stunde, als wir im Potsdamer Restaurant „Minsk" eintrafen. Das Tanzen mit Kerstin war der erste längere Körperkontakt mit ihr, einfach herrlich. Nur die Erinnerung an Ulrike erschien wieder. Es waren gerade erst einige Wochen vergangen. Später, nach ein paar Tänzen, gelang mir aber doch ein angeregtes, liebes Gespräch. Wir wurden langsam immer vertrauter und spürten, das Kennenlernen wurde immer schöner. Ausgelassen flirteten wir während der Heimfahrt. Im

Haus am See angekommen, küssten wir uns in der dunklen milden Nacht, es war alles ganz still. Kerstin wollte ins Haus. Zum Abschluss tranken wir noch ein Glas Sekt und eine Tasse Kaffee. Ich ging ins Bad, um mich für das Schlafen vorzubereiten. Kerstin sollte folgen, plötzlich entschuldigte sie sich: „Bitte, fahren Sie mich nach Hause." Völlig überrascht schaute ich sie an. „Es ist alles so schön, aber bitte, fahren Sie mich doch nach Hause." „Ich habe etwas zu viel getrunken, jetzt noch bis nach Ludwigsfelde zu fahren, ist gefährlich", antwortete ich. „Bitte, Kerstin, Sie können oben allein schlafen."

Sie nicht bedrängen, ganz ritterlich sein, ging mir durch den Kopf. Alles Reden und Argumentieren half nichts. Ich musste diese Fahrt mit Bangen und Zittern antreten. Kerstin streichelte während dieser Heimfahrt meine Oberschenkel sehr intensiv und küsste mich zum Abschluss innig und lange. Sie wünschte sich, sofort am nächsten Tag nach dem Mittagessen abgeholt zu werden.

Es wurde ein wunderbarer Sonntag. Kerstin wollte gleich wieder zum Haus am See. Sie schmuste mit mir schon im Auto, als hätte sie etwas gut zu machen oder nachzuholen. Für mich hätte diese Fahrt ruhig immer so weitergehen können. Ihre Hände hatten die gleiche Aktivität, wie schon in der Nacht zuvor auf der Heimfahrt. Ich dachte wieder einmal: Da verstehe ein Mann die Frauen. Dieser plötzliche Gemütswandel in der Nacht. Ich dachte zu dieser Stunde, es ist dann wohl das Aus. Aber nun war alles wieder so berauschend schön wie zuvor.

Wieder am Seeufer stehend bewunderte sie erneut die schöne Aussicht. Sogleich begann sie sich zu entkleiden und lief munter zum Baden. Zum Glück war auch dieser Tag sehr sonnig, und der fröhliche Gesang der Vögel ließ uns auf dem Steg träumen.

Ihre ganze Leidenschaft ließ Kerstin nun für mich frei heraus. Ihr Körper war gleichmäßig gebräunt und schön, sie besaß eine makellose Haut vom Gesicht bis zu den schlanken Beinen. Die Gene hatten in dem Entwurf und der Gestaltung sehr viel Zeit für die Schönheit dieses Mädchens investiert. Aber auch in der Liebe strahlte sie Selbstsicherheit aus, dazu hatte sie ein Strahlen im Gesicht, - für Männer verwirrend schön.

Wir lagen nach dem Baden auf dem Steg und schauten den Wolken zu. Wir erkannten Gebirge, Tiere oder Märchenwesen. Leise rief aus der Ferne wieder mein Sehnsuchtsvogel, der Kuckuck. „Kerstin" sagte ich, „hörst du diesen sehr, sehr scheuen Vogel? Er wird sich jetzt den Baumkronen am Seeufer nähern und immer wieder rufen. Wenn wir Glück haben, überfliegt er uns. Sicher hast du diesen Vogel noch nie so nah gesehen. Ich hatte einmal vor Jahren das Glück, sogar drei Kuckucksvögel ganz nah vorbei fliegen zu sehen. Wenn wir also hier ganz still liegen bleiben, haben wir sicherlich auch dieses Glück."

Kerstin nutzte diese Stille der Natur, um ihre zarten Finger über meine Schenkel bis zum Schoß gleiten zu lassen. Ich liebkoste ihre herrlichen Brüste. Der Kuckuck ließ sich Gott sei Dank noch lange Zeit mit dem Näherkommen. Ich muss gestehen, immer wieder erschien mir das wunderbare Mädchen Ulrike. Dieses dramatische Schicksal einer so kurzen, schönen Episode!

Dann plötzlich rief mich Kerstin zurück in die Gegenwart. Sie ließ ihr Gespräch in die letzte Nacht zurückschweifen, bedankte sich für die zärtlichen Stunden und auch für den schönen Abend. „Als ich mit dir in der Nacht an deinem Haus hier am See ankam, da wirkte plötzlich die totale Dunkelheit auf mein Gemüt. Ich habe noch nie eine derartige Stille in der Nacht erlebt. Das bereitete in mir eine Unruhe und Angst. Aus war es mit meiner Liebessehnsucht. Danach war nur noch der Wunsch in mir, nach Hause zu kommen Ich bin da äußerst schwach in der Psyche. Du hast alles gut und umsichtig getan. Bitte, verzeih mir." „Schon gut. Kerstin, ich war in dem festen Glauben, du hattest plötzlich Angst, mit mir zu schlafen." Darauf küsste sie mich noch inniger. „Jetzt muss ich dir ein Gegenerlebnis erzählen", sprach ich. „Irgendwann hatte ich einmal ein hübsches Mädchen in dieses Haus eingeladen. Das

Mädel war total begeistert von dieser tiefen, stillen Dunkelheit. Sie schwärmte von den klaren Sternen."
Jetzt bist du aber in Hochform lobte ich ihre Liebesaktivitäten. „Ja", flüsterte sie wieder sehnsüchtig. Das Rauschen des Schilfes regte mich ebenfalls an. Der Steg war hoch umgeben mit sich im Wind leicht wiegenden Schilfhalmen. „Was ist das für ein nettes Vöglein hier ganz nah?" „Ein Rohrsänger", sagte ich leise. "So lange dieser kleine Schilfvogel hier in der Nähe seinen Gesang hören lässt, überrascht uns kein menschliches Wesen beim Küssen." „Sag dem Vogel, er soll recht lange dicht bei uns bleiben, wir sprechen nicht mehr, sondern küssen nur noch", flüsterte Kerstin. Sofort erstickte ich ihre Stimme mit Küssen. Langsam näherte sich die Sonne den Baumkronen am gegenüberliegenden Seeufer. Wieder wollte Kerstin diesen Sonnenuntergang genießen. Auch ich hatte für all diese romantischen Naturereignisse eine Schwäche und erlebte sie tief.

Kerstins Naturwünsche sowie Träume und Sehnsüchte deckten sich auf erstaunliche Art und Weise auch mit den meinen. In der Ferne erschien noch einmal Ulrikes Wesen. Später hatte ich aber das Gefühl, viele Gemeinsamkeiten mit Kerstin zu erkennen. Dann aber war da ein Problem, das mich zum Nachdenken drängte. Kann es auf Dauer gut gehen? Ich war immerhin 44 Jahre alt, sie nur 24! Im Augenblick wollten wir aber erst einmal die Liebe genießen, und da stimmte die Chemie.

Während wir nun schon Monate zusammen lebten, wollte Kerstin intensiv sparen auf ein Auto. Ihre Lust am Fahren war entfacht. Diese wurde angeregt, als sie mit meinem „Honni Mazda" fahren durfte. Was allgemein nun gedacht wird, trifft nicht zu. Diesen Honni Mazda hatte ich gegen einen nagelneuen „Wartburg" mit 14 Jahren Wartezeit eingetauscht auf dem „Schwarzmarkt" in Schönefeld, natürlich gegen einen kleinen Wertausgleich. In diesem „Sozialistischen Einklassen-Staat DDR" hatten ja nur die Ostberliner das Sonderrecht, einen der 10.000 Honnecker-Exportautos kaufen zu dürfen. Das Unrecht wurde dadurch immer größer. Kerstin wollte auf jeden Fall für einen Pkw ernsthaft sparen, was ihr auch gelang.

Den Honni Mazda verkaufte ich mit einem Kilometerstand von 38.000 und zwei Jahren Fahrleistung. Diese Entscheidung fiel mir und Kerstin sehr schwer. Aber zwei Stoßdämpfer waren inzwischen defekt. Eine Reparaturwartezeit von vielen Monaten war nur ein Grund, über den Verkauf nachzudenken. Ein weiterer Grund verstärkte diese Entscheidung zusätzlich. Ein Paar Stoßdämpfer sollten damals in der DDR über 800 Ost-Mark kosten plus Schmiergelder.

Der Verkauf war fast wie eine Beerdigung für mich. Eine Frau aus Bulgarien wollte ihn am Freitagnachmittag auf dem Schwarzmarkt Schönefeld sofort kaufen. Ich gab ihr meine Adresse mit der Vereinbarung, uns morgen in Ludwigsfelde zu treffen. Auf dem Schwarzmarkt war das Risiko zu groß!

Kerstin weinte, denn sie hatte ihre ersten und intensivsten Erinnerungen an unser Kennenlernen wegfahren sehen. Meinen völlig überhöhten Preis von damals hatte ich bei diesem Verkauf wieder reingeholt einschließlich einer sehr guten Rendite. Man muss 14 Jahre Wartezeit gegen rechnen: Von einem Teilgewinn kauften wird den „TV-Colorett", einen kleinen Farbfernseher für 4.900 Ost-Mark, den großen Farbfernseher für 6.200 Ost-Mark konnten sich nur wenige DDR-Bürger leisten. Dafür kostete ein Brötchen ja nur 5 Pfennig Ost Dieser Brötchenpreis im Vergleich zum Farbfernseher, den habe ich unserem Parteisekretär im Betrieb mal an den Kopf geschleudert und hart kritisiert:„Karl Marx würde sich im Grabe umdrehen, wenn er hören müsste, was ihr schlauen Kommunisten aus seinem „Ware - Wertgesetz" im realen Sozialismus gemacht habt!"

Die DDR-Preispolitik war ja laut Planwirtschaft angeblich eine „stabile Preispolitik der Grundnahrungsmittel". Für einen großen Farbfernseher galt das nicht: 6.200 Mark! Für die Grundverblödung der DDR-Menschen galt das aber ebenfalls. Ein guter DDR-Bürger hatte ja schließlich einen Schwarz-Weiß-Fernseher und jeden Tag zwei Brötchen zu je 5 Pfennig! Diese DDR-Bürger könnten anstatt des Farbfernsehers zu 6.200 Ost-Mark noch in 100 Jahren zufrieden jeden Tag zum Frühstück zwei Brötchen essen! Hatte da nicht ein kluger DDR-Staatsmann einmal verkündet: Die DDR wird noch in 100 Jahren bestehen!?

Dieser „weise Mann" muss wohl schon damals diese Rechnung erkannt haben zugunsten der Befriedigung der Massen. Bei dieser klugen Rechnungsart des Zentralkomitees der SED hätte doch wenigstens einer darauf kommen müssen: Wenn die Mauer einfach abgerissen werden würde, würden Westdeutsche mit ihren Maschinen diesen Auftrag sofort erledigen. Die DDR-Maschinen waren ja zu dieser Zeit nur noch Schrott! Auch dafür, ebenso wie für den Mauerabbruch, hätte Honni garantiert auch noch Devisen bekommen! Und es hätte auch nur für das Zentralkomitee gereicht! Aber wir DDR-Bürger hätten dann wieder Hoffnung bekommen: Einmal im Leben ein Westauto, wenn auch gebraucht, besitzen für etwa 2.500 D-M West, das wären 10.000 Ost-Mark gewesen. Dafür hätte ich einen guten gebrauchten Honni-Mazda bekommen. Die Rechnung und das Überleben der DDR wäre noch einige Zeit gut weitergelaufen. Für meinen Honni-Mazda hätte die Frau aus Bulgarien nicht über 42.000 Ost-Mark bezahlt, die ja nun die DDR-Wirtschaft wieder zurück transferieren musste. Bei einem Pkw-Kauf im Westen hätte ich also nur 10.000 Ost für die DDR als Belastung verursacht. So, nun werde ich diese „Spaßrechnung" beenden.

Meine Mutter hatte ja noch eine sehr kluge Lebensweisheit für mich, die ich fast vergessen hätte, die aber für mich zutraf: Nach meiner Scheidung äußerte sie:„Du bist das Sternzeichen Wassermann, da passt nur eine Zwillingsfrau." Und Kerstin ist Zwilling. Sie hat das Temperament einer Spanierin, ist aber auch sehr gefühlvoll, ideenreich und unternehmungslustig. So jung und hübsch wie sie war, hatte ich aber auch Bedenken: Gelingt ihr denn auch mein heißgeliebtes Gulasch? So wie ich es auch schon von meiner Mutter kannte, es schmeckte mir einfach gut. „Liebe

Kerstin dein Gulasch ist prima, aber könntest du, mein Engel, das Gulasch eine kleine Idee heller kochen?" Sie zögerte eine Sekunde, und Wums!, da kam die Gulaschprobe angesaust, blitzschnell konnte ich gerade noch ausweichen. Es war eine Kostprobe auf einem Teller, den sie mir in dieser Minute voller Stolz präsentieren wollte.

Irgendwann äußerte sie einmal, sie möchte kein Kind und auch nicht heiraten. Danach bemerkte ich aber, dass sie in jeden Kinderwagen voller Begeisterung hineinschaute. Vorerst kamen mir persönlich diese Aussagen ja sogar entgegen.

Unsere Hobbys passten gut zusammen. Schwimmen, Radfahren, Ostseeurlaub in Binz. Das Schlittschuhlaufen lernte sie ebenfalls mit Begeisterung, genauso wie Skilaufen. Haushalt und Kochen hatte Kerstin schnell und sehr gut gelernt, auch Gulasch und Rouladen schmeckten. Die neidischen Blicke anderer Männer spürte ich häufig, ebenso ihre Annäherungsversuche. Irgendwann erzählte ich Kerstin, in der Liebe gälte ein weiser Spruch: „Was ein Haar nicht hält, hält ein Strick ebenfalls nicht!" Ich hielt mich insgeheim an folgende Regel: Wenn Kerstin fünf Meter Leine brauchte in der Partnerschaft, hatte ich bereits sechs Meter der Leine gelöst.

Kerstin war schon damals in einem großen Chor aktiv. Chorreisen, Gesang und Tanz waren an der Tagesordnung. Dazu kamen unsere unzähligen Vergnügungen und Konzertabende in all den Jahren. Heute ist meine Kerstin schon 40 Jahre lang Mitglied im Chor. Der sehr gut aussehende Chorleiter mit Namen Keki hat Kerstin in 25 Jahren trotz seines Charmes nicht erobert. Obwohl sie unzählige Male nach der wöchentlichen Chorprobe am Dienstagabend an der Tankstelle Bockwurst und Bounty speisten und Kaffee oder Sekt spendiert bekam. Auch Restaurantabende schafften das nicht. Jedes Mal fragte Kerstin, ob ich das toleriere und gestatte. Kerstin hat heute noch einen großartigen Charme und ein wundervolles Aussehen, ähnlich wie Liz Taylor. Wenn Kerstin freitags im Supermarkt einkaufen fuhr, steckten einige

Male Rosen unter dem Scheibenwischer. Auch einige Visitenkarten oder Einladungen strahlten an der Scheibe. Und woher kamen die Einladungen im Handy? Oft ein Rätsel.

Ich sprach häufiger zu Kerstin: „Du könntest eine Botschafterin für Deutschland sein mit deinem Charme und deinem Lächeln." Ein Problem hatte Kerstin immer: die Eifersucht der Ehefrauen der Paare, die mit uns feierten. Häufig keimte nur aufgrund einer netten Unterhaltung sofort Eifersucht auf. Dass Frauen häufig treuer und partnerfester sind als Männer, hatte ich schon einige Male in jungen Ehejahren im Alter von 25 Jahren erfahren. Beim Feiern und Flirten mit Ehefrauen, die früher meine Freundinnen waren, konnte ich die alten Liebschaften nicht wieder auffrischen mit Küssen und Annäherungen. Ich wurde abgewiesen, und das endgültige Aus wurde von diesen früheren Freundinnen erklärt!!

Am 15. März 1985 starb unsere liebe Mutter Sie war die Güte in Person gewesen und führte ihr Restaurant noch immer allein bis zu ihrem plötzlichen Tod im Alter von 78 Jahren. Ohne Testament lagen in ihrem kleinen Schlafzimmer drei Sparbücher offen auf dem Tisch. In den letzten Jahren hatte sie mir einige Male, wenn ich bei ihr im Zimmer saß, Folgendes erläutert :„Wenn mal etwas passiert…, hier unter diesem alten Nachtschrank im Sockel ist etwas Geld." Ich war sicher, dass auch mein Bruder davon wusste. Mein Bruder Heinz setzte sich nun einfach zum Nachlassverwalter ein. Die Schmuckkassette sowie die drei Sparbücher verwahrte er, ohne mit mir darüber zu reden. Da ich mit ihm wegen seiner Trinkerei schon seit den Jugendjahren häufig Probleme hatte, wollte ich nun seine Ehrlichkeit mit dem Geld unter dem alten Nachtschrank prüfen. Wir räumten das kleine Schlafzimmer gemeinsam aus. Ich berührte den alten Nachtschrank bis zuletzt nicht. Tisch, Waschkommode, Matratze und Bettgestell waren raus, alles ausgeräumt. Auch den alten Nachtschrank hatte mein Bruder ausgeräumt und von der Wand zurückgezogen, aber er kippte ihn nicht um, sondern hantierte außerhalb vor dem kleinen Schlafraum unserer Mutter im Nachlass herum. Nun reichte mir die Situation, ich sagte klar und deutlich: „Wollen wir nicht endlich den Nachtschrank umkippen und das Geld hervorholen?" Nach einer kurzen Atempause erklärte er: „Aber unser Bruder Horst in Westberlin bekommt von diesem Bargeld nichts." Ich selbst war erstaunt und überrascht über diese Worte. Wir hatten ja noch nicht einmal das Geld gesehen! Es war eine erstaunlich große Summe, über 8000 Ost-Mark! Ich hatte nun die Gewissheit, mein Bruder Heinz hier im Osten ist unehrlich und falsch. Es kam noch schlimmer. Er sicherte sich das summenmäßig größte Sparbuch, was ich nie für möglich gehalten hätte von einem Bruder, der doch eigentlich wie ein von Gott geschenkter Freund sein sollte. Er äußerte nun:„Wir zwei Brüder hier im Osten haben unsere Mutter im Alter betreut und ihr geholfen. Dafür teilen wir uns dieses Geld. Der Bruder drüben in Westberlin bekommt seinen vollen Teil der Sparbücher." Deren Summen kannte ich:

* Das Gewerbesparbuch: ca. 3.500 M,
* Das Sparbuch unserer Mutter: ca. 20.000 M,
* Das gemeinsame Sparbuch von Mutter und Stiefvater: ca. 24.000 M

Der Inhalt der Schmuckkassette war mir ebenfalls bekannt.
Meinen Restanteil von Mutters Hab und Gut musste ich mir von meiner „lieben Schwägerin" in alten Tischdecken und Handtüchern zuteilen lassen.
Ich wusste, dass diese Anfeindungen nicht nur von Heinz allein kamen. Meine Schwägerin hatte ihm mehrfach Hörner aufgesetzt. Ich selbst musste dazu ja schweigen, denn ich bin selbst an meiner Scheidung schuld gewesen. Aber dass mich meine damals sehr junge, hübsche Schwägerin als Verlobte meines Bruders im Saal unserer Mutter zum Sex animierte, war für mich ein starkes Stück und der Beweis ihrer Fähigkeiten zur Intrige.
Nach der Beerdigung äußerte mein Bruder Heinz, er möchte das

Gewerbe der Mutter übernehmen und weiterführen. Ich wollte meinem Bruder dabei ehrlich helfen und das selbst erbaute Haus der Mutter sichern. Hotel und Restaurant „Weißes Rössl" Ludwigsfelde, das musste ja irgendwann dem Eigentümer, unserer Mutter, rückübereignet werden. Obwohl ich meinen Bruder wegen seiner Trinkerei warnte, unterstütze ich ihn beim Erwerb. Ein Bauleiter, Herbert Nagel, aus meinem VEB Kreisbau Zossen bemühte sich seit längerer Zeit ebenfalls als Nachfolger für das Restaurant.

Für mich stand jedoch fest: Besser mein Bruder Heinz Pietzofski übernimmt Mutters Haus, als dieser nachweisliche Kommunist Herbert Nagel. Dieser SED-Kollege Nagel hatte mich beim Zahnarzt im Warteraum einmal politisch angegriffen und öffentlich vor vielen Bürgern denunziert. Ich würde „Westschundliteratur" lesen in öffentlichen Räumen! Es handelte sich um die Zeitschrift „Bravo", und es entsprach der Wahrheit.

Kerstin ist am 17. Juni geboren. Dieser Tag wurde gefeiert und war immer ein Tag der Freude. Viele Menschen denken dabei nicht nur an den historischen „Volksaufstand" von 1953.

Ihr Vater, ein Spaßvogel, war für Humor aller Art bekannt. Als Lehrer äußerte er oft genau an diesem Tag in der Schule etwas arglistig, heute werde er noch recht vergnügt feiern. Irgendwann wurde er deshalb zur Vorsprache beim Schuldirektor geladen, dann, eine Woche später, beim Bürgermeister von Ludwigsfelde.

Mit 25 Jahren hatte Kerstin, wie so viele DDR-Bürger, einige Jahre Wartezeit auf eine Wohnung hinter sich. Sie wohnte immer noch bei den Eltern. Eine eigene Wohnung war dadurch in weite Ferne gerückt.

In meiner beruflichen Hilfsbereitschaft vor Jahren als Bauleiter, hatte ich auch der Wohnungsgesellschaft KWV-Ludwigsfelde Hilfe zukommen lassen. Das zahlte sich jetzt aus. Seit meiner Scheidung 1984 wohnte ich in Güterfelde in meinem Haus am See. Völlig unerwartet erhielt ich im April 1985 durch meine Ludwigsfelder Wohnanmeldung eine kleine Eineinhalb-Raum-Plattenbauwohnung zugeteilt.

Kerstin war nun schon ein Jahr lang meine große Liebe. Ich nahm diese Wohnung mit Mietvertrag in Ludwigsfelde an, und Kerstin zog dort sofort ein. Wir waren immer noch sehr verliebt. Ich konnte in dieser Wohnung zur Präsentation in Ludwigsfelde ein- und ausgehen. Meine Hauptwohnung war ja in Güterfelde seit 1984. Kerstin bewohnte diese Wohnung in der Kurt-Wach-Straße bis 1999. Von März bis Oktober wohnten wir zwei sowieso im Haus am See in Güterfelde.

Ich konnte unsere Liebe intensiv erleben und den großen Altersunterschied in der Praxis des Lebens prüfen. Unsere Liebe wurde inniger und bestätigt sich heute noch nach 30 schönen Jahren. Wir lieben uns noch immer!

Meine Reise nach Westberlin – DDR 1989

Als DDR-Kritiker bekam ich erst wenige Monate vor dem Fall der Mauer im März 1989 eine Reiseerlaubnis nach Westberlin. Meine Mutter hatte früher einmal gesagt: „Wenn jemals die Mauer fallen sollte, dann musst du unbedingt das „Café Kranzler" besuchen!" Gleich am ersten Tag meines Aufenthaltes setzte ich mich dort an einen Tisch draußen. Während ich noch mein bisschen Westgeld nachzählte, ob ich überhaupt etwas bestellen könnte, hatte ich schon einen Kaffee auf dem Tisch. Eine hübsche Kellnerin schenkte mir diesen Kaffee. Mit ein paar netten Worten entstand sofort ein vertrautes Gespräch und Zuneigung. Ein zweiter Kaffee sowie weitere liebe Worte folgten von Seiten der schönen sympathischen Kellnerin. Am nächsten Tag bei einem Kaffee am Vormittag erfolgte eine Einladung für den Abend zum Tanz in einer Bar. Sie konnte herrlich tanzen und schmiegte sich charmant an meinen Körper. In der netten Unterhaltung erklärte sie: „Ich habe sofort erkannt, dass du aus der DDR bist." Sie hieß Carmen und war vor zwei Jahren selbst aus der DDR nach Westberlin gekommen. Ihr damaliger Wohnort Potsdam/Babelsberg ist nur fünf Kilometer von Güterfelde entfernt. In dieser Nacht fuhren wir mit ihrem alten Renault bis direkt an das Brandenburger Tor, dort küssten wir uns. Ein Ort, den wir Ossis sonst niemals zu Gesicht bekamen. Ich spürte ihre Zuneigung intensiv. Am nächsten Tag hatte Carmen dienstfrei, und wir schlenderten über den Ku-Damm. Plötzlich küsste sie mich und fragte voller Hoffnung: „Möchtest du nicht hier in Westberlin bleiben?" Leider konnte ich diesen Wunsch nicht erfüllen. Ich hatte ja meine Kerstin zu Hause im Haus am See und hatte schon Sehnsucht nach ihr.
Fünf Tage später war ich wieder in der DDR. Das Grau der Ostberliner Häuser wirkte plötzlich erschreckend auf mich und gehörte nun wieder zum „realen Sozialismus" im Alltag.
Das Sparen auf einen Trabbi konnte meine Kerstin nun noch in-

tensiver angehen, denn die Miete für ihre Wohnung einschließlich Strom und Wasser wurden ja von meinem Konto abgebucht. Ich brachte sogar in ihrer Wohnung eine echte Holzbalkendecke an im großen Plattenbauzimmer, und in der Küche verlegte ich echte Westberliner Fliesen mit Ornamenten. Selbst die Couchgarnitur und einen großen Perserteppich schenkte ich meiner lieben Kerstin. Unsere Liebe hatte sich immer weiter gefestigt, und wir beide dachten nicht im Traum an den großen Altersunterschied zwischen uns.

Kerstin schaute weiterhin in jeden Kinderwagen ihrer Freundinnen, aber heiraten war kein noch immer Thema. Inzwischen hatte sie nun das Geld für einen Trabbi gespart, aber keine Anmeldung, genau wie viele andere Mitbürger in der DDR: Der Eine hat das Geld, der Andere nach 12 Jahren die Trabbi-Zuweisung. Der Andere war in diesem Fall ihr Bruder, der aber das Geld nicht hatte. Ohne ein Wort der Absprache erklärte mir Kerstin, sie hätte ihrem Bruder 5.000 Mark für einen Trabbi geliehen. Ich erklärte ihr nur, hoffentlich gibt es beim Zurückzahlen keine Probleme. Das kannte ich aus meiner Erfahrung: Im Jahr 1977 hatte ich einem Kollegen für seinen Hausbau 3.000 Ost-Mark geliehen. Er hatte mir sofort seine noch wertlose acht Jahre alte Lada-Anmeldung angeboten. Ich selbst wollte nach der Rückzahlung keine Zinsen, alles war in Ordnung. Als die Mauer 1989 fiel, wollte ich nach 16 Jahren Lada-Anmeldung mit diesem Kollegen den Lada-Kauf sofort in die Tat umsetzen. Er wohnte nach seiner Scheidung im 150 km entfernten Wittstock/Dosse. Am Telefon sagte er noch zu. Eine Woche später war er in den Westen verschwunden. Ich war wütend, hätte ihn erwürgen können. Dann aber, kurz danach, hatte ich dadurch großes Glück.

Der Bundeskanzler Helmut Kohl verkündete: „Wir werden den Ostdeutschen ihr Geld 1:2 umtauschen." Bis zu diesem Tag hätte ich meinen ehemaligen Kollegen immer noch erwürgen können, nun aber wollte ich ihn gern umarmen. Das Geld für den Lada-Kauf, nämlich 30.000 Ost-Mark, wären in den Sand gesetzt gewesen für einen Russen-Lada, den kein Mensch drei Monate später kaufen würde.

Die politischen und wirtschaftlichen Veränderungen gingen rasant voran: Meinen Pkw „Dacia" hatte ich in einer Zeitung zum Verkauf für 20.000 Ost-Mark ausgeschrieben. Ein Lehrer kam sofort an diesem Tag, er wollte gleich meinen Wagen kaufen, ja bitte, und wo ist das Geld? Es war Freitagnachmittag. Dieser Mensch kam tatsächlich in der DDR-Zeit zum Autokauf ohne Bargeld. Er bettelte mich an, diesen Wagen bis Montag zu reservieren. Ich wusste, am Montag würde mein Pkw nicht mehr 20.000, sondern höchstens noch 15.000 Ost-Mark wert sein. Natürlich hatte auch dieser Lehrer übers Wochenende etwas dazu gelernt. Er kam am Sonntag, um von dem fest zugesagten Kauf zurückzutreten.

Am Montag habe ich dann sofort meinen Pkw in Potsdam auf dem Platz der Nationen (Luisenplatz) für 10.000 Ost-Mark zum Verkauf aufgestellt. Dienstag glaubte ich schon nicht mehr an einen Verkauf. Da meldete sich per Telefon plötzlich ein Käufer für mein Ost-Auto. Er bot mir 8.000 Ost-Mark plus 1.000 M für Ersatzteile.

Ein Allianz-Versicherungsexperte hatte mir schon Wochen vorher ins Gewissen geredet: Bitte, bitte verkaufen Sie dieses Ost-Auto! Es wird bald nur noch Schrott wert sein, was wir Ossis nicht glaubten, denn wir konnten einfach nicht so schnell umdenken. Aber schön war diese Zeit des Aufbruchs trotzdem!

Kerstin bekam die Wiedervereinigung auf eine ganz andere Art zu spüren. Plötzlich war das Geld Umtauschen im noch real existierenden Sozialismus angekommen. „Westgeldfieber" erfasste sämtliche DDR-Bürger. Ihr Bruder hatte ja für den Trabbi-Kauf 5.000 Ost-Mark Schulden bei ihr. Bruder und Frau mit zwei Kindern konnten in der bevorstehenden Geldumtauschaktion ca. 10.000 Ost-Mark 1:1 umtauschen. Jetzt plötzlich wollte er seine Ostgeldschulden zum Profit noch einmal nutzen. Dadurch gab es für Schwester Kerstin Verzögerungen beim Trabbi-Kauf. Nach

der Währungsunion 1990 fielen ja die ehemals „teuren" Ost-Autos ins bodenlose Schrottpreisniveau. Das war ihr Glück!
Kerstin wollte schon längst einen Trabbi kaufen. Ihren Wunsch an den Bruder, das Geld wieder zurückzunehmen und für sie umzutauschen, lehnte er zunächst ab. Später übernahm er dann diese 5.000,00 Ost-Mark doch zum Umtausch. Ich erinnerte Kerstin an meine Erfahrung mit dem Geldverleih. Sie war enttäuscht von ihrem Bruder und weinte. Ich versuchte, sie zu trösten.
Mein eigener Bruder war ein noch größeres Problem. Meine Sorge der Geldumtauschhektik war um ein Vielfaches größer. Zwei arme DDR-Bürger hatten jeder ein altes Wilhelm-Pieck-Sparbuch mit einem Guthaben von je 14,50 Ost-Mark. Diese beiden Sparbücher füllte ich mit meinem Ostgeld bis auf je 3.000 Ost-Mark auf. Danach verwahrte ich diese Sparbücher bis zum Währungstausch bei mir gegen 10 % Zinsen, das waren 300 DM. Dieses Geld wurde vom Sparbuch wieder per Auszahlung abgehoben. Ich hatte je Sparbuch 2.700 Mark Ost-Geld in Westgeld gerettet plus 14,50 DM.
Bei einer Freundin musste ich drei Jahre lang zitternd auf diese Summe warten! Aber sie war fair und gab mir das Geld zurück. Ein Alkoholiker konnte selbst nicht warten, er holte sich seine 300 M Zinsen in Ost schon vor dem Geldumtausch ab, für Wodka!

Meine weitere Währungs-Rettungsaktion 1989 – 1990

Das verbliebene Pkw-Dacia-Geld betrug 8.000 Ost-Mark, von der verhinderten Lada-Kaufaktion hatte ich noch die 30.000, also besaß ich insgesamt 38.000 Mark.

Diese Summe versteckte ich im Luftfilter meines alten Ost-Autos und fuhr damit nach Westberlin. Der Geldumtausch auf dem Schwarzmarkt ergab gerade einmal in West 6.000 DM.

Diese Schwarzmarkt-Tauschaktion hatte ich unglücklicherweise vor der amtlichen Bekanntmachung: „Umtausch 1:2" getätigt. Der Kurs wurde 1989 im November/Dezember ständig ungünstiger. Mein erstes Bankkonto West hatte ich bei der Commerzbank in Potsdam, Alte Wache. Diese war gleichzeitig auch meine Baustelle als Bauleiter beim Abgang der DDR.

Innerhalb dieses Arbeitsbereichs hatte ich noch meinen letzten Neuerer-Verbesserungsvorschlag eingereicht an das VEB Projektierungsbüro Potsdam in der Dortustraße Mein Neuerer-Gewinn von 5.000,00 Ost-Mark war geprüft und anerkannt worden im Jahr 1989. Das Projektierungsbüro wollte aber nicht zahlen. Das war in diesem Fall ein Glück für mich. Vom Arbeitsgericht bekam ich 1991 Recht und erhielt für meinen letzten DDR- Neuerervorschlag 5.000 DM statt Ostgeld.

Ich wollte ja recht schnell einen VW-Golf-Jahreswagen kaufen, also machte ich mich auf nach Wolfsburg. In einer Anzeige der Wolfsburger Autozeitung fand ich dann einen ehemaligen VW-Mitarbeiter, der bereits im Ruhestand war. Dort war ich zum Mittag eingeladen, nachdem ich 500 DM angezahlt hatte. Nun musste ich noch viele Monate warten, denn der „Jahreswagen" war erst sieben Monate alt. Nach knapp einem Monat kam ein

Anruf aus Wolfsburg: Wir bringen am Samstag den Golf II Boston, Tornadorot, persönlich nach Ludwigsfelde und wollen uns dabei die ostdeutsche Heimat anschauen sowie Berlin. Es war eine traumhafte Zeit – einfach aufregend und schön.

Kerstins große Überraschung zur Wiedervereinigung

Der Frühling des Jahres 1990 hat nach der heißersehnten Wiedervereinigung einen wahren Glücksrausch in der Mehrheit der Ostdeutschen ausgelöst. Meine große Liebe Kerstin erfuhr nun zusätzlich ein noch größeres Glücksgefühl. Im ersten Frühling dieser neuen großen Freiheit eröffnete sie mir ihre Schwangerschaft. „Gefunkt" hatte es im Wonnemonat Mai. Am 17. Juni, ihrem Geburtstag, verkündete sie überglücklich: „Lieber Dieter, am heutigen Tag wird dreifach gefeiert: Geburtstag, meine Schwangerschaft und der Volksaufstand!"

Der erste Westurlaub – Mallorca

Wir mussten besonders lachen, da Kerstins Frauenarzt ihr erst vor Kurzem mitgeteilt hatte, dass sie nun in der Gruppe der „Spätgebärenden" sei. In ihrem fünften Schwangerschaftsmonat flogen wir dann das erste Mal in den Urlaub nach Mallorca. Meiner großen Liebe ging es während des gesamten Urlaubs sehr gut. Nur auf dem Heimflug, nachts um zwei Uhr, ereignete sich ein dramatischer, angstvoller Zwischenfall: Wir hatten die Höhe von 10.000 Metern erreicht. Plötzlich kam vom Flugkapitän eine hastige Durchsage mit Alarmsignal: Sofort Anschnallen, wir verlassen unsere Flughöhe von 10.000 Metern und sinken auf 3.000 Meter herunter. Die Stewardessen liefen sehr unruhig auf dem Gang auf und ab, vom Cockpit zum Heck und wieder zurück. Trotz weiterer unruhiger Gesten der Stewardessen konnte ich Kerstin, die am Fenster saß, noch immer von diesem nervösen Treiben ablenken. Sie schlief, Gottlob, dann ein. Mir kam dieses Verhalten so vor, als würde etwas mit dem Flugzeug am hinteren Leitwerk nicht funktionieren. Warum liefen die Stewardessen und Piloten so unruhig zum Cockpit und dann wieder nach hinten? Inzwischen beteiligte sich auch einer der Piloten sehr hektisch an dieser Art Havarieaktivität. Die Dramatik hatte immer mehr den Charakter von Hilflosigkeit und Verzweiflung. Ich hatte immer mehr Mühe, meiner lieben Kerstin eine Ablenkung zu präsentieren und beugte mich deshalb zum wiederholten Mal zu ihr herüber zum Fenster, um ihr die Sicht zum Gang zu versperren. In Wahrheit wollte ich mit meinem Oberkörper Kerstins Blick versperren, denn zwei der Stewardessen konnten ihre Tränen nicht mehr verbergen, als sie erneut vorbeieilten.

Dann wieder eine plötzliche Meldung vom Kapitän: „Wir ändern unseren Flug und steuern sofort den näheren Flughafen Hannover an."

Berlin war unser eigentlicher Zielflughafen. Recht rasant wurden sogleich Flughöhe und Kurs noch einmal geändert. Die Minen der Stewardessen waren wie versteinert, sie machten einen verzweifelten Eindruck. Eine weitere Stewardess konnte ihre Tränen nicht mehr unterdrücken. Auch ich hatte schon lange große Angst. Was war los mit dem Flugzeug da hinten? Warum war die hintere Flugzeughälfte mit einem Vorhang abgesperrt, der sofort immer wieder verschlossen wurde?

Dann wieder eine kurze Durchsage: „Bitte anschnallen, wir landen sofort in Hannover." Der Morgen graute, es war regnerisch. Nach kurzer, harter Landung vollführte das Flugzeug eine schnelle Wende. Die Gangway wurde eilig angedockt, sogleich die Tür geöffnet. Ein Pfarrer und Ärzte traten ein. Nun stellte sich heraus: Ein Passagier hatte einen tödlichen Herzinfarkt erlitten. Ich hatte sehr große Angst um Kerstin und das Kind, wollte das aber natürlich vor Kerstin nicht zugeben. Das Flugzeug parkte nun über eine Stunde mit uns, und wir mussten auch noch zuschauen, wie der tote Passagier abtransportiert wurde. Dann erfolgte das Auftanken der Maschine. Langsam kam wieder ein geordnetes Denken in meinen Kopf. Wir wollten in Hannover einfach nur aus dem Flugzeug fliehen, dann mit der Bahn nach Hause fahren, so stark war die Aufregung im ganzen Körper.

Warum wird den Passagieren in solchen Situationen nicht einfach die Wahrheit gesagt? Die Nachricht von diesem Notfall hätte bei uns doch nicht derartige Ängste und Spekulationen ausgelöst!

Ich erinnerte mich später an diese dramatische erste Urlaubsreise in die westlichen Länder. Sie war trotzdem eine der schönsten Reisen für Kerstin und mich. Auf dem Hinflug über Länder und Gebirge sowie über das Mittelmeer hatte ich ein besonders großes Glück. Ich erlebte schon im Flugzeug etwas, was heute kein reisender Mensch mehr erleben darf: Eine halbe Stunde lang saß ich neben dem Kapitän im Cockpit! Wissbegierig wie ich immer war, hatte ich den vorbeilaufenden Kapitän einfach im Gang des Flugzeugs angesprochen: „Ich bin aus dem Osten und hätte einen Wunsch." Aber bevor ich meinen Wunsch aussprach, habe ich allen Westdeutschen ein echtes und herzliches „Danke" geäußert für die vielen Milliarden D-Mark, die der Westen jetzt für uns Ostdeutsche investiert. Sofort danach entschuldigte ich mich auch für jene „Ostdeutschen", die in Undankbarkeit schon nach kurzer Zeit der Wiedervereinigung kritisierten, meckerten und mehr Hilfe forderten. Das honorierte der Flugkapitän, indem er mir meinen Wunsch erfüllte und mich ins Cockpit einlud. Außerdem war die Sicht an diesem Tag herrlich weit.

Meine Lebensgefährtin Kerstin die Schöne wird Mutter
Die Geburt unseres Kindes mit einer tollen Überraschung

Kerstin hatte den „Horrorflug" von Mallorca aufgrund ihres Schlafes und meiner schützenden Ablenkungen recht gut überstanden. Zum Glück saß sie am Fenster und bemerkte nicht die tränenreichen Gesichter der Stewardessen. Kerstin war zu dieser Zeit im fünften Monat schwanger.

Ich war inzwischen zu einem „gestandenen" Mann gereift und wollte unbedingt bei der Geburt unseres Kindes dabei sein. Kerstin wollte kein Ultraschallbild und demzufolge auch nicht vorher wissen, ob es ein Junge oder Mädchen sein würde. Viele erfahrene Mütter, ob jung oder alt, fachsimpelten aber sehr gern mit Kerstin über ihr Schwangerschaftsverhalten. Nach ihren Erfahrungen würde das Kind auf jeden Fall ein Junge werden, und so hatte sich Kerstin dann auch schon einen Jungennamen ausgesucht. Im Kreißsaal wurde sie in ihrer Annahme noch einmal von der Hebamme bestärkt.

Die Wehen und die Geburt dauerten aber nur eine relativ kurze Zeit, denn Mädchen „putzen" sich bekanntlich etwas länger, bevor sie sich der Mutter dann endlich vorstellen, so war ja die allgemeine Meinung. In der unmittelbaren Nähe des Geburtstisches hatte die Hebamme auch schon das blaue Handgelenk-Bändchen parat gehängt, um es dem erwarteten männlichen Erdenbürger um das kleine Handgelenk zu legen.

Ich turnte etwas hilflos und nervös um meine stark pressende und schwitzende Frau und die beruhigend auf sie einsprechende Hebamme herum. Ich wollte den hübschen rabenschwarzen Kopf des Jungen sofort im Blick haben. Dann ging alles viel zügiger. Elegant schlüpfte der 51 cm lange und gut 3150 Gramm schwere neue Erdenbürger mit letzten Presswehen sehr flott auf die silberne Geburtsschale. Ich hatte das Glück, dieser Engel schaute in diesen Sekunden der Geburt genau in mein Gesicht, als wollte er sagen: „Hallo, Papa, da bin ich. Schau mal, was ich für unwahrscheinlich viele schwarze Haare habe! Aber noch phantastischer sind meine dunkelblauen Augen. Diese öffnete ich extra sofort für dich, Papa."

Ich aber war erst einmal entsetzt und schaute recht dumm drein, denn diese schönen blauen Augen drehten sich und schaukelten hin und her. Zusätzlich schien mir, dass sie mich hilflos und suchend anschauten. Die Hebamme bemerkte sofort meine ratlosen Blicke auf die schielenden Babyaugen. Sofort erklärte sie aber, das gäbe sich nach kurzer Zeit, keine Angst! Dann aber kam die größte Überraschung: Wo ist denn der kleine „Wasserhahn", der fehlt ja zwischen den strampelnden Beinchen. Kerstin – Kerstin, es ist ein Mädchen! Aber die glückliche und völlig erschöpfte Mutti strahlte nur, und ich musste noch einmal wiederholen: „Kerstin, es ist ein Mädchen, ein Mädchen." Nun erst konnte Kerstin ihren Kopf ordnen, und sie schaute ungläubig auf das blaue Armbändchen, das ja das Symbol für Jungen ist. Ihren Kopf heben und auf die entscheidende Körperstelle des kleinen Wesens schauen konnte sie noch nicht. „Ach so", lachte die Hebamme, „wir hatten keine rosa Armbändchen mehr im Kreißsaal!" Selbst die kontinuierliche Versorgung mit rosa Bändchen war in der DDR Mangelware. Na ein Glück, dass es wenigstens genug Hebammen in der DDR gab. Die Geburt unserer lieben Tochter „Franziska" erfolgte genau um 11.50 Uhr am 29. Januar 1991, vier Tage nach Papas Geburtstag. Kerstin hatte sich sofort wieder glücklich erholt. Selbst das nun erfolgte Mittagessen verspeiste sie um 13 Uhr mit großem Hunger. In der Kinderstation bei Hebammen und Ärztinnen hieß es „Franziska" sei das hübscheste Baby seit vielen Monaten in dieser großen Klinik in Ludwigsfelde. Kerstin strahlte mit ihrem Superbaby im Arm. Von ihrem Charakterwesen ist Franziska wie ihr Papa. Ein Rebell vom reinsten Wasser. Gleichzeitig darin auch eine Kämpfernatur für Umwelt, Tier und soziale Gerechtigkeit.

Arbeitskündigung, neuer großer Job

Unsere Tochter Franziska wurde am 29. Januar 1991 geboren. Im April 1991 wurde ich arbeitslos. Einen Arbeitsprozess habe ich damals nicht geführt, wie die meisten meiner Kollegen. Statt der Kündigung handelte ich einen Aufhebungsvertrag aus.

Mit einem noch recht guten Gehalt für meinen alten Job stand ich beim Arbeitsamt nun als Arbeitsloser in der Wartereihe und wollte erst einmal diesen „Urlaub" genießen. Aber schneller als ich eigentlich wollte, kam das erste Arbeitsangebot: Leiter in der neuen Wohnungsgesellschaft GEWOBA. Das bedeutete für mich einen langen Arbeitsweg durch ganz Potsdam. Die ständig steigenden Mieten in der untergegangenen DDR bildeten ein Aggressionspotential in den Köpfen der DDR-Mieter. Ich lehnte deshalb diesen Leiterposten ab in der Hoffnung, erst einmal Ruhe zu haben.

Bums, da kam das nächste Angebot: Fachtechnischer Betriebsleiter im neuen Baubetrieb SAR-GmbH Teltow.

Teltow war kaum sieben Kilometer entfernt, das war schon günstiger für mich, und Fachleiter in einem Baubetrieb wäre auch sehr gut. Das Gehalt war noch höher als vor der Kündigung, also super! Die weitere Zusage, dass die Gehälter im Osten demnächst angehoben würden, war auch sehr gut. Der Grund für dieses sehr günstige Arbeitsplatzangebot waren nicht meine 20 Jahre Bauingenieurtätigkeit, sondern entscheidend war mein „Handwerksmeistertitel".

Ich ging mit großem Engagement an diese Aufgabe: Bauleitung, Kostenplanung, Vermessung, Berufsausbildung und Technologie. Meine 35 Jahre Berufserfahrung konnte ich mit Vergnügen nun in meine Aufgaben investieren. Ich hatte großen Respekt vor der neuen Betriebsleitung. Selbst der einzige Mann über mir, der Geschäftsführer, der auch aus dem Osten kam, hatte vom Bauen, den Kosten, der Arbeitssicherheit und Vermessung keine Ahnung. Bei der Vermessung von Eigenheimen wollte er ein oder zwei Kollegen als Hilfsvermesser dazu stellen. Ich lehnte ab und zeigte, was kein Vermessungsingenieur in der DDR praktizierte: die Ein-Mann-Vermessung. Ich erklärte dem Geschäftsführer, jetzt weht der Wind nicht mehr aus dem Osten, sondern aus dem Westen. Kosteneinsparung Nummer Eins sind die Lohnkosten. Wenn wir das nicht hart berechnen, gehen wir in die Pleite. Bitte, schicken Sie von den sieben Kraftfahrern vier zum Arbeitsamt. Die DDR-Kraftfahrer kennen nur ihr Lenkrad. Dieser Berufszweig hat noch nie optimal einen Lkw an einen Entladestandort herangefahren, geschweige denn eine Schippe auf der Baustelle angefasst. Die DDR-Kosteneinsparung war viel Papier. Viel Emotionales haftete der DDR-Untergangszeit an, so auch überall im großen Teltower GRW-Werk, als der Abbruch großer Fabrikhallen rasant begann. Unser Bagger stand auf fünf Meter hohen Abrisstrümmern einer sehr alten, großen Montagehalle direkt an der Potsdamer Straße. Auf dem Bürgersteig standen Menschen und schauten traurig diesem Teil des DDR-Unterganges zu. Einige sprachen melancholisch von langjährigen Arbeitserinnerungen in diesen Hallen. Andere Kollegen waren völlig verzweifelt und weinten einfach still.

Auch ich erlebte später, wie mein früherer DDR-Betrieb nach zwanzig Jahren pleiteging und abgerissen wurde. Heute stehen dort Eigenheime.

Das Arbeitsamtsangebot hat vielen DDR-Fachleuten das „Ruhen" schmackhaft gemacht in der Form des Vorruhestandes, und so den DDR- „Werktätigen" auf diese Art sehr schnell das Nichtstun nahegebracht.

In meinem neu gegründeten Bau- und Abbruchbetrieb „SAR GmbH Teltow" waren 30 Kollegen aus dem ehemaligen GRW Teltow. Es waren viele Berufe vertreten, auch Angestellte, aber kaum einer aus dem Bauwesen. Alle Kollegen waren bereit zu arbeiten, das Durchschnittsalter lag zwischen 45 und 55 Jahren.

Einige Kollegen liebäugelten aber doch mit dem Vorruhestand. Andere schafften diesen Ausstieg aus dem Arbeitsleben auf eigenartige Weise. Es war ja auch verlockend. Ein fähiger Maschinist verursachte direkt vor meinen Augen einen großen Schaden mit einem Bulldozer- Radlader bei Erdarbeiten. Mit Vollgas jagte er die mannsgroßen Vorderräder direkt auf ein paar große Stahlwinkelanker, welche ca. 30cm aus einem Betonfundament herausragten. Ein Reifen platzte, Totalverlust, 1.500 DM Schaden waren entstanden. Er erklärte mir in meiner Funktion als Bau- und Fachbetriebsleiter: „Ich habe unserem Geschäftsführer mehrfach im persönlichen Gespräch erklärt, dass ich gekündigt werden will. Hoffentlich hat er nun begriffen, dass ich es wirklich ernst meine."

Andere Kollegen klauten mehrfach Diesel aus unseren Lkw und den Baggern. Der harte Winter 1996 versetzte dann unserem Betrieb den Todesstoß. Winterbaustellen hatte ich zu DDR-Zeiten in meinem „Volkseigenen Betrieb" schon immer als Geldverschwendung erklärt. Unser Geschäftsführer aber hatte immer noch nichts gelernt: Also Pleite!

Auch ich musste nun nach sechs Jahren Arbeit in der freien Marktwirtschaft in die Arbeitslosigkeit. Auch ich musste nun mit meinen 58 Jahren lernen, dass ein aktiver Arbeitsmensch dieses Alters in der freien Marktwirtschaft „Schrott" ist.

Das Arbeitsamt erklärte: „Wir haben schon Mühe, Ingenieure im Alter von 45 Jahren in den Arbeitsmarkt zu integrieren. Machen Sie sich bitte keine Hoffnungen."

Ich hatte aber finanziell Vorsorge getroffen und wirklich hart gespart. Mit einer Soforteinzahlung für meine Rentenjahre von 50.000,00 DM hatte ich eine Zusatzrente erreicht von 210 Euro pro Monat; die Altersrente für 45 Jahre betrug 900 Euro pro Monat, also eine Gesamtrente von 1.120 Euro Netto für 15 Jahre Bauhandwerker plus 30 Jahre Ingenieur.

Als Systemkritiker der DDR wurde ich niemals Leiter. Zweimal in meinem Arbeitsleben habe ich finanzielle Großchancen nicht sofort genutzt, einfach verpennt!

Im Jahr 1974 hatte ich für einen Privatunternehmer im Bauwesen einige Jahre Kostenpläne privat gegen Honorar erarbeitet. Das Angebot, in diesem Betrieb als Technischer Leiter ab 1974 zu arbeiten, hatte ich nicht genutzt, obwohl ich 300 Ost-Mark mehr Gehalt angeboten bekam. Ein Jahr später wurden sämtliche Privatbaubetriebe zwangskollektiviert zum „Kreisbau Zossen".

Mir wurde am 25.10.1974 im VEB IFA-Autowerk Ludwigsfelde gekündigt, und ich floh in diesen neuen Kreisbau Zossen. Grund: Kampfgruppenzwang und die sozialistischen Schulungen haben meine Kritik an der DDR hervorgerufen und im Autowerk Ludwigsfelde zu DDR-feindlichen Diskussionen geführt. Dazu gibt es staatsfeindliche Schriftstücke. Siehe Schreiben vom 25. Okt. 1974, Kaderakten hier im Buch. Diese Schriftstücke wurden 1990 aus meiner Kaderakte entfernt!

Im Jahre 1991

Die zweite Großchance, finanziell etwas wettzumachen im wirtschaftlichen Untergang meines ehemaligen DDR-VEB-Kreisbau Zossen hatte ich abgelehnt. Vor dem erwähnten Aufhebungsvertrag 1991 wurde mir das Angebot vom Kreisbau Zossen unterbreitet. 8.000 DM Einzahlung für die Bestätigung einer freiwilligen Zusatzrente FZR als Grundlage für die spätere Rentenberechnung. Ich glaubte nicht, dass so ein Betrug überhaupt möglich ist. Jahre danach wusste ich: Bei der Rentenberechnung war das möglich und wurde auch so praktiziert. Damals erschien mir diese Summe zu hoch. Später habe ich, wie schon beschrieben, ein Vielfaches dafür eingezahlt, um eine Zusatzrente zu erhalten, nämlich 50.000 DM.

Durch die tatsächlich sehr großzügigen Sozialleistungen in der DDR sowie die billigen Mieten waren wir Ostdeutsche zu bequem geworden, Vergleichsrechnungen mit den Westdeutschen aufzustellen. Diese Aufwendungen erschienen normal. Ich hatte diese Vergleiche tatsächlich mit meinem Bruder aus Westberlin in den 70er Jahren gemacht. Allein der Vergleich der Mieten blendete uns Ostdeutschen jede Realität aus. Wir Brüder hatten jeder einen 4-Personen-Haushalt. Die Ostmiete betrug 68,50 M, die Westmiete 450 DM. Strom, Fahrkosten und Urlaub waren im Westen ungefähr dreimal so teuer wie bei uns.

Für mich als DDR-Bürger standen die Begriffe „Einigkeit und Recht und Freiheit" über allem. Dagegen war der Kommunismus nur eine „Hilfsreligion". Für die Mehrzahl der DDR-Bürger aber galt: „Erst kommt das Fressen, dann die Moral."

Im Jahre 1989 wurde in unserem VEB Kreisbau Zossen eine junge Architektin in meiner Abteilung Technologie eingestellt. Das Geschnatter von nun vier Kolleginnen gegen einen Kollegen wurde immer anstrengender. Die neue Architektin mit Hochschulabschluss hatte wohl die Weisheit im Bauwesen mit „Löffeln gefressen". Die ständigen Themen Heirat, Einkaufen und dann bald noch ihre Schwangerschaft nervten am Arbeitsplatz. Eines Tages, nach dem täglichen Einkauf zur Mittagspause, knallte dieses liebe hochschwangere Mädchen ihr Sechs-Pfund-Konsumbrot zum wiederholten Mal auf meinen Ziertisch zwischen meine Blumentöpfe trotz meiner Hinweise: nicht dort! Ich nahm dieses große DDR-Konsum-Einheitsbrot ganz behutsam aus meinen schon mehrfach abgebrochenen Blumenranken. Entschlossen warf ich dieses wirklich gut duftende Monster mit einem krachenden Rumms auf ihren drei Meter entfernten Schreibtisch. Damit waren die Fronten zwischen Konsumbrot und Blumentisch geklärt. Die politischen Fronten hatte ich ihr schon einmal auf andere Weise klargemacht. Sie hatte etwas gegen mein politisches Wandbild „Panzer und Abrüstung". Das Motiv: Ein russischer Panzer T 55 mit einem riesigen Panzerrohr. In der Rohrmündung ein Singvogelnest, auf dem die Vogelmutter ihre Jungen füttert. Selbst unser Parteisekretär wusste kein Argument dagegen.

Aber diese junge, „grüne" Architektin wusste etwas Schlaues. Ich sagte nur: „Schau genau hin, von dieser Mutter kannst du was lernen! Aber bitte bloß nicht mit deinem Konsumbrot füttern!"

Wenige Tage später hatten wir mit allen Kollegen in der Abteilung mal wieder politische Gespräche. Die immer prekärere Wirtschaftslage der DDR und unsere Materialversorgung im Betrieb wurden immer dramatischer. Die Kollegin Architektin wollte mich über die „großen Erleichterungen im Reiseverkehr" aufklären und was ich gegen die DDR überhaupt noch hätte? Ich hatte gerade meine erste Reise nach Westberlin hinter mir. Die Erlaubnis hatte ich ja nur bekommen, weil ich eine Verwandte ersten Grades hatte, die 85 Jahre alt und sehr krank war und meinen Namen trug. Nun platzte mir der politische Kragen! Ich antwortete sehr spontan und energisch: „Hast du schon mal etwas von Redefreiheit, Pressefreiheit, Bewegungsfreiheit in deinem Studium gehört?" Ich wusste inzwischen, dass sie Mitglied in der SED war. Unsere erregten Gemüter zum Thema DDR beruhigten sich wieder. Danach durfte ich sogar zum allgemeinen Dauerthema „moderne Schwangerschaft" einen Blick auf das Ultraschallbild ihres Babys werfen. Nach längerem Anschauen sagte ich ganz ruhig: „Das Bild eines Babys im Bauch der Mutter sieht aus wie eine Mondlandschaft." Damit waren neue Anfeindungen aller Kolleginnen gegen mich geboren. Das Kuriose an diesem Baby-Ultraschallbild: Die Erkenntnis aller meiner Kolleginnen einschließlich der Ärzte.

Während der Geburtsvorbereitung wurde meine Erklärung zum Ultraschallbild bestätigt. Madame Architektin hatte eine wundervolle Zwillingsgeburt! Keiner hatte dies vorher bemerkt!!

In unserer Abteilung hatte ich in fünf Jahren direkt gegenüber von meinem Schreibtisch immer junge Frauen. Alle Damen waren auch recht hübsch. Einmal gab es einen kuriosen Vorfall anlässlich einer Geburtstagstafel: In den letzten gemeinsamen Monaten in diesem alten DDR-Kreisbaubetrieb feierten wir häufiger ausgelassen. Fast alle Kolleginnen, die mir hier am Schreibtisch gegenübersaßen, wurden spätestens nach einem Jahr schwanger. Die DDR hatte in diesen Jahren eine positive Geburtenrate, aber eine total negative Wirtschaftsbilanz. Diese Feststellung der Schwangerenbilanz in meiner unmittelbaren Nähe kam von einer meiner Kolleginnen, die nach ihrer Schwangerschaft wieder in unserer Abteilung arbeitete. Das Lachen war wieder auf der Seite meiner Kolleginnen. Ich antwortete spitzbübisch: „Jeden Monat, wenn ihr Frauen einen bezahlten Haushaltstag hattet, fiel euch zu Hause die Bude auf den Kopf, und schon hattet ihr gewisse Gedanken: Ich lade mir den lieben Kollegen Dieter zum beruflichen Weiterbildungskaffee ein. Wenn er dann schon einmal da war, ergab sich die eine oder andere Gelegenheit" Dieses Mal konnte ich die Lacher für mich verbuchen. Die DDR verkraftete dieses gewaltige soziale Finanzpaket „Haushaltstag" nicht. Es waren trotzdem wunderbare Jahre in diesem Kollektiv. Fast alle Kolleginnen unterstellten mir ein Casanova-Verhalten. In diesem letzten DDR-Betrieb aber war das etwas ungerecht von den Frauen meiner Abteilung. Eine weitere junge Bauingenieurin, die es bald zur Abteilungsleiterin brachte, dementierte das Getratsche ganz offen. Für dieses faire Verhalten war ich ihr wirklich dankbar. Diese junge, sehr hübsche Abteilungsleiterin war zu dieser Zeit etwa ein Jahr in unserem Betrieb. Ich hatte ihr übertrieben charmantes Lächeln sofort richtig eingeschätzt. In der ersten Begrüßung, als sie in unserer Abteilung ihre Karriere begann, dachte ich nur, dieses Lächeln ist für Männer berauschend, aber in der nächsten Sekunde war dieses Lächeln einfach verschwunden. Ich hatte ja auch eine sehr hübsche junge Frau, die ebenfalls sehr freundlich einladend lachte, aber dieses Lächeln strahlt immer nachhaltig anhaltend offen.

Das alljährliche Betriebsfest fand im Klubhaus Ludwigsfelde statt. Ich stellte meiner strahlend lachenden Frau diese neue Kollegin vor, nein, nicht direkt mit Handschlag. Meine damalige Kollegin hatte bereits am Tisch unseres Betriebsdirektors gesessen. In diesem Vorstellungsmoment schwebte sie gerade auf der Tanzfläche im Arm des Direktors an unserem Tisch vorbei. Sofort war mir wieder dieses sehr charmant-berauschende Lächeln aufgefallen, aber es war ein Lächeln ähnlich einer Gesichtslähmung, dauerhaft. Zu meiner lieben Kerstin sagte ich überzeugt: „Dieses Lächeln hat auf der Erfolgsleiter bei diesem Betriebsfest die halbe Gesamthöhe übersprungen." Nur einige Monate später hatte sie es als Abteilungsleiterin schon geschafft.

Ich war nicht neidisch, da ich schon seit Jahren wusste, dass dies mit meiner politischen Einstellung nicht möglich war. Außerdem bedeutete dieser Leiterposten: ständig Innendienst! Das fand ich furchtbar!

Ich war die rechte Hand von unserem Direktor. Wir passten beruflich und auch menschlich gut zusammen. Wenn es fachliche Probleme auf den Baustellen gab, bemerkte er, du kommst wenigstens am anderen Arbeitstag mit Lösungen in mein Büro. Alle jungen Kolleginnen kamen immer nur mit weiteren Fragen von der Baustelle zurück. Er äußerte diese Probleme mir gegenüber häufiger. Auch er als „Technischer Direktor" musste fast täglich zum Rapport beim Betriebsdirektor antanzen. Gute Lösungen, nicht Fragen oder Probleme wollte der große Direktor der SED melden. Mit meinen Kolleginnen in der Technologie hatte ich durch häufigen Außendienst in diesem letzten DDR-Betrieb weniger Kontakt.

Im vorletzten Betrieb, einem Projektierungsbüro des VEB IFA-Autowerk Ludwigsfelde, hatte das gesamte Planungskollektivs mehr Teamgeist: mein Chefarchitekt und die Chefzeichnerin sowie die jungen, attraktiven Zeichnerinnen, dazu gehörte auch ein guter Bauingenieur. Dieser baute sein Haus noch vor Beginn meiner Hausbauzeit.

Als DDR-Häuslebauer hatte er nicht nur die Probleme der Eigenleistung und der Materialbeschaffung, sondern seine Frau konnte ihn auch nicht unterstützen durch ihre Mitarbeit, da sie chronisch krank war. Als er einmal Geldsorgen hatte und zögernd bei mir anfragte, sagte ich ihm sofort 1.000 Ost-Mark zu. Bescheiden wie er war, reichten ihm 500 Mark. „Bitte keine Eile mit der Zurückzahlung und auch ohne jegliche Zinsen", erklärte ich.

Nach etwa einem Jahr hielt mir dieser nette Freund plötzlich 300 Mark unter die Nase. Völlig verdutzt schaute ich ihn an. Ich wusste selbst nach einer kurzen Erklärung, - hier ein Teil vom Geld -, nicht mehr so recht, um welches Geld es sich handelte. Bei der zweiten Erläuterung erinnerte ich mich dann doch. Ich sagte sofort: „Peter, lass dir Zeit mit dem Rest!" Ich war wohl abgelenkt und mit dem Flirten mit einer neuen hübschen Zeichnerin beschäftigt. Dieses etwas vollschlanke Mädchen war fleißig und mir schon mehrmals mit einem ehrlich schönen Lächeln ganz nahe gekommen. Das geschah immer hinter dem großen Zeichenbrett, wenn ich Fachliches zu erklären hatte. Noch blieb dieses Mädchen ganz unauffällig.

Unser braungebrannter Chefarchitekt, ein sehr gut aussehender Mann, hatte alle Viertel Jahre eine Dienstreise nach Zwickau oder Mittweida vorgesehen. Mein Pkw war der „Dienstwagen". Mit

Freude war ich auf diesen Dienstreisen immer dabei. Die Welt einer Großstadt sehen! Wir fuhren schon am Freitagmittag los. Erstes Ziel war immer die interessante Stadt Leipzig. Dort hatten wir gute Hotelzimmer, fast ausschließlich im besten Hotel von Leipzig, im „Astoria". Schon am späten Nachmittag war dort Tanz. Die Damen erschienen häufig mit Hüten und in eleganter Garderobe. Viele schöne Kleider gab es zu sehen, darunter auch hübsche Beine. Das Einkaufen bereitete sichtlich Vergnügen. Mein Chef erklärte nach unserem ersten Dienstausflug, warum er diesen Zwischenstopp in Leipzig einlegte.

Leipzig – Hotel „Astoria"

Seine beiden Töchter studierten in Leipzig Bauwesen. Als Student brauchte man auch zu DDR-Zeiten ständig etwas Geld. Jede der Töchter bekam je nach Dienstreisenabstand 100 oder 200 Ost-Mark zugesteckt. Mein Chef arbeitete wohl dafür auch häufig abends oder zumindest länger. Das Aufregendste war für mich, abends der Tanz im Hotelrestaurant „Astoria". Tanzen mochte ich schon immer sehr gerne, und in Leipzig war es gerade große Mode, nicht nur für die „leichten" Mädchen. Diese völlig ausgewechselte Damenriege bekam ich zufällig bei einem Fußballspiel im Rahmen eines Intercup-Matches ganz deutlich als Ost-Mann zu spüren.

Es spielten „Lokomotive Leipzig" gegen den 1. FC Frankfurt am Main! Es war keine Dame zum Flirten zu gewinnen, denn sie erkannten uns DDR-Männer an der Kleidung. Aber einige schöne Tanzabende sind doch in Erinnerung geblieben: Ein hübsches Mädel aus der Provinz Mecklenburg tanzte in einem sehr schönen langen Ballkleid, denn sie wollte in Leipzig mal richtig ausgehen, sich amüsieren. Am anderen Morgen hatten wir beide das lange Ballkleid modisch zu einem kurzen Kleid umdekoriert, damit es zum Frühstück nicht unbedingt auffiel. Nach so einer schönen langen Nacht, völlig übermüdet, war ich immer auf dem nahen Gemüsemarkt: ein Bund Petersilie, Gewürzgurken oder Äpfel, das munterte bei der Weiterfahrt auf. Alkoholprobleme hatte ich nie, ein, zwei Bier, dann ein Saft oder Wasser zum Tanzabschluss.

Die Dame des Atomphysikers

Eine sehr schöne Erinnerung war die an eine weitere bildhübsche Dame, sie war die Gattin eines Atomphysikers. Wir tanzten an diesem Abend schon das dritte Mal auf ihren Wunsch miteinander. Unsere Bekanntschaft wurde inniger. Sie fühlte sich, während wir langsam enger tanzten, recht glücklich und fassten Vertrauen zueinander. Ihre Augen schienen Geborgenheit und Liebe zu suchen. Ihre schlanke Taille, die ich weit umfassen durfte, presste sie schon länger gegen meinen Schoß. Dieser langsame Tanz erlaubte diesen Körperkontakt. Einige Momente standen wir ganz ruhig. Nun spürte ich ihren zärtlich zitternden Schoß noch deutlicher. Ihr Becken zuckte genussvoll. Mit diesen weiblich verführerischen Bewegungen spürte ich in meinem Schoß eine pralle Erwiderung ihrer Gefühle. Meine Hand um ihre Taille hatte ich ganz sanft etwas gesenkt. Nun spürte ich, dass dieses glückliche Wesen unter dem seidenen Kleid keinen Slip anhatte. Sie wollte die volle Liebeslust ihres Schoßes mit meiner prallen Erwiderung richtig innig genießen. Unser Tanzrhythmus bewegte sich wieder langsam im Kreis, damit wurde unser intensives Gegeneinanderpressen auf der gut besetzten Tanzfläche nicht so wahrgenommen. Zudem tanzten viele Paare sehr innig und eng. Sie drückte gekonnt ihren prallen Venusberg immer fester gegen mein sehr angeschwollenes Pendant. Vergeblich versuchte ich, diesem Begehren entgegen zu wirken. Der Geist war willig, aber das Fleisch war schwach. Nein, es blieb bei diesem aktiven und fordernden Becken gegenüber einfach stark. Zum Glück wurde damals bei schöner, leiser Musik auch das Licht stark gedämpft. Dieses schöne Weib ließ ihren starr erregten Schoß wieder himmlische Signale aussenden und ein zunehmendes Wollen übermitteln, das spürte ich. Dazu schaute sie mich noch einmal sehnsüchtig und verträumt an und schloss dann die Augen. Es folgte ein ganz fester langer Druck ihrer Schenkel. Dann spürte ich, wie das Begehren durch ihren Körper strömte bis in den nun ganz heißen Schoß. Etwas später wurden auch unsere Tanzrhythmen langsam und behutsam auf Entspannen zurückgeführt.

So eine intensive und innige Frau beim Tanz wird einem Mann nur einmal im Leben beschert. Bei einer angenehmen Unterhaltung an der Bar offenbarte sie mir ihre wohl glücklose Ehe. Sie erzählte: „Mein Mann ist Kernphysikforscher im Atomforschungszentrum in Moskau/Dubna. Ich sitze hier in Leipzig im „goldenen Käfig". Alle ein bis zwei Monate sehen wir uns. Wir zwei aber werden heute Nacht nicht miteinander glücklich umarmt nach Hause gehen und danach nicht miteinander schlafen." Für sie war dieser Liebestanz schon der innigste Liebesakt seit langem. „Ich danke dir, dass du meine ungewöhnliche, aber gewünschte Aktion so nett und liebevoll mitgemacht hast. Es war wundervoll, mit dir beim Tanzen einen so innigen Höhepunkt zu erleben. Diese kurze Liebe wird mir für lange Zeit in Erinnerung bleiben. Ich werde jetzt unauffällig aufstehen und gehen. Du aber bleibst bitte, bitte hier sitzen. Bitte, habe Verständnis, aber ich werde von der Stasi rund um die Uhr beschattet. Lebe wohl, schöner Mann!" Ich weiß nicht einmal ihren Vornamen, stellte ich später einmal fest.

Leipzig war so etwas wie eine „Weltstadt" in der DDR. Irgendwann besuchte ich das große Kaufhaus. Gerade wurden Büstenhalter der Marke „Trumpf" angeboten. Eine attraktive Frau hatte zwei dieser so begehrten Artikel ergattert und war damit sofort zur Anprobekabine geeilt. Aber die war hoffnungslos blockiert durch eine lange Warteschlange. Diese vollbusige Dame entblößte sich nun im gut gefüllten Kaufhaus und probierte ihren BH ganz seelenruhig an, dann auch noch den zweiten, um zu sehen, ob der wohl besser passt. Eine ganz einfache Lösung nach DDR-Art. Aber eine andere Dame, die das nachahmen wollte, war dann doch nicht mehr so mutig.

Irgendwann musste ich für die Töchter des Chefs zum Weihnachtsfest schöne T-Shirts kaufen. Nach dem Fest drückte mein Chef mir seine Anerkennung aus. Die Mädels haben sofort gesagt:

"Papa, das hast doch nicht etwa du gekauft?" Mir wird noch heute ein guter Damenmodegeschmack bescheinigt. Meine schöne Frau Kerstin versetzte ich immer wieder einmal beim Shopping in Erstaunen, wenn ich ihr ein wundervolles Kleid präsentierte, was dann auch ihr sehr gut gefiel und gekauft wurde.

In Leipzig hatte ich auch meinen goldenen Siegelring mit eigenen Initialen anfertigen lassen. Der Preis für dieses Prachtstück in 333er Gold betrug 600 Ost-Mark und bestand aus 18 Gramm reinem Gold. Auf normalem Weg war Gold in der DDR gar nicht zu bekommen. Ich hatte in den 60er Jahren öfter im ehemaligen Führerhauptquartier Wünsdorf/Zossen bei der Roten Armee an einem fünfgeschossigen Kasernenbau gearbeitet. Die russischen Soldaten, die dort helfen mussten, waren wunderbare, aber einfache Menschen. Es entstand ein regelrechter Schwarzmarkt. Einige Soldaten brachten begehrte Waren zum Kauf: Uhren, Fotoapparate, Rasierer und natürlich auch Benzin. Ein Soldat, Mischa, hatte mir einige goldene Ringe und einmal gleich zwei Benzinkanister je 20 Liter verkauft. Als er dann noch einen relativ großen goldenen Damensiegelring brachte, hatte ich einen Großteil des Goldes für meinen späteren Siegelring beisammen. Die Siegelringidee kam aber erst später. Diese Bekanntschaft mit dem russischen Soldaten war nun schon eine richtige Kameradschaft geworden. Meine Russisch-Kenntnisse hatte ich dadurch recht gut erweitert. Eines Tages kam Mischa wieder mit zwei Kanistern Benzin. Er erhielt dafür 30 Ost-Mark. Nun griff er in seine Uniform, zog weitere 120 Ost-Mark heraus und erklärte mir Folgendes: Er hat bald Urlaub und will mit dem Zug in die Heimat fahren. Da möchte er für seinen Vater ein Jackett und eine Hose kaufen. Aber er als einfacher russischer Sergeant darf überhaupt nicht raus in deutsche Städte, wie etwa Zossen, geschweige denn etwas Größeres einkaufen, denn es würde gefragt werden, woher er das Geld hätte. Mischa übergab mir also diese 150 Ost-Mark mit der Bitte, ich möchte doch beides in Zossen für ihn kaufen. Die Anfahrt zur Baustelle in Wünsdorf ging direkt über Zossen. Er erklärte mir anhand meiner Körpergröße ganz einfach die Maße seines Vaters. Sein Vertrauen war von einer verblüffenden Selbstverständlichkeit, worüber ich doch recht erstaunt war. Im Konsumladen für Herrenmode in Zossen fand ich dann auch Jackett und Hose. Die Freude von Mischa war riesengroß. Bald danach kam er nicht mehr zur Baustelle, er hatte Urlaub. Ich habe Mischa nie wieder gesehen. Von den 12 Benzinkanistern habe ich noch heute nach über 50 Jahren drei in der Garage stehen. Mein goldener großer Siegelring hält die Erinnerung an einen freundlichen russischen Kameraden für immer wach.

Am dunkelroten 1,50 m hohen Klinkersockel des Kellers von dem alten Kasernengebäude vor unserer Baustelle „prangte" ein riesengroßes Hakenkreuz jeden Tag zu uns herüber, ungefähr einen Meter breit wie hoch mit einer Strichstärke etwa zehn Zentimetern in alter weißer Ölfarbe. Das russische Oberkommando schien das nicht weiter gestört zu haben. Die Soldaten hatten andere Sorgen, zum Beispiel Hunger. Häufig kauften sie sich für ihr Benzingeld am Kiosk zuerst zwei große Brote und ein Glas Marmelade. Eine Muttersau mit zehn Ferkeln aber lief unbehelligt Monate völlig frei im Gelände herum, die Ferkel wurden nicht weniger. Diese offene „Kolchosenschweinerei" aber gehörte den Offiziersfamilien. Einfache Soldaten mussten die Sau mit ihren Ferkeln sogar betreuen. Das bestätigten mehrere Soldaten. Ich kaufte bei den russischen Soldaten nur sehr gute Uhren. Diese waren superflach und mit einer dicken, echten Vergoldung versehen. Marken-Uhren kaufte ich für etwa 70 bis 80 Ost-Mark und verkaufte sie dann an DDR-Bürger für 100 bis 120 Ost-Mark. Ich hatte bei diesem Geschäft sogar Vorbestellungen. Russische Uhren garantierten auf dem DDR-Markt gute Qualität und ein modernes Design. Das gefährlichste Angebot von russischen Soldaten war einmal eine in Ölpapier verpackte, nagelneue „Kalaschnikow"! Dieses Geschäft war mir dann aber doch zu heiß. Das einzige Verlustgeschäft mit russischen Soldaten war auf mein eigenes Verschulden zurück zu führen. Ein riesengroßes 4-Kilo-Butterstück war kurz vor Feierabend plötzlich im Angebot. Als ich dieses Stück Butter zu meinem Trabbi transportierte und im Kofferraum verstaute, beachtete ich nicht, dass ein gut versteckter, am Morgen erstandener Kanister Benzin bereits mit von der Partie war. Meine Frau freute sich riesig über diesen Buttersegen. Am nächsten Tag aber zeigte sich das Ärgernis: das gesamte 4-Kilo-Butterstück hatte den Benzinduft angezogen und war nicht mehr genießbar.

Ein russischer Bauleiter äußerte, dass in diese Kaserne 600 Soldaten einziehen würden. Diese Soldaten hatten nur 60 cm breite Bettgestelle und die dreifach übereinander. Der westliche Geheimdienst wurde somit über die große Anzahl russischer Soldaten getäuscht.

Bulldozer und Diesel der Russen

Jahrzehnte später benötigte die DDR Dieselkraftstoff. Ein Jahr vor dem Fall der Mauer war die DDR-Wirtschaft derart katastrophal, sodass auch für unseren Baubetrieb die Materialbeschaffung, die Maschinen sowie der Dieselkraftstoff immer knapper wurden. Ein Verkehrsunfall, durch einen russischen Lkw verursacht, brachte nun für unseren Baubetrieb ein Dieselgeschäft für die Planerfüllung. Der russische Lkw war direkt in das große Schaufenster eines HO-Geschäftes gerast. Den Bauschaden musste unser Betrieb reparieren. Als Gegenleistung bekamen wir von der russischen Armee nicht das Geld, sondern etwas viel Wertvolleres: einen Arbeitseinsatz zum Ausschachten einer großen Baugrube für einen Wohnblock in der Stadt Ludwigsfelde. Dort, an der Kreuzung Karl-Liebknecht-Straße mit der Erich-Weinert-Straße gab es einen Bulldozer zum Ausschachten, russische Maschinisten als Fahrer und, was momentan totale Mangelware für einen Baubetrieb war, den Kraftstoff Diesel.

Als Bauleiter und Technologe hatte ich diesen Sondereinsatz außerhalb der Planwirtschaft zu betreuen. Da ich recht gut Russisch sprach, war ich auch gleichzeitig der Dolmetscher für die russischen Offiziere. Unsere Gespräche wurden bald recht kameradschaftlich. Eine Flasche Wodka für 10 Ost-Mark regelte die Probleme. Die russische Maschinisten, die ja eigentlich Soldaten waren, benötigten aber viel zu viel Zeit für das Ausschachten der Baugrube. Über die SED-Kreisleitung gab es Kritik! Diese Soldaten waren doch keine Profis! Sie gaben sich zwar große Mühe, aber es dauerte einfach zu lange. Als sie dann am schrägen Hang der Baugrube die Kette von der großen Planierraupe verloren, ergab sich eine weitere Verzögerung der Arbeiten. Wieder musste ich mit den zwei russischen Offizieren dieses Problem erklären. Die Maschinisten mussten dafür abends länger arbeiten bis zum Einbruch der Dunkelheit. Am nächsten Tag beim Mittagsschmaus mit den beiden Offizieren wurde mir ihre Heimat auf einer Land-karte erklärt. Es war die Stadt Saporoschje, tief in Russland (heute Ukraine). Die DDR hatte ja einmal einen Kleinwagen dieses Typs im Pkw-Angebot. Die Bevölkerung lästerte über diesen hässlichen Wagen sehr häufig. Mit diesem Auto haben sich die Russen noch einmal für den Zweiten Weltkrieg gerächt, glaubten wir. Als Erinnerung an diesen Sondereinsatz habe ich von den russischen Offizieren einen Wandteller von ihrer Heimatstadt Saporoschje erhalten. Er hängt noch heute in meiner Garage als Andenken.

Für mich war das Arbeiten mit russischen Offizieren sowie einige Arbeitseinsätze in diesen Kasernen der Sowjets im Raum Wünsdorf und Sperenberg politisch von Nachteil. Dadurch erklärte sich auch die Verweigerung der Reisegenehmigung nach Westberlin im Jahr 1988. Mein politischer Freund im Betrieb, der Parteisekretär, brauchte nicht einmal meine kritische Haltung zur DDR-Politik im Reiseantrag zu erläutern. Mein Arbeitsplatz im Bereich der sowjetischen Freunde und der Kontakt mit den sowjetischen Offizieren auf der Baustelle waren ausreichend für eine Reiseablehnung. Diese Betonkopf-Ideologie führte dann im Folgejahr 1989 endlich zum Abbruch der Mauer. Ich habe nicht gejubelt, nur vor Glück geweint. Genau wie zum Mauerbau 1961, nur, dass ich damals nicht „vor Glück" geweint habe. Damals war es aus tiefster Verzweiflung und Ohnmacht.

Der Mauerfall und die Wiedervereinigung 1990
Grundstück – Haus – Wohnsitz

Ich war im Jahr 1989 Besitzer eines Eigenheims auf fremdem Grund und Boden und hatte dort meinen Hauptwohnsitz. Eigentümer als Rechtsträger war das „Volksgut" Großbeeren. Seit meiner Scheidung und dem Wohnantrag vom 8. August 1984 wohnte ich nun in Güterfelde in der Potsdamer Straße in meinem selbst erbauten Haus, Baujahr 1978. Im letzten Original-DDR-Ausweis ist dies bestätigt bis zur Wiedervereinigung 1990 sowie für die nächsten 20 Jahre. Am 22. Februar 1990 stellte ich sofort schriftlich einen Kaufantrag an das Volksgut Großbeeren für mein Teilgrundsstück von 400 Quadratmetern. Postwendend kam der Antrag zurück mit der Antwort: Wir sind nicht der Eigentümer, unterzeichnet vom Direktor des Volksgutes Großbeeren. Zwei Tage später ging ich persönlich zu ihm mit einem Grundbuchauszug, der das Volksgut Großbeeren als Rechtsträger, also Eigentümer, auswies.

Trotzdem leugnete das Volksgut Großbeeren diese Fakten und verweigerte die Bearbeitung meines Kaufantrages. In der Presse wurden ja schon die ersten Eigentumskämpfe bekannt. Aber im Gegenteil, was ich erlebte, war, wie die ersten Westdeutschen gegen ostdeutsche Grundstücksbesitzer unrechtmäßig vorgegangen sind und sie bedrohten mit Vertreibung und Feuer. Sofort hatte ich auch beim Amt für Offene Vermögensfragen meinen Kaufantrag zusätzlich noch vor dem Tag der Einheit am 13. September 1990 gestellt. Ich habe dann von allen Beteiligten schriftliche Zusagen zur Übertragung meines Teilgrundstücks bekommen. Am 19. August 1993 kam die Vollmacht für die Teilungsgenehmigung über die Treuhandgesellschaft in Potsdam-Drewitz, Leiter Chr. Bruns: Mit 50 DM pro Quadratmeter war ein Verkauf vereinbart. Diese Teilungsgenehmigung bearbeitete mein Gemeindeamt Güterfelde mit Verzögerungen und schließlich mit Ablehnung. Obwohl dieses Amt keine Grundbuch- noch Treuhandrechte hatte. DDR-Ämter bekämpften DDR-Bürger. Von wegen in der DDR war alles viel menschlicher und besser.

Haus und Hauptwohnsitz

Am 16. August 1990 antwortete mein Bürgermeister schriftlich erst mit der Bestätigung zum Hauptwohnsitz in vier Zeilen und mit weiterer Nichtbearbeitung. Meine Teilungsvollmacht vom 19. August 1993 wurde ebenfalls nicht bearbeitet, mein Hauptwohnsitz seit 8. August 1984 wurde einfach ignoriert.

Zu diesem Zeitpunkt, also 1993, musste ich erkennen, dass meine eigene Gemeinde Güterfelde den Eigentumserwerb der großen Nachbarflur vorantrieb, auf dem ich in meinem Haus wohnte. Ich sollte das Bauernopfer werden und dem Besitzstreben meines Gemeindeamtes Güterfelde nicht im Wege sein.

Ich hatte mich jedoch seit dem Einigungsvertrag über Grundstückserwerb eingehend informiert. Mit der späteren Restitution würde unser Grundstück vom Volksgut Großbeeren rückübertragen werden an den Ureigentümer, das Land Berlin.

Meiner Gemeinde Güterfelde würde auf keinen Fall diese Grundstückszusammenlegung gestattet, um dann mit einem großen Bebauungsplan alle Flächen nutzen zu können. Diese Rechtslage interessierte unseren Bürgermeister aber nicht. Mein Kauf des Teilgrundstücks wurde trotzdem durch das Gemeindeamt Güterfelde in der Zeit von 1990 bis 1995 behindert.

1995 bekam ich amtlich bestätigt, dass weiterhin keine Ansprüche auf unser Gesamtgrundstück bestünden. Am 1. März 2000 erhielt ich endlich vom zuständigen Amtsgericht Potsdam meinen Grundbucheintrag. Damit war ein Recht zum Besitz meines Eigenheims gesichert, der Eigentumserwerb vom Gesetz her klar geregelt!

Die Senatsverwaltung Berlin bearbeitete nun meinen Grundstückskauf. Sofort übergab ich schriftlich mein Grundbuch vom 01.03.2000. Im Jahr 2000 bis 2002 wurde mein Recht zum Grundstückskauf dann schriftlich bestätigt. Zu dieser Zeit wurden die Berliner Stadtgüter noch als Verwalter betitelt, sodann mit der

Bearbeitung beauftragt. Die Anerkennung meines Eigenheims und der Grundstückserwerb waren bearbeitet und weiterbearbeitet worden, und dann hinausgezögert.

Vom Berliner Senat: Anerkennung – Grundbuch – Verzögerung – Nichtbearbeitung

Dokumente
April 2000

Meine Reaktion auf die Jahre der Nichtbearbeitung war eine Dienstaufsichtsbeschwerde mit erfolgter Rückantwort. Die Nichtbearbeitung des Grundstückserwerbs wurde immer wieder von anderen Mitarbeitern verzögert durch weitere Anfragen und Fakten, die längst erfüllt und geklärt waren. Zum Beispiel Grundbuch - Einwohneramt – DDR-Ausweis mit Hauptwohnung – Kaufantrag – alles vor dem 3. Okt. 1990. Ich hatte diese Dokumente schon der Berliner Senatsverwaltung wiederholt schriftlich zukommen lassen.

10 Jahre nach der Wiedervereinigung beauftragte das Amt Stahnsdorf seine Anwaltskanzlei „Spitzweg und Partner", die Rechtslage meiner Hauptwohnung in Güterfelde zum Hauptwohnsitz Pietzofski zu klären. Hierzu das Schreiben der Anwaltskanzlei vom 21. Juni 2001:

D. Pietzofski, Hauptwohnsitz in Güterfelde, Potsdamer Str. 17, laut den Dokumenten, die vom Amt Stahnsdorf zur Verfügung gestellt wurden, ist sein Hauptwohnsitz den Gesetzen entsprechend!

Eine neue Bauamtsleiterin aber im Amt Stahnsdorf möchte meine seit DDR-Zeiten zugeteilte und anerkannte Hauptwohnung mit Antrag und Scheidungsurkunde vom 8. Aug. 1984 ignorieren. Das Amt Stahnsdorf hat meinen Hauptwohnsitz in Güterfelde, Potsdamer Straße 17, nach 11 Jahren der Einheit angezweifelt. Ich hatte zusätzlich am 29. Juni 1990 meinen Hauptwohnsitz auch im Amt Stahnsdorf registrieren lassen. Das damals noch selbständige Amt Güterfelde hatte während des Einigungsjahres 1990 schon drei neue Bürgermeister bis Juni 1990 erhalten: Frau Palesch von der SED, Herrn Kroll, Herrn Semler von der SPD und Herrn Huckshold als Vertreter für den kranken Herrn Semler, dem freigewählten Bürgermeister nach dem Mauerfall.

Der Vertreibungsversuch von Haus und Grundstück seit der Wiedervereinigung

Im Gemeindeamt Güterfelde funktionierte die Bürgerarbeit im Jahr der Deutschen Einheit 1990 nicht mehr sachgerecht. Nach mehrfachen persönlichen Vorsprachen wegen der Absicherung meines Hauptwohnsitzes in meinem zuständigen Gemeindeamt seit 1984, was monatelang nicht bearbeitet wurde (Mai/Juni), erhielt ich am 18. Aug. 1990 ganze vier Zeilen als Antwort.

Der Eingang meines Schreibens vom 1. Juli wurde bestätigt, mir wurde mitgeteilt, dass mein Hauptwohnsitz bekannt sei. Das „Bauaktiv" würde generell diese Probleme bearbeiten, ich erhielte danach Antwort. Aber die bekam ich nie!!

Ich war immer noch in Treu und Glauben, dass ab dem Jahre der deutschen Einheit 1990 endlich „Demokratie und Rechtsstaat" praktiziert würden. Erst 10 Jahre später erkannte ich, dass aus meiner alten Güterfelder DDR-Hausakte im Gemeindeamt Stahnsdorf wichtige Akten entwendet worden sein mussten.

Mein Hauptwohnsitz war danach schon ganze 20 Jahre registriert und fester Bestand der Grundstückskaufverhandlungen mit dem Berliner Senat für Finanzen in den Jahren 2000 bis 2002.

In diesem Schreiben ist als Verwalter ‚Berliner Stadtgüter' eindeutig von dem Berliner Senat betitelt. Das Grundstück Flur 6-175, auf dem mein Eigenheim steht, wurde erst danach Eigentum der BSGM-Berliner Stadtgüter. Durch diesen Eigentümerwechsel wurde erneut die Weiterbearbeitung meiner Kaufverhandlungen über Jahre verzögert.

Ab 2006 hatte ich dann endlich wieder einen kompetenten Leiter, Herrn Schuldt, als Kaufverhandlungspartner der BSGM-Berliner Stadtgüter im Schriftverkehr zum Grundstückskauf.

Siehe Dokumente als Anlagen aus dem Jahr 2006!

Am 16. Februar 2007 beauftragte ich eine Notarin. (siehe No-

tar-Eingangsblatt mit mehrfachen Gesprächsnotizen der Notarin)
Meine Notarin hatte den Berliner Stadtgütern schriftlich einen
Termin über unsere Grundstücksverhandlungen zukommen lassen, wie es laut Sachen-Rechtsbereinigungs-Gesetz 1994 gefordert wird.

Die BSGM-Berliner Stadtgüter müssen diese notarielle Aufforderung zur Grundstücksverhandlung erhalten haben, denn unmittelbar nach meinem Notarbesuch am 16. Febr. 2007 beweist das ein intensiver Schriftverkehr mit dem BSGM-Berliner Stadtgüter in Sachen Grundstück und Gebäudegrundbuch, sowie die Zusammenführung meines Teilgrundstückes auf der Flur in Güterfelde. Mehr als drei Schreiben beweisen diese Fakten, zwei staatliche Ämter wurden zum Erwerb angeschrieben. Hierzu drei Dokumente der BSGM-Berliner Stadtgüter:
An D. Pietzofski
An Amt Stahnsdorf
An Untere Bauamt Belzig

Es folgten weitere Verhandlungen sowie persönliche Gespräche im Haus BSGM mit mir zum Teilgrundstückserwerb auf der Flur 6-175, wo mein Eigenheim rechtmäßig mit Baugenehmigung vom 22.05.1978 errichtet ist.

01.03.2000 – Amtsgericht Potsdam Grundbuch:
Lt. Bürgerliches Gesetzbuch BGB und Paragraphen § 202 - § 203
Wenn Kaufverhandlungen über einen längeren Zeitraum nachweisbar getätigt wurden, sind diese Erwerbsverhandlungen (Beginn der Hemmung, der Verjährung) in der Klage.

Dann begann ab dem Jahr 2008 eine erneute Verzögerung der angelaufenen Grundstücks-Erwerbsverhandlungen. Der zuständige Leiter der Stadtgüter Berlin, Herr Schuldt, war nicht mehr Verhandlungspartner!

Seit 2008 wurden Rechtsanwälte beauftragt.Verzögerungen nun zum dritten Mal: Urlaub, Umzug und Aktenprüfung usw. siehe Schriftverkehr.

Danach wurde mir der Klageweg empfohlen. Nach Jahren der Anerkennung meines Gebäudes-Grundbuches mit umfangreichem Schriftverkehr zum Teilgrundstückserwerb! Dazu die de facto Anerkennung der Grundstücksrechte laut Einigungsvertrag 1990 und dem Sachen-Rechtsbereinigungs-Gesetz, Sept. 1994 siehe Schreiben der Berliner Stadtgüter.
Ich habe in Treu und Glauben auf BGB und Grundrechte alles für das getan, was die Bundesrepublik Deutschland für uns Ostdeutsche so erstrebenswert machte. Der Einigungsvertrag sollte die ehemaligen DDR-Bürger vor der Vertreibung und Enteignung schützen.
Die Enteignung meines Eigenheims ist nahe Realität! Ich, Dieter Pietzofski, soll mein Gebäudegrundbuch ab 31. Dez. 2012 zurückgeben.

„Verjährung"

Sollten die Berliner Stadtgüter mit dieser Klage vom 02.2013 Erfolg haben, dann ist für meine Person der Glaube an den Rechtsstaat Deutschland zerstört!!
Die Bundesrepublik Deutschland ist dann noch mehr „Unrechts-Staat" als die ehemalige DDR!

Innerhalb von 50 Jahren

Zwei historische Enteignungen vom Staat an zwei selbst erbauten Häusern der Familie Pietzofski im Vergleich DDR zur BRD:

Die Mutter E. Pietzofski
Zur Gründung DDR
Ohne Grundbuch 1959

Der Sohn D. Pietzofski
Zur Wiedervereinigung BRD
Mit Grundbuch 2000

1. Hausbau und Enteignung „Mutter"

Als Kriegswitwe mit drei kleinen Kindern baute sie mit einer staatlichen Bauzustimmung Februar 1947 nach der Ausbombung in Berlin ein Haus nur mit Eigeninvestition in der W.-Rathenau-Straße in Ludwigsfelde zum Wohnhaus und Restaurant „Weißes Rössl" völlig neu auf. Die Übereignung war ihr schriftlich vom Gemeindeamt Ludwigsfelde zugesagt.

Ein späteres Schreiben beweist die Fakten! Einige weitere Schreiben beweisen, mit welcher Menschenverachtung und Rechtsbeugung einer Kriegswitwe mit drei Kindern ihr selbst erbautes Haus entrissen wurde. Im Gründungsjahr der DDR 1949 bestätigt kurz zuvor ein Schreiben Februar 1949 von der Gemeinde Ludwigsfelde der Mutter den Besitz ihres selbst erbauten Hauses. In den 1950er Jahren weitere Repressalien, eine Zwangsversteigerung, die sie noch im Jahr 1952 abwehren konnte. Die Verleumdung und Enteignung wurde von der örtlichen DDR-Wohngesellschaft Ludwigsfelde bis zur Bezirksebene in Potsdam zur Steuerbehörde mit Falschaussagen durchgesetzt. Mit dem neuen Gesetz der DDR für Eigenheimerwerb 1954 versuchte die Mutter E. Pietzofski, die seit 1950 wieder verheiratet E. Koßelowski hieß, das eigene Haus erneut zurückzukaufen. Auch dieser, nun viele Jahre dauernde Kampf um ihr Haus, wurde abgewiesen. Für Haussteuern hatte sie 29.968 Ost-Mark zahlen müssen.

Nach 10 Jahren Kampf wurden der Mutter für ihr Haus als eine „Wertverbesserung am Haus" 11.790,00 Ost-Mark im Jahr 1959 ausgezahlt. Eine schriftliche Nötigung zur Annahme war in der Hausakte 1989 noch vorhanden, wurde später aber entwendet.

2. Hausbau und Enteignung des Sohnes

Mit der Bauzustimmung vom 22.05.1978 baute der Sohn ein Haus, vom Typ „Finnhütte" mit Pachtvertrag auf dem Grundstück in Güterfelde, Potsdamer Straße 17, Flur 6-175.

Mit meiner Scheidungsurkunde vom 8. August 1984 (Originalschreiben) und Wohnantrag erteilte die damalige DDR-Bürgermeisterin von Güterfelde, Frau G. Palesch, die Zusage zum Hauptwohnsitz. Ein Bad-Anbau wurde ebenfalls unmittelbar in dieser persönlichen Vorsprache im Gemeindeamt von der Bürgermeisterin genehmigt. In den Jahren 1984 bis 1989 wurde die Notlage auf dem Wohnungsmarkt in der DDR ständig größer. Jede Hausbauinitiative von privaten Bürgern wurde positiv unterstützt. Ich wohnte und baute gleichzeitig im Haus, der Finnhütte, bis 1989. Das Eigenheim war komplett im Dezember 1989, knapp ein Jahr vor der Wiedervereinigung, abgeschlossen. DDR-Ausweis und Einwohneramt (29.06.1990) beweisen eindeutig meinen Hauptwohnsitz vor dem Tag der Einheit 3. Oktober 1990, obwohl das Jahr 1984 der Hauseinzug war.

In einer Klage 12D/10/89 mit Urteil vom 30. Januar 1990, D. Pietzofski gegen Gemeinde Güterfelde, wird der DDR-Gemeinde Güterfelde Aktenentwendung bewiesen. Meine Sammelgrube konnte fertig gebaut werden, aber erst danach. Am 16. November 2010 stellt D. Pietzofski bei einer gemeinsamen Hausakteneinsicht mit dem Bürgermeister aus Stahnsdorf, Herrn Albers, fest, dass weitere diverse Schreiben aus dieser Akte fehlen. Weitere Akten, die die Rechtsbeugung der Gemeinde Güterfelde beweisen, fehlen,

z. B. fünf weitere Schreiben der Klage vom 26. Januar 1990, AZ 12D/10/89. Ebenfalls fehlt die Klageschrift.

Mein Wohnantrag vom August 1984 sowie die dazu übergebene Original-Scheidungsurkunde vom 8. August 1984, die als Hauptwohnungsbeweis seit 1984 dienten, wurden auch entwendet. Sofort besuchte ich daraufhin die frühere DDR-Bürgermeisterin von Güterfelde. Diese stellte mir eine eidesstattliche Erklärung vom 17.02.2010 zur Verfügung mit der Bestätigung meines Hauptwohnsitzes seit 1984 in Güterfelde.

Die Entwendung der Hausakten wurde nun wiederholt vom Amt Stahnsdorf ausgenutzt, um meine Hauptwohnung erneut anzufechten. Obwohl diese Fakten doch seit 20 Jahren nachweislich seit 29.06.1990 im Melderegister Stahnsdorf gesichertes Recht darstellten. Der neue Eigentümer: BSGM-Berliner Stadtgüter startete 2009 einen erneuten Versuch, sein neu erworbenes Grundstück von 9.308 Quadratmetern ab 2001 vor der Abtrennung meines 400 Quadratmeter Teilgrundstückes zu retten, trotz der mehrfachen Anerkennung und Bestätigung, besonders im Jahr 2007 mit Hausgrundbuch und der Zusage zur Zusammenführung von Haus und Grundstück laut Sachen-Recht-Bereinigungs-Gesetz für D. Pietzofski.

Das Amt Stahnsdorf hatte mehrfach schriftliche Kenntnis von meinem Hausgrundbuch vom Amtsgericht Potsdam 01.03.2000. Darin befand sich die Baugenehmigung von 22.05.1978 für ein Eigenheim.

Dieses Amt missachtet den Einigungsvertrag und besonders das Sachen-Recht-Bereinigungs-Gesetz 1994 § 1 bis § 5, das die Aufgabe hat, Vertreibung und Enteignung der DDR-Bürger zu verhindern, wenn diese Bürger Dokumente vorweisen können. D. Pietzofskis Grundbuch und Melderegister sowie der letzte DDR-Ausweis beweisen das. Mein ständiger Schriftverkehr mit dem Amt Stahnsdorf beweisen dies ebenso wie Gebäude-, Hausratversicherung, Pkw-Anmeldung, Postverkehr, all das, was zum Haus gehört und für seinen Besitzer notwendig ist, haben die

Adresse Güterfelde, Potsdamer Str. 17 in 14532 Stahnsdorf. Siehe auch der letzte DDR-Schriftverkehr vom 16. August 1990 von der Gemeinde Güterfelde durch den Bürgermeister Huckshold. Darin befand sich auch die Eingangsbestätigung meines Schreibens vom 1. Juli 1990 mit der Forderung der Klarstellung und Sicherung meines langjährigen Hauptwohnsitzes. Auch dieses Schreiben vom 16. August 1990 ist entwendet, zum Glück bei meinen Akten vorhanden.

Hausenteignung Sohn
Erster Versuch vom Amt Stahnsdorf

Nachdem der Versuch der Gemeinde Güterfelde, das direkte Nachbargrundstück selbst zu erwerben zwischen 1990 und 95 gescheitert war, blockierte die Gemeinde die Nutzbarkeit gemeinsam mit der Unteren Bauaufsicht mit der Auflage „Landschaftsschutz" ab November 1997 für diese Flur.

Aber mein Eigenheim seit 1978 liegt nun genau darin. Die Behörden wollten mit dieser Maßnahme auch meine Hauptwohnung stornieren. Dem neuen Eigentümer, Berliner Stadtgüter seit 2001, versuchten die Behörden wiederum 2001 und 2009 zu ermöglichen, meinen Grundbucheintrag vom 01.03.2000 rückgängig zu machen, obwohl meine neue zuständige Großgemeinde Stahnsdorf ja über ihre eigenen Anwälte mein Wohnrecht bestätigt hatte. (Siehe Schreiben vom 20. Juni 2001, Spitzweg und Partner.)

Dieses Schreiben war mir bei einer erneuten Durchsicht meiner Hausakte im Amt Stahnsdorf 2010 in die Hände gekommen. Ich nutzte die Praktiken der Gemeinde nun ebenfalls über einen Informanten. Obwohl ich mit dem Bürgermeister Albers 2010 bei einer gemeinsamen Akteneinsicht das Fehlen einiger Dokumente feststellte, weigerte er sich, mir diese Tatsache schriftlich zu bestätigen. Dieser Bürgermeister ist zur Wahl angetreten!!

„Bürger für Bürger"!

Versuch, Hausenteignung Sohn
Berliner Stadtgüter
Klage: Grundbuch Rückgabe 2013

Die BSGM Berliner Stadtgüter bestätigten 2007 in mehreren Schreiben mein Gebäudegrundbuch vom 01.03.2000. In dem Jahr 2007 wurde auch die Übereignung und Zusammenführung des Grundstückes mit dem Eigenheim für D. Pietzofski in Dokumenten bestätigt. Das Ganze ist auf der Grundlage des betreffenden Sachen-Recht-Bereinigungs-Gesetz erklärt, dann an amtliche Behörden mitgeteilt, sowie an den betroffenen Bürger des Eigenheimes.

Am 2. März 2007 – Dieter Pietzofski
Am 28. März 2007 – Amt Stahnsdorf
Am 04. Juli 2007 – Untere Baubehörde Belzig.

Im Vertrauen in das Grundgesetz der Bundesrepublik Deutschland glaubte ich als Bürger nach über zehn Jahren nun endlich an eine gerechte Übereignung meines Grundstückes ohne „Vertreibung und Enteignung der Ostdeutschen", wie im Einigungsvertrag 1990 fest dokumentiert.

Kampf mit den Gerichten

Im Jahr 2008: Die Berliner Stadtgüter verzögern und übergeben den Verkauf an Rechtsanwälte, das bedeutet erneut Nervenkrieg! Nach langem Schriftverkehr und Verzögerungen verweisen die Anwälte darauf, dass ich klagen soll trotz der vielen Zusagen und der Anerkennung meiner Rechte laut Einigungsvertrag und dem zuvor ausgestellten Grundbuch vom 01.03.2000 des Amtsgerichts Potsdam für mein Eigenheim.

Ich soll nun gegen Grundstückseigentümer klagen, die viele Jahre nach mir das Grundstück ab 2001 dubios übereignet bekamen, ohne Notar und Kauf. Die Berliner Stadtgüter wurden lt. meiner vorliegenden Kaufdokumente im Jahr 2001 vom Berliner Senat für Finanzen und den Anwälten Spitzweg und Partner für das Amt Stahnsdorf zeitgleich, aber unabhängig, als Verwalter für das Land Berlin dokumentiert!!
Dokument Berlin, Senatsverwaltung, Finanzen vom 07.04.2000 und 06.03.2002. Dokument Amt Stahnsdorf vom 20.06.2001.
Die Bundesrepublik Deutschland, ein Unrechtsstaat, die Behörden ähnlich der DDR

Eine bekannte Praxis der Stasi, die DDR-Aktenentwendung und -vernichtung, hat in den Gemeinden ab 1990 sowie in den Unteren Baubehörden Nachahmung gefunden!

Beweisgrundlage: Meine Haus- und Grundstücksakte DDR - Klage 12 D 10/89: In dieser Klageentscheidung vom 26. Jan. 1990

Eine Aktenentwendung vom 23.05.89 durch die Gemeinde Güterfelde vom Gericht nachgewiesen (siehe Klagebeschluss).

DDR, 01.07.1990, ein Schreiben an die Gemeinde Güterfelde. Sicherung meines Hauptwohnsitzes in Güterfelde seit 08.08.1984. Dieses und die Antwort vom 16.08.1990 der Gemeinde Güterfelde Behördendiebstahl: Dokumente sind aus meiner Hausakte in Güterfelde entwendet.

BRD – Weiterhin aus der Klage 12 D 10/89 sämtliche Schreiben entwendet. Fünf Schreiben als Beweis in dieser Klage und die Klage selbst.

BRD – Leider erkannte ich die Aktenentwendung erst später, 29.04.2010, aber vollständig, dann 16.11.2010 siehe Gemeindestempel (durch 7 Monate Verzögerung). Dann erfolgte Akteneinsicht mit dem Bürgermeister Albers, Stahnsdorf, gemeinsam überprüft, etwa 10 Schreiben fehlen. Trotz dieser Fakten, Verweigerung einer schriftlichen Bestätigung vom Bürgermeister als Rechtsnachfolger!

Der Bürger D. Pietzofski hatte auch noch gewagt, „Öffentliche Ämter" anzugreifen nach über 15 Jahren Untätigkeit zu Eingaben und Beschwerden. Strafanzeige vom 21.01.2010 gegen „Öffentliche Ämter". Das Amt Stahnsdorf sowie die Untere Baubehörde PM-Belzig konstruierten über „Rechtsbeugung" im Jahr 2010 gegen den Bürger Pietzofski eine „Nutzungsuntersagung"! Gegen mein Eigenheim mit G.-Grundbuch vom Amtsgericht Potsdam 01.03.2000, gegen meinenHauptwohnsitz , 29.06.1990 sowie DDR-Ausweis, 09.07.1990.

Seit 20 Jahren im Melderegister Stahnsdorf registriert: 1990 bis 2010.

Unrecht durch Behörden der Bundesrepublik Deutschland!

Gegen mein Hauptwohnrecht im eigenen Haus mit Bauzustimmung vom 22.05.1978.

Trotz Rechtsgutachten von Anwälten für Gemeinde Stahnsdorf (Spitzweg und Partner, München/Potsdam), die im Auftrag für die Gemeinde Stahnsdorf in der Rechtssache zum Hauptwohnsitz: Pietzofski zweimal Rechtsgutachten erarbeiteten.

Die Gemeinde unterschlug 1994 Melderegister, mit welchem dann erneut 2001 der Grundbucheintrag unterschlagen wurde. Das war vorsätzliche Zurückhaltung von Amtsakten.

2 Anlagen

21. Dez. 1994 und 20. Juni 2001 Grundbuch.

Staatsbehörden: Amt Stahnsdorf und Landkreis Potsdam Mittelmark, sie haben 20 Jahre Kenntnis von meinem Eigenheim und dem Hauptwohnsitz gehabt. Dieses Recht bestätigen diese Gutachten ihrer Rechtsanwälte zur Sache „Hauptwohnung Pietzofski". Trotzdem konstruierten diese Behörden eine Nutzungsuntersagung „formell illegal" gegen unangenehme wehrhafte Bürger. Selbst eine falsche Verjährung seit Fertigstellung meines Hauses vom 22.05.1978 wurde konstruiert.

Die Beamtin Dornbusch hat keine Kenntnisse vom Amt Stahnsdorf über die Hausaktenentwendung, siehe Akteneinsicht mit dem Bürgermeister Albers am 28. April 2010, erneut am 16. Nov. 2010. Die Untere Bauaufsicht ignorierte vorher Dokumente, sowie die eidesstattliche Erklärung der DDR-Bürgermeisterin (1984 bis 1990 in der Gemeinde Güterfelde) G. Palesch, zu meiner Berechtigung auf die Hauptwohnung seit August 1984. Wichtige Dokumente aus meiner Hausakte „Pietzofski" wurden entwendet von der Gemeinde Güterfelde 1990 bis zum Amt Stahnsdorf 2010. Die Beamtin, Frau Dornbusch, berücksichtigt diese Fakten nicht!

„Korrupte Rechtsbeamtin?"

Hier zwei weitere Fakten zu Baugenehmigungen für Eigenheime: Nur zwei Grundstücke getrennt, Nr. 15 und 17, als Nachbar in Güterfelde vor und nach 1990.

Potsdamer Str. 15, M. Vester, Bauzustimmung 2002 und 25.11.2005 – Änderung
Potsdamer Str. 17, D. Pietzofski, Bauzustimung 1978 und 03.01.1988 – Badanbau
Baugenehmigung Nr. 1 nach der Wiedervereinigung 3. Okt. 1990 „illegal"
Baugenehmigung Nr. 2 vor dem 3. Okt. 1990 einschl. Hauptwohnung „legal"

Amtskenntnis durch Begehung der Grundstücke wurde mehrfach praktiziert, bemängelt wurde darüber hinaus der Angelverein Güterfelde, Potsdamer Str. 16 (Nachbarn): Bootsstege waren laut Brandenburger Wassergesetz von 1994 verboten. Nach dieser Zeit wurde der Bootssteg im Zeitraum von über 15 Jahren wiederholt vergrößert, mehrfach umgebaut, und zwei Kopfstegerweiterungen, einmal zum Ufer hin, später zum See, wurden ebenfalls angebracht. Das hatte ich mit Bildern über 15 Jahre dokumentiert und dem Umweltamt übergeben, nichts wurde abgeändert!!
Danach stellte ich in meiner Ohnmacht gegen die Umweltbehörde am 21.01.2010 Strafanzeige beim Staatsanwalt Potsdam. Seit dieser Zeit erlebe ich Behördenwillkür gegen Pietzofski. Die Untere Bauaufsicht übergeht Umweltschutz- und Wasserschutz-

gesetze sowie das Sachen-Recht-Bereinigungs-Gesetz vom Sept. 1994, das als Grundlage des Einigungsvertrages 03.10.1990 für Grundstücke im Osten gilt.

Kampf um mein Haus am See

Grundbuchklagen: 1. Instanz bis 4. Instanz
Landgericht Potsdam
OVG-Brandenburg
BGH Karlsruhe
Verfassungsgericht Karlsruhe

D.Pietzofski Grundbuch am 01.03.2000
Berliner Stadtgüter am 01.07.2001
Für die Flur 6 - 175 Güterfelde, Potsdamer Str.17

Das Grundstück, auf dem mein Eigenheim seit 22.05.1978 mit Baugenehmigung Nr. 21/78 gebaut ist, gehörte seit dem Jahr 1921 zum Land Berlin, in der DDR-Zeit bis 1990 zum VEG Großbeeren. Aber das VEG weigerte sich noch im Februar 1990 der Besitzer zu sein. Mein Kaufantrag vom 22.02.1990 wurde zurückgeschickt vom damaligen Direktor, Herrn Schindler.
Über das Katasteramt Potsdam, Leiterin Frau Kum, hatte ich danach dem VEG Großbeeren das Grundbucheigentum schriftlich bewiesen.
Mein zweiter Kaufantrag an die Treuhandanstalt vom 13.09.1990 wurde noch vor der Einheit registriert und schriftlich angenommen. Das Amt für Offenes Vermögen Berlin, überwies meinen Kaufantrag an die Treuhandgesellschaft mit Stempel „Ehemalige Volksgüter" Potsdam in Drewitz.
Der Leiter, Dr. Christian Bruns, verhandelte mir einen Grundstückspreis von 50 DM pro Quadratmeter aus.
Ich erhielt am 18. Aug. 1993 eine Teilungsvollmacht von der Treuhandgesellschaft Potsdam als Dokument.
Meine zuständige Gemeinde Güterfeld verweigerte die erforderliche Zustimmung zum Kauf meines Teilgrundstückes von 400 Quadratmetern. Das Gesamtgrundstück von 9.803 Quadratme-

tern wollte die Gemeinde unbedingt selbst erwerben. Ihr Bürositz auf dem Nachbargrundstück, rund 10.000 Quadratmeter, in der Potsdamer Str. 16, also das Schulgrundstück, vereint mit dem Grundstück auf dem ich wohne, hätte dann eine Gesamtfläche von rund 20.000 Quadratmetern.

Ein Bebauungsplan war im Entwurf. Nur mein seit vielen Jahren vorhandenes Haus auf dem Nachbargrundstück Potsdamer Sr. 17 ist das Hindernis.

Die beiden in Güterfelde ausgestellten Bauzustimmungen:

Baugenehmigung Haus 22.05.1978
2. Baugenehmigung Sanitärtrakt 03.01.1988, D. Pietzofski.

Die Vertreter der Gemeinde Güterfelde zur DDR-Zeit waren 1990 noch in ihren Ämtern, die Sekretärin, Frau Rhon, hatte sogar in Vertretung „IV" den Prüfbescheid für meinen Sanitärtrakt unterschrieben. Im Jahr 1989 und 1990 wechselten zwar auf Grund der demokratischen Unruhen die Bürgermeister drei Mal – Frau Palesch, Herr Knorr und der am 18.03.1990 frei gewählte Herr Semler, SPD, aber der ständige Stellvertreter IV, Herr H., war kompetent.

Herr H. war schon Stellvertreter von der Bürgermeisterin, 1984. Frau Gisela Palesch, das bestätigte mir noch zu Lebzeiten die sehr rüstige Frau Palesch. Sie überstellte mir später eine „eidesstattliche Erklärung vom 17.02.2010" (Hauptwohnung schon seit Aug. 1984).

Die Kaufverhandlungen meines Teilgrundstücks hatten sich erneut verzögert. Der Ur-Eigentümer, das Land Berlin, die Senatsverwaltung Finanzen, hatten in mehrfachen Schreiben in den Jahren 2000- 2001 mein sofort überstelltes Grundbuch anerkannt – mit Datum 01.03.2000 durch das Amtsgericht Potsdam. Ein Verkehrswert-Gutachten sollte sofort erstellt werden. Die Berliner Senatsverwaltung betitelte die Berliner Stadtgüter im Jahr 2001 als ihren Verwalter. Als Verwalter sind die Stadtgüter Berlin auch in juristisch ermittelten Gutachten von kompetenter Anwaltskanzlei am 20. Juni 2001 für die Gemeinde Stahnsdorf betitelt. „Spitzweg und Partner".

Die Gemeinde Stahnsdorf bekam dieses Gutachten nach 10 Jahren Hauptwohnung des Bürgers D. Pietzofski seit 1990 weit vor der Wiedervereinigung.

Eine erste Ermittlung erfolgte ja schon am 21.12.1994 dieser Anwälte: Warum?

Im Melderegister Stahnsdorf war es existent, Hauptwohnung 29.06.1990, vom Polizeiamt Potsdam durch DDR-Ausweis bestätigt, Hauptwohnung 09.07.1990, zur neuen Hausakte Stahnsdorf sofort übergeben mit Grundbuch 01.03.2000.

Hauptwohnung Güterfelde

Die Gemeinde Güterfelde muss eine völlig bereinigte Hausakte des Bürgers Pietzofski an das Amt Stahnsdorf übergeben haben ohne Hauptwohn-Dokumente ab Aug. 1984, einschließlich meiner Original-Urkunde als Scheidungsdokument vom Aug. 1984, darin unter Punkt 4 die Abgabe meiner AWG-Wohnung an die geschiedene Ehefrau mit Kind vermerkt war. Ich war also ab August 1984 „wohnungslos", die Wohnungsnot in der DDR war groß!

Persönlich hatte ich ja keinen Beweis zu den begehrlichen Aktivitäten meiner Gemeinde Güterfelde ab 1990 als Nachbarn. Zu dem Großgrundstück von Großbeeren praktizierte die Gemeinde Güterfelde während meiner Bauanträge 1978 eine Art Ablehnung, es schien eine Mehrarbeit zu sein für ein fremdes Grundstück der VEG Großbeeren.

Diese Flur mit der Nummer 6-175 war ja nur Ackerland, ohne Wohnhäuser. Mit meiner Baugenehmigung 1978 für das Haus beantragte ich selbstverständlich auch Wasseranschluss zum 14.11.1979 Energieanschluss.

Den ersten Beweis für den Kaufversuch unseres Gesamtgrundstückes von der Gemeinde Güterfelde bekam ich dann erst 1995 durch aktive Baumaßnahmen direkt an unserer Grundstücksgrenze mit Weg, der über eine Länge von hundert Metern zu meinem Teilflurstück von 400 Quadratmetern führte. Eine sehr große Lagerhalle wurde errichtet auf dem Grundstück der Gemeinde Güterfelde, aber die einzige Toreinfahrt führte direkt über unser Nachbargrundstück, was ja unzulässig war.

Einige Zeit danach wurde der 100 m lange Zufahrtweg zur Potsdamer Str. 17 mit Schottergranulat befestigt und bis zur Lagerhalle über 50 m Länge erneuert. Das war dann ein Zufahrtsweg bis zur öffentlichen Potsdamer Straße für das Nachbargrundstück der Gemeinde Güterfelde, Potsdamer Str. 16.

Diese Halle wurde Jahre später, als der unrechtmäßige Plan der Zusammenlegung von zwei Großgrundstücken der Gemeinde Güterfelde geplatzt war, abgerissen.

Der angebliche Bebauungsplan war nicht rechtskräftig, aber wurde benutzt als Vorwand für eine Ablehnung meines Grundstückskaufs. Dafür habe ich schriftliche Beweise in einem Bauantrag zur Grundstücksteilung mit Ablehnung.

Mein Hauptwohnsitz seit August 1984 war in der Hausakte seit Anfang 1990 wohl in der Gemeinde Güterfelde entwendet worden. Denn auch die Auflage des Gerichts, die Klage 12 D 10/89 vom 26. Jan. 1990 erneut zu entscheiden, wurde von der Gemeinde Güterfelde weder bearbeitet noch geändert.

Nachdem ich dann von März bis Mai 1990 bei immer neuen Güterfelder Bürgermeistern keine konstruktive Bürgerarbeit zur Sicherung meines Hauptwohnsitzes bekam, meldete ich meine langjährige Hauptwohnung am 29. Juni 1990 in der Gemeinde Stahnsdorf zusätzlich an.

Mein alter DDR-Ausweis mit den losen Seiten, die durch den neuen freien Reiseverkehr entstanden waren, wurde erneut, wie schon zur Wahl am 18. März 1990, in Güterfelde bemängelt. Daraufhin beantragte ich einen neuen Ausweis. Zum Glück war dieser immer noch ein Original-DDR-Ausweis mit Datum vom 09.07.1990. Dieser neue Ausweis war erforderlich für die zum ersten Mal ermöglichte Reise in das westliche Ausland nach Mallorca in Spanien.

Trotzdem bemühte ich mich mit einem erneuten Schreiben vom 01.07.1990 an meine zuständige Gemeinde Güterfelde um Klarstellung meines Hauptwohnsitzes. Wieder kam über eineinhalb Monate keine Antwort, denn der neugewählte SPD-Bürgermeister, Herr Semler, war ständig krank. Am 16. August 1990 erhielt ich endlich eine Antwort, schriftlich, ganze vier Zeilen, vom neuen Bürgermeister, aber „in Vertretung" unterschrieben von Herrn D. H.

Es war eine Ausweichantwort, eine erneute Hinhaltung: Zurzeit wird vom Ausschuss generell geprüft. Ich wohnte nun schon seit meiner Scheidung, also seit sechs Jahren mit Hauptwohnung in Güterfelde. Herr H. war, wie schon zu DDR-Zeiten, von der DDR-Bürgermeisterin Palesch bestätigt, der ständige Stellvertreter des Bürgermeisters. Er hatte eindeutig Kenntnis über meinen Hauptwohnsitz. Warum verwehrt mir Herr Dietrich H. diese selbstverständliche Tatsache? Wir waren von 1945 bis 1951 Schulkameraden, er kennt mich gut, begegnete mir seit 1978 häufig. Mein Weg in Güterfelde führte mich täglich seit der Scheidung von meinem Haus an seinem in der Potsdamer Straße vorbei, zur Arbeit und zum Einkauf, auch mal mit dem Fahrrad.

Das wirklich Wichtige an dieser letzten Antwort von der Gemeinde wurde erst später als Zeugnis von Bedeutung.

Zitat: „Ihr Schreiben vom 01.07.1990 liegt vor." Damit konnte ich später beweisen, dass es Schriftverkehr zu meinem Hauptwohnsitz 1990 weit vor der Wiedervereinigung gab mit der Adresse Güterfelde. Nach 20 Jahren Hauptwohnung Güterfelde wurde erneut von der Gemeinde Stahnsdorf dem Bürger D. Pietzofski sein Hauptwohnsitz 2010 streitig gemacht.

Ein Zufall kam der Gemeinde Stahnsdorf wohl zu Hilfe! Die Kaufzusagen des neuen Eigentümers Berliner Stadtgüter im Jahre 2007 wurden dadurch wieder ausgebremst. Selbst die Anerkennung meiner Hauptwohnung mit der beabsichtigten Grundstücksübereignung mit Schreiben der Berliner Stadtgüter an die Gemeinde Stahnsdorf sowie an die Untere Bauaufsicht Belzig und zum Bürger D. Pietzofski wurden aktenkundig ausgeführt. Dokumente 2. März 2007, 28. März 2007, 4. Juli 2007 eine Rückantwort.

Sämtlich Dokumente der Kaufvorbereitung! Der Kaufverhandlungsleiter der Berliner Stadtgüter, Herr Schuldt, war nach meinen persönlichen Verhandlungstagen 2007 im Haus der BSGM Berliner Stadtgüter nicht mehr erreichbar.

Einige Monate später führen plötzlich Anwälte die Kaufverhandlungen, alles zog sich über weitere Jahre hin. Am Ende soll ich dann nach vielen Dokumenten der Kaufverhandlungen und Zusage sowie meiner Grundbuchanerkennung laut dem Sachen-Rechts-Bereich-Gesetz vom September 1994 eine Klage führen!

Ich glaubte gemeinsam mit meinem Anwalt und Notar aus Westberlin, dass die Dokumente verbindliche Kaufvorverhandlungen waren. Der Anwalt der Stadtgüter Berlin hatte im Jahr 2009 in einem Schreiben an die Untere Bauaufsicht Auskunft über meinen Hauptwohnstatus eingeholt (Schreiben vom 10.06.2009). Erneut begann nun wieder der Angriff auf meinen mindestens 20-jährigen Hauptwohnsitz. Ein völlig neuer Grund: „keine Umnutzung" vorhanden", die ganzjährige Wohnnutzung ist „formell illegal"!

Ich glaubte immer, die „Wessis" würden uns „Ossis" ab 1990 die Grundstücke und die darauf stehenden Häuser streitig machen. Jetzt zeigte sich, dass die alten Ost-Beamten in den neuen Behörden durch fachliche Unkenntnis rücksichtslos Bescheide formulierten, die eine Vertreibung und Enteignung zur Folge haben konnten, verursacht durch fehlende DDR-Behördenkompetenz.

Das Grundstücksgesetz als präzisierte Ergänzung zum Einigungsvertrag vom 3. Okt. 1990 war Rechtsgrundlage als Hilfe des Sachen-Rechts-Bereinigungsgesetzes. Dieses Gesetz schien den neuen Behörden als Amtshilfe unbekannt. Gerade dieses Gesetz sollte die Menschen der ehemaligen DDR vor der Enteignung und Vertreibung schützen. Aber gerade die ehemaligen Behörden und deren Menschen der DDR kannten und kennen eine solche Rangfolge der Gesetze nicht. Genau dieses Gesetz hat diese unpräzisen DDR-Verordnungen und fehlenden Schreiben nicht den DDR-Bürgern angelastet sondern den Behörden. Später wurden dann doch die DDR-Unterlassungen vielen DDR-Bürgern angelastet. Zusätzlich wurden Aktenentwendungen auch noch ignoriert – „formell illegal"!

Es ist unrecht, meinen Fall nach 20 Jahren rückwirkend anzuwenden:

Im Aug. 1984 bekam ich die Bestätigung zur Hauptwohnung von der DDR-Bürgermeisterin Palesch ohne ein Umnutzungsschreiben.

Am 7. Nov. 1984 kam erst die DDR-Umnutzungsverordnung heraus. Die Bürgermeisterin brauchte demnach noch keine Umnutzung zu bestätigen, geschweige denn zu kennen.

Ein Gebäude vom Typ „Finnhütte" ist ein Wohngebäude, da ist keine Umnutzung erforderlich. Eine „Umnutzung" würde dann vorgeschrieben sein, wenn es sich vorher um einen Stall, eine Werkstatt, eine Halle oder ähnliches gehandelt hätte.

Die damalige DDR-Bürgermeisterin Palesch schrieb für das Gericht eine „eidesstattliche Erklärung" am 17. Februar 2010.

Ich, ein Stasi-Spitzel? Seit 1990 ein Gerücht im Dorf Güterfelde. Einige Monate nach der Wiedervereinigung 1989, wurden die ersten frei gewählten Politiker in der Presse als ehemalige Stasi-Mitarbeiter öffentlich in der Presse benannt.

Mein Haus am See in Güterfelde hat am Seeufer einen privaten Weg. Nun wanderten in diesem herrlichen Frühling auch einige Spaziergänger aus dem nahe gelegenen Westberlin vorüber. Interessante Gespräche ergaben sich häufig ganz spontan, aber auch junge Leute aus dem Dorf wollten dann mit Moped und Motorrädern am Ufer entlangfahren. Sie glaubten, jetzt diese grenzenlose Freiheit überall ausleben zu können. Mehrfache Hinweise meinerseits, das zu unterlassen, wurden mit Aggressionen beantwortet sowie dem Schimpfwort „Stasi-Mann". Im Jahr darauf wurde ich wieder von diesen Jugendlichen mit dem Stasi-Vorwurf und einem Totenkreuz in dreißig cm Höhe hinter dem Zaunbereich auf meinem Grundstück bedroht. Dieser politisch gefärbten Bedrohung hatte ich vorerst keine Bedeutung geschenkt.

Dann aber, nach weiteren Jahren wurde dieser Stasi-Vorwurf auch von Bewohnern aus Güterfelde mir gegenüber auf der Straße geäußert. Nachdem diese Stasi-Gerüchte sich über Jahre wiederholten, wurden sie mir bei einem Gaststättenbesuch nochmals bestätigt, im Kneipentreff oberhalb des Badestrandes Güterfelde. Der Gerüchtequelle aber kam ich nicht auf die Spur! Seit Mitte der 90er Jahre war mir der Beweis von einigen Falschaussagen der Gemeinde Güterfelde/Stahnsdorf bekannt. In meiner Bauantrag-Ablehnung wurden willkürlich und gezielt Falschaussagen zu meinem Grundstück und meinem Haus verzeichnet. Obwohl ich in der Beantwortung dieser Falschaussagen „Widerspruch" eingelegt und den Baubehörden eine Baubesichtigung abgefordert habe, wurde diese Forderung im Jahr 1996 nicht erfüllt, geschweige denn es wurde irgendetwas in dieser überprüft oder geklärt. Mein Grundbuch für das Haus bekam ich vom Amtsgericht Potsdam erst am 01.03.2000.

Zu der Verleumdung über die angebliche Stasi-Tätigkeit kamen selbst in den Jahren 2000 bis 2015, dann zwar seltener, wieder einmal Vorwürfe auf der Straße dazu, zum Beispiel beim Pfingstkonzert vor dem Schloss Güterfelde oder zur Feier des Sankt-Martins-Tages, ausgesprochen vor der Kirche in Güterfelde von dem „ehrenwerten" Nachfolger Eberhard Zinnow im Haus Kirchplatz Nr. 4, früher war er der Schmied. Er ist einer der Güterfelder „Bauernweisen", der diesen völlig haltlosen Rufmord mehrfach öffentlich äußerte, lauthals vor vielen Bürgern mit ihren Kindern beim Lampionumzug direkt vor der Kirche in meiner Gegenwart. Zitat: „Was will denn die Stasi hier schon wieder bespitzeln?!"

Zwei vermutliche Quellen des Rufmordes

Ca. zehn Dokumente wurden aus meiner Bau- und Hausakte während der Zeit der Wiedervereinigung entwendet. Unser Grundstück von Großbeeren sollte ja zur Güterfelder Gemeinde übereignet werden, was aber misslang.

Mein Haus am See, der Standort war direkt zwischen zwei SED-Nachbarn im DDR-Staatsdienst. Es waren ortsfremde Bürger aus Babelsberg, bis 1990 beruflich einmal beim Zoll an der

Grenze zu Westberlin, Dreilinden, tätig. Deren Mutter war Professorin an der SED-Polithochschule in Potsdam, Babelsberg. Der zweite Nachbar war ein Major der NVA in Potsdam. Beide Nachbarn hatten ihr Wochenendgrundstück hier am Güterfelder See über die aktiven SED-Bürgermeister Güterfelde zugewiesen bekommen. Denn immer, wenn einer der sechs Güterfelder Altbürger auf diesem Seegrundstück gestorben war, informierten die Gemeindebürgermeister die SED-Partei in Potsdam. Güterfelder Bürger gingen bei der Grundstücksverteilung stets leer aus.

Ich als ortskundiger Bürger und früherer „Güterfelder" hatte die Idee, meinen alten Güterfelder Gartenbesitzer zu Lebzeiten anzusprechen. Nach knapp einem Jahr starb mein Grundstücksvorbesitzer, Herr Pahl. Ich war sozusagen mit etwas Glück ein Seiteneinsteiger. Politisch wurde ich deshalb von den Güterfelder Bürgern unter diesen „Roten Socken" mit den beneideten Seegrundstücken eingeordnet.

Nachbarschaftshilfen und Nachbarschaftsintrigen

Seit einigen Jahren unterstütze ich eine Nachbarin, sie ist eine 85-jährige alleinstehende Frau beim Einkauf, Arztbesuchen, bei der Gartenarbeit, beim Schneefegen, und ich unterhalte mich gern mit ihr. Diese liebe Dame hat ein umfassendes Allgemeinwissen. Klatsch, Tratsch und Verleumdung sind ihr zuwider. Seit 1930 lebt sie in ihrem Geburtsort und kennt die Menschen in Güterfelde. Dieser Menschenschlag am Rand von Berlin ist zum Teil sehr weltoffen, aber nicht weniger reaktionär. Es sind Typen von Menschen, die wir allzu gerne in Hinterbayern suchen, aber in Ostdeutschland nicht erkennen wollen (PEGIDA).

Schon im Jahr 2014 erzählte sie mir von einer Verleumdung, die ein altbekannter Bürger aus Güterfelde ausgesprochen hatte. Früher wohnte er in der Seestraße direkt gegenüber der Badestelle, jetzt in Güterfelde-Kienwerder. Er äußerte sich über meine häufige Nachbarschaftshilfe: Frau Gerda Geduhn sollte ja gut aufpassen, ich sei ein arglistiger „Erbschleicher"! Meiner netten Nachbarin werde ich trotzdem weiterhin Nachbarschaftshilfe zukommen lassen. Sie ist die vom Schicksal leidgeprüfte und mir vertraute frühere Kindheitsnachbarin. Ihre Kriegserlebnisse habe ich am Anfang meiner Lebenserinnerungen beschrieben.

Im letzten Jahr meiner Nachbarschaftshilfe sprach Frau Geduhn häufig mit Sehnsucht und voller Hoffnung von ihren zwei Töchtern. Diese wohnen in relativer Nähe, in Teltow und Eberswalde, aber bei der Mutter zu Besuch habe ich beide noch nicht gesehen, nur von ihnen gehört. Im letzten Jahr war ich fast jeden zweiten Tag bei der Nachbarin, um ihr Sicherheit und Hilfe zu geben. Ich berichtige mich: Kurz vor Weihnachten 2015 besuchte die Tochter Kerstin aus Teltow ihre einsame Mutti. Sie wollte nicht etwa die Mutti zum Weihnachtsfest einladen, sondern sie wollte sich nur verabschieden zu einer weiteren großen Fernreise: zwei Monate Thailand. Ein Jahr zuvor führte eine Reise bereits nach Mauritius. Mutter Geduhn erzählte mir etwas traurig davon. Sie ist bei ihren zwei Töchtern und den Enkeln als sehr großzügig und gütig bekannt. In den Weihnachtstagen besuchte ich sie dann noch häufiger, quasi als Ersatz. Aus Thailand kam kein Anruf, weder zu Weihnachten noch zu Neujahr sowie bis Mitte Februar. Die Mutti wartete auf eine Nachricht, nichts!

Plötzlich meldete sich der Sohn dieser Thailand-Urlauber bei der Oma per Handy. „Liebe Oma, Mutti geht es gar nicht gut in dem langen Thailand-Urlaub, ich möchte gern sofort zu ihr fliegen und ihr helfen. Bitte leihe mir doch 2000 Euro!"

Die Oma teilte mir ihre Sorgen mit und erklärte auch, dass der Enkel eine sichere Arbeitsstelle auf einer großen Ölplattform habe und eigentlich gutes Geld verdiene. Oma zögerte und hat dann dem Enkel erklärt, soviel Geld nicht zu haben. Der Enkel meldete sich danach dann nicht mehr. In weiteren Gesprächen erklärte Oma Geduhn, dass dies ihr echter Enkelsohn war. Er rief danach nochmals an und erklärte, seiner Mutti gehe es jetzt in Thailand wieder besser (Ehestreit). In den Februartagen wartete die Oma dann weiterhin auf eine Nachricht der Tochter aus dem fernen Urlaub mit Sorge und Sehnsucht.

Nun offenbarte sie mir, dass sie schon einmal vor Jahren einem weiteren Enkelsohn von der zweiten Tochter eine noch größere Summe geliehen hatte. Dieses Geld aber hat sie nie zurückbekommen. Oma Geduhn äußerte, dass sie das Geld und den Enkelsohn verloren habe. Dieses Drama sei jetzt schon viele Jahre her, und sie habe wirklich keine weiteren Finanzreserven. Ihre Tochter ist nach dem großen Urlaub samt Sorgen wieder zu Hause. Da stehen die Hiobsbotschaften und der ihr wohl sympathische Schwiegersohn auf der Matte. Er hat Spielschulden und muss jetzt eine angeordnete Therapie antreten und diese unter Kontrolle absolvieren. Danach lerne ich den wirklich sympathischen, gutaussehenden Schwiegersohn kennen.

Die Mutter erwähnte am Kaffeetisch, dass sie der Tochter einige Monate vor der großen Reise 2000 Euro geschenkt habe. Diese

Summe sollte die Tochter bei dem bevorstehenden Krankenhausaufenthalt ihres Mannes unterstützen. Die Tochter arbeitet in der Sozialpflege, ihr Ehemann bezieht „Hartz IV" oder Arbeitslosengeld.

Meine Frau Kerstin und ich betreuen und unterstützen Kerstins Mutter, die heute 88 Jahre alt ist. Kerstin ist das jüngste von vier Geschwistern und umsorgt ihre Mutter jeden zweiten oder dritten Tag seit fast 12 Jahren, jetzt im CASA-Reha-Heim in Ludwigsfelde. Jedes zweite Wochenende ist die Mutter bei uns zum Mittagessen und Kaffee, danach häufig noch bis zum Abendbrot. Jedes Mal sind Rollator und Rollstuhl in den Pkw ein- und wieder auszuladen. Das ist die Liebe der Tochter Kerstin, die sie am Lebensabend ihrer Mutter zurückgibt. Haare werden neu frisiert, dann werden die zehn frisch gewaschenen Schlüpfer sowie BH am Abend in ihrem Zimmer im Seniorenheim wieder weiß wie Schnee bereitgelegt. Der Wäschedienst im Heim ist inakzeptabel, denn da bleibt die Wäsche grau. Mutter bezahlt von ihrer Rente von 1300 Euro fast 1200 Euro an das Seniorenheim. Obwohl das Heim eine große Küche hat, ist das Mittagessen etwas zu häufig nur lauwarm. Ist einmal eine Pflegeschwester nett und die alten Menschen haben sich ihr anvertraut, dann ist diese liebe Person verschwunden und neue, fremde Menschen tauchen plötzlich im Zimmer auf. Eine schlechte Bezahlung hat Fluktuation zur Folge, die Rechnung bekommen die alten Menschen zu spüren. In einem Seniorenheim erleben eine Tochter oder ein Sohn, die ihre Eltern häufig besuchen und betreuen, aber noch tiefere bewegendere Erinnerungen und Begegnungen.

Die Zeituhr des Lebens läuft dort nicht nur viel zu schnell vorwärts für unsere lieben Eltern. Plötzlich rast unsere eigene Uhr des Lebens in einer einzigen Sekunde das ganze Leben rückwärts. Da sitzt ein alter Mensch vor dir im Rollstuhl, und du erkennst ihn plötzlich nach Jahrzehnten wieder. Deine eigene Lebensuhr rast noch weiter zurück in den Erinnerungen bis zu den Tagen der schönen Schulzeit.

Wunderbare Schulzeit und Erinnerungen

Dann bin ich angekommen in unserer Kindheit, mehr als ein halbes Jahrhundert zurück. Der Herr ist doch dein eigener Lehrer aus der Schulzeit, denke ich. Damals, im Jahr 1952, es war die 5. Klasse in Ludwigsfelde an der Ernst-Thälmann-Schule, heute Curie-Gymnasium. Der Lehrer Otto Salchow rief mich nach vorn zum Lehrertisch und sprach: „Narrenhände beschmieren Tisch und Wände. Schreib doch bitte mal mit Kreide hier auf meinen Tisch das Wort „gut“." Danach nahm er sein Lehrerbuch, welches daneben lag, vom Tisch. Nun offenbarte sich mir auf dem Lehrertisch ein zweites „gut" mit Kreide, genauso geschrieben wie mein Wort. Verdutzt sprach ich: „Dieses „gut" habe nicht ich geschrieben." Der Lehrer Salchow war sich wohl sicher, dass ich es war. „Nun gut", sprach er, „wenn du meine Aufgabe in der Pause richtig lösen kannst, bist du frei! Male ein großes Pferd auf die Wandtafel!"

Der Lehrer wusste, dass ich wunderbar zeichnen, aber auch wunderbar Dummheiten fabrizieren konnte. Damit war er vor weiterem Blödsinn sicher, den ich ja vorher pausenlos anstellte.

Das Pferd an der Tafel in dieser Größe gelang mir so gut, dass ich selbst erstaunt und damit frei war.

Der nächste Unfug passierte nicht viel später, so glaubt man zumindest in den 65 Jahren Rückerinnerungen. Es ist wieder einmal Schulpause, einige Schüler, darunter die hübsche Helga T., blieben im Raum. Helga wohnt heute, nach vielen Jahrzehnten, immer noch in Ludwigsfelde in der Ernst-Thälmann-Straße etwa 50 m hinter dem früheren HO Mießner, in dem sich heute ein griechisches Restaurant befindet. Sie war schon als Schulmädchen sehr schön. Meine übereifrigen, aber doch wohl noch zu stürmischen Annäherungen erschienen ihr etwas lästig. Der direkt vor uns liegende riesige Tafelschwamm war nun das Angebot. Dieser war groß und dreckig, dazu auch noch schön nass. Er lag gerade in

Höhe der Brust bereit, an die ich damals gern gegriffen hätte, als ich Helga umarmte. Aber nicht ich griff zum Schwamm, um meine stille verehrte Freundin eventuell noch etwas zu necken. Nein, meine „liebe" Schulfreundin Helga hatte sich schreiend aus meiner ach so zärtlichen Umarmung befreit, ich weiß nicht mehr, ob ich ihr auch noch einen Kuss aufdrücken wollte, und geschmeidig drehte sie sich weg zur Tafel, ergriff den Riesenschwamm und wollte mir diesen an den Kopf schleudern. Eine Ohrfeige wäre schneller verabreicht worden, aber ein dreckig-nasser Schwamm? Er war wohl sehr unhandlich! Ich sehe den Traum meiner Schulzeit noch heute ihren Arm heben, dann holte sie relativ kompliziert und ungeschickt zum Wurf aus, wie Mädchen es manchmal zu machen pflegen. Ich hatte genügend Zeit, diesem Wurfgeschoß durch ein geschicktes Senken des Kopfes auszuweichen. Der Schwamm nahm seinen Kurs geradeaus weiter in Richtung Klassenwand – „klatsch"!

Die strahlend gelbe Wand hatte plötzlich einen großen grau-dreckigen Matschfleck mit explosiv sternförmigem Muster. Dazu liefen noch schwarze Rotznasen an der Wand wie lange Maden herunter. Einen Moment lang musste ich lachen, aber dann schaute ich in das entsetzte Gesicht meiner lieben Schulkameradin. Jetzt weinte sie auch schon laut und bitterlich. Anschließend wollte sie mit ihrem Taschentuch diesen Dreckflecken von der Wand entfernen, - vergeblich! Die Pausenklingel ertönte, die Schulkameraden strömten herein und sahen das Malheur an der Wand.

Natürlich war Pietzofski wieder mal bei diesem großen Unfug dabei, er stand ja direkt neben dem Fleck! Die mit weinendem Gesicht zur Wand stehende, liebe und immer disziplinierte Helga registrierte keiner der Mädchen und Jungen. Danach kam auch schon unser Lehrer Otto Salchow herein und sofort war ich wieder der Angeklagte. Aber ich schwieg vorerst, um meine Schulfreundin zu beschützen. Dann aber, in der folgenden Pause, kam meine liebe Helga beim Lehrer mit der Wahrheit heraus. Sie hätte ja in dieser Situation schweigen können.

In den nachfolgenden Jugendjahren habe ich diese nette Schulkameradin etwas seltener gesehen. Aber weitere Jahrzehnte, wenn dann wieder einmal ein zufälliger Tanzabend uns zusammenführte, war ein Ehrentanz auf dem Parkett des großen Klubhaussaales Ludwigsfelde ein echter Wunschtanz.

Dieser Lehrer war viele Jahre später der Leiter eines Chores mit 30 Mitgliedern, in dem auch meine Frau Kerstin mitsingt. Dieser Chor ist nach 40 Jahren immer noch der wunderbare „Gemischte Chor Ludwigsfelde".

Der jetzige Chorleiter Rainer Keck hat in den 25 Jahren seiner Leitung viele hochqualifizierte Musikgenüsse geschaffen und im Land Brandenburg viele Trophäen überreicht bekommen. Herr Keck spielt noch heute Klavier zum Sonntagskonzert in dem großen Seniorenheim CASA Reha Ludwigsfelde sowie auch in Restaurants in Berlin. Dieser Chor hat eine Tonreinheit wie ein Brillant. Lieder von Udo Jürgens, Frank Sinatra sowie ABBA gehen dem Publikum unter die Haut, wie in großen Opernhäusern. Die Solisten der letzten Jahrzehnte in diesem gemischten Chor interpretierten Gesang, der zum jubelnden Applaus, aber auch zu stillen Tränen der Rührung gereichte. Weltberühmte Werke wie: „Ave, Maria", „ Ave Verum" oder „Wenn ich ein Vöglein wär'" haben uns Zuhörer zu tiefstem Empfinden und zu lang anhaltendem Dankesapplaus bewegt.

Nicht vergessen sind die schönen deutschen Weihnachtslieder einschließlich der Weihnachtsgeschichten, u. a. „Das Krippenkind und der Weihnachtsroller", zur jährlichen Adventszeit von den talentierten Interpreten Sandy und Sabine wunderbar erzählt. Einen rauschenden Super-Beifall gibt es immer wieder für die Solisten der letzten Jahrzehnte in diesem traditionsreichen Chor: Karola, Andrea, Sandy, René, Gerd.

Besonderer Dank gilt aber auch allen Chormitgliedern. Es gibt Chormitglieder, wie meine Frau Kerstin, die schon 40 Jahre, und sogar einige, die nach 50 Jahren immer noch Gold in der Kehle für uns Zuhörer haben. Danke!

Politik ist ja meist nichts für Menschen, die in einem Chor singen und damit andere Menschen glücklich machen. Anlässlich eines DDR-Musikfestivals wurde der Chor in den 80er Jahren einmal nach Minsk eingeladen Ein Besuch auf dem Ehrenfriedhof in Katyn war eingeplant, um die Opfer des deutschen Faschismus zu ehren. Ein mir sehr vertrautes Chormitglied äußerte sich zu Hause dann im Gespräch über die Massengräber in Katyn sowie das Unrecht der Deutschen Wehrmacht. Dieser liebe Mensch wollte nie über Politik diskutieren. Nun klärte ich ihn auf über die Verbrechen Stalins „im Namen des Kommunismus", über die vielen tausend Opfer unter polnischen Militärs, Intellektuellen, Politikern und Wissenschaftlern, die ermordet und in dieser Gedenkstätte begraben wurden. Dieser Massenmord am polnischen Volk wurde schon von russischen Machthabern vor dem deutschen Einmarsch ausgeführt, später von neutralen Wissenschaftlern. Weit vor den Kämpfen der Deutschen Wehrmacht wurde das Jahr 1940 als Tatzeit ermittelt. Dies soll nicht das deutsche Kriegsunrecht entkräften! Ich hatte vorher eine vollständige Zeitung des deutschen „Hitlerreichs" vom 26. April 1945, den „Völkischen Beobachter" in Originalausgabe gelesen. Die damalige Deutsche Propaganda und professionelle Berichterstatter hatten in einem umfangreichen Zeitungsartikel den kommunistischen Massenmord der Bolschewisten sehr ausführlich beschrieben und politisch genutzt. Der Tatort bei Smolensk, Katyn, war klar und deutlich beschrieben worde kurz vor dem Ende Zweiten Weltkrieges. Aber der Besitzer dieser historischen Zeitung kannte diesen Artikel nicht. Auch er, wie viele andere Ost-Deutsche, fühlte sich nicht für die Gräueltaten der deutschen oder der russischen Wehrmacht zuständig. Wohl bemerkt, es ging um Zivilbevölkerung aller Nationen.

In dieser Zeitung aus der Kleinstadt Aschersleben bei Halberstadt wurde auch der im Zweiten Weltkrieg für die Bevölkerung mit Datum auferlegte „Eintopfsonntag" angeordnet. In jedem Monat wurde er mindestens einmal festgelegt, dann vor dem betreffen-

den Sonntag in der Allgemeinen Presse als verbindlich ausgeschrieben. Dieses „Sonntagsmenü" durfte aber kein Fleisch enthalten.

Ich persönlich habe diesen ideologischen Irrsinn ähnlicher Art
wegen der Verknappung der Lebensmittelversorgung kurz nach
dem Mauerbau 1961 in der DDR ebenfalls erlebt. Im Restaurant
meiner Mutter standen irgendwann SED-Gaststättenkontrolleure
zur Überprüfung. Eine ernsthafte Empfehlung: In der Küche hing
ein Bild in schöner Perlschrift, etwa 15 mal 15 cm groß, mit einem
launigen Spruch aus der Nachkriegszeit:

ESSEN IST KNAPP
GEWÖHNTS EUCH AB

Dieses Bild mit dem Spruch sei doch nicht zeitgemäß, meine
Mutter
sollte diesen Spruch in dem kleinen Holzrahmen abnehmen.
Mutter schaute diese Herren wohl ein, zwei Sekunden ungläubig
an, aber dann kam eine entschlossene Antwort, kurz, aber klar:
„Dieser Spruch bleibt da, wo er seit dem Kriegsende hängt! Erst,
wenn wir weniger Essen haben als nach dem Krieg, können Sie
wiederkommen, und dann wird der Spruch abgenommen." Weniger als nach dem Krieg kam wohl für den Kommunismus nicht
in Frage, oder?

Was Sorge um das tägliche Essen bedeutet und Hunger, so erinnere ich mich wieder an das Kriegsende, als ich Kind war. Meine
Mutter hatte als Kriegswitwe mit drei Kindern auf dem einzeln
gelegenen Bauernhof in der Potsdamer Straße, Güterfelde bei
Zinnow eine Arbeit gefunden. Es war ein russischer Versorgungshof, wo auch Essen gekocht wurde für die „Rote Armee". Irgendwann durfte ich einmal einen Fünfliter-Eimer voll Rotkohlsuppe
abholen, wohlverstanden: Rotkohlsuppe! Vorher hatte ich auf
dem Versorgungshof sogar mit einem kleinen Teller dieser herrlich schmeckenden Suppe meinen großen Hunger etwas stillen

dürfen. Es handelte sich wohl um eine „Geheimaktion" meiner Mutti mit der russischen Offiziersfrau für den Offizier Nikoley, der ja in unserem Haus wohnte. Der Weg vom Versorgungshof auf der Potsdamer Straße bis nach Hause war knapp 300 m lang. Vorsichtig zog ich den kleinen Rollwagen mit der Rotkohlsuppe auf der Straße recht langsam und umsichtig entlang. Kurz vor unserem Haus angekommen, hatte ich das langsame Fahren und das vorsichtige Ziehen aber satt, ich wurde langsam ungeduldig. Der Rollwagen mit der wunderbaren russischen Suppe hatte schon häufig gefährlich im Eimer gezappelt. Da ich den nun beginnenden Tanz des Eimers beobachten wollte, zog ich den kleinen Rollwagen rückwärts laufend. Das Schlagloch auf der Straße bemerkte ich dadurch natürlich nicht, denn meine Augen und natürlich auch der Geist waren ganz fixiert auf diese wunderbare Rotkohlsuppe, die ich in späteren Jahren nirgends wieder so gut gekocht fand. Das sind wohl typische Kindheitserinnerungen an den Hunger. Das rechte Vorderrad musste sich nun ausgerechnet den Weg zum Schlagloch suchen. Ein Ruck, ein Rumms, oh Gott! Der Eimer kippte langsam von dem kleinen Rollwagen herunter, der ja keine Seitenwände hatte. Auch Decke und Handtuch als „Stoßdämpfer" halfen da nicht mehr, die Katastrophe aufzuhalten. Ich ließ die Zugstange sofort los, sprang heran zum Rollwagen mit dem kippenden Suppeneimer. Dabei stieß ich ihn in meinem Eifer, ihn noch zu retten, nach hinten von dem kleinen Rollwagen runter.

Aber so komisch und traurig sich diese herrlich mundende Rotkohlsuppe auf der Straße ausbreitete und verrieselte, es war ein kleines, nein ein großes Glück dabei. Ein gewisser Teil der Suppe hatte wohl Erbarmen mit meinem Heißhunger auf dieses Essen. Obwohl ich diesen Suppeneimer natürlich nicht vor dem Heimkehren der Mutter anrühren durfte, hätte ich doch wohl gern schon vorher genascht, aber nur einmal oder vielleicht zweimal, das war mein Plan gewesen. Nun aber half kein Weinen und Jammern, die Suppe war auf der Straße, und ein Teil davon hatte sich genau das Schlagloch als „Schüssel" ausgesucht. Hungernde Kriegskinder waren schnell und wendig. Schon hockte ich auf der Straße mit dem Mund direkt in dem lecker gefüllten Schlagloch. Mit saugendem Mund schlürfte ich gierig diese Suppe ohne Rücksicht auf Sand, Krümel oder Dreck so lange der „Vorrat" reichte. Später holte ich sogar einen Löffel, um noch einige Gemüsereste auszukratzen. Unter vielen Tränen musste ich später meiner Mutti dieses Malheur beichten. Ich weiß nicht mehr, ob ich dafür Schläge bekam.

Der russische Versorgungshof wurde seit dieser „Zeit der herrlichen Suppen" häufiger mein Ziel zum Spielen, zumal ja auch meine Mutter dort arbeitete. Dieser Bauernhof Zinnow muss später auch Spielplatz meines großen Bruders Horst (12 Jahre) gewesen sein. Dort lebten Horst, seine Schulfreunde, die Zwillinge Walter und Günter Zinnow, die ebenfalls Halbwaisen durch den Krieg geworden waren. Der Vater war der SA- Mann, der den US- Piloten kaltblütig erschoss. Er wurde nach dem Krieg abgeholt und kam nie wieder.

Auf den Spitzboden des Bauernhauses Zinnow wurde später die geheimnisvolle Sirene des Schlosses Güterfelde verschleppt. Die Entführer waren mein Bruder Horst und sein Schulfreund Walter Zinnow (13 Jahre). Diesen Jugendstreich meines Bruders nach dem Krieg erzählte mein Bruder rein zufällig nach 70 Jahren während unserer Erinnerungen an die Kindheit.

Darauf erzählte ich, wie russische Soldaten mit ihren Maschinengewehren von einer Lkw-Ladefläche mit heruntergeklappter Seitenwand schossen. Zwei Gänse wurden blitzschnell niedergemäht durch eine Maschinengewehrsalve. Ich war gerade wieder auf dem Weg zum russischen Versorgungshof. Der Wunsch, etwas zum Essen zu bekommen und dabei die Mutter zu sehen trieb mich an. Um den Weg auf der Straße mit dem Rotkohlsuppeneimer abzukürzen, lief ich über die Wiesen linksseitig am See entlang. Es war dieselbe Wiese, auf der ich mit dem Bruder Heinz die Eier-Handgranate, die er gefunden hatte, zur Explosion bringen sollte, sie aber später allein wieder zurück in den Garten zum Haus der Großeltern und der Mutter holte. Dann war die Explosion ja doch noch erfolgt, aber ich hätte sie beinahe mit meinem Leben bezahlt.

Die Maschinengewehrsalve hörte ich jetzt durch die Luft zischen, als ich über die Wiese lief. Die Gänse im Schilfrand des Sees starben im Kugelhagel, etwa 50 m von mir entfernt. Verängstigt von den vermeintlich erneuten Kriegsereignissen warf ich mich in das hochstehende Wiesengras. Dann liefen die beiden russischen Soldaten nicht weit vor mir entfernt vorbei um ihre Beute, nämlich die Gänse, zu holen. Mich haben sie erst auf dem Rückweg zum Lkw entdeckt. Erst Jahre später begriff ich, wie dicht ich an dem Kugelhagel dran war. Eine weitere Erkenntnis war, dass diese zwei „Gänse" in Wirklichkeit ein Schwanenpaar waren. In dieser Hungerzeit gab es keine Gänse, geschweige denn sonstige frei herumlaufende Haustiere.

Für osteuropäische Menschen ist der Schwanenbraten ein königliches Festessen. Noch heute verschwinden fast jedes Jahr an unserem Güterfelder See im späten Herbst von den drei bis fünf Jungschwänen meistens zwei. Dieses Malheur passiert eigenartigerweise immer dann, wenn die jungen Schwäne gerade im „schlachtreifen" Alter sind. Ich kenne unser Schwanenpaar seit über zwanzig Jahren und beobachte die edlen Tiere stets schon ab ihrer Ankunft nach dem Eistauen im Frühjahr. Schon, wenn ich während der vierzig Jahre meines Eislaufens im Frühjahr Abschied nehme vom Eis, landet das Schwanenpaar dicht neben den bereits vom Eise befreiten offenen Flächen. Die ein bis drei jungen Schwäne kamen immer noch mit den Eltern zu ihrer Stätte der Kindheit, so wie auch ich die Stätte meiner Kindheit an diesem herrlichen See immer wieder aufsuchte, um dann in den späten 1970er Jahren mein „Haus am See" für das ganze Leben zu bauen. Für diese jungen Schwäne war das aber nur noch einmal ein Abschied von dem See ihrer Kindheit. Nur sehr kurze Zeit duldete die Schwanenmutter ihre Kinder an diesem schönen Gewässer. Immer wieder nach der erfolgten Paarungszeit bissen und stießen die Mutter und auch der Schwanenvater nun die eigenen erwachsenen Jungen aus den offenen, eisfreien Wasserflächen heraus. Ungläubig und widerwillig gingen dann die jungen Schwäne zurück auf das Eis. Aber dort gab es kein Futter. Erneut wollten die Jungen an einer anderen Stelle ins Wasser, aber auch das war vergeblich, sie durften nicht zurück in ihre Kindheit. Dann aber, nach einigen Tagen, hatte der Frühling den Winter besiegt. Die Gesetze der Natur sind wesentlich härter. Die jungen Schwäne wurden von dem See, der Stätte ihrer Kindheit, jedes Jahr vertrieben, sie kamen nie wieder zurück.

Dieses Schwanenpaar lebt seit Jahrzehnten an unserem See in Güterfelde, seit etwa fünf Jahren aber hinkt die Schwanenmutter. Jedes Jahr kommt das Paar im Frühling zu meinem Haus am See. Direkt vor meinem Haus gibt es frisches kurzes Gras, welches ich regelmäßig mähe. Dieses Gras einschließlich Klee ist beliebt bei den sechs bis acht Schwanenküken. Die Mutter hockt fast nur noch mit ihrem schmerzenden Bein. Der Schwanenvater als Beschützer hinkte nun auch schon seit dem Jahr 2014. Er hatte neuerdings die Angewohnheit, langsam zu den glänzenden Seitentüren einiger Pkw's zu watscheln. Dann erkannte er dort sein Spiegelbild als einen Konkurrenten, den er wohl meinte, vertreiben zu müssen. Jedes Mal schnupperte und schnatterte er an den Türflächen der Autos und hinterließ dort seinen Speichel. Der Schwan verursachte keine Schrammen oder gar Beulen. Aber die Pkw-Besitzer wollten den Schwan vertreiben und schlugen auf ihn ein. Die Tiere bewegen sich im Landschaftsschutzgebiet, trotzdem ging das Jagen des Schwanenvaters weiter, der ja hinkte und damit noch langsamer war als Schwäne ohnehin sind. Eines Abends lag er tödlich verletzt an der großen Futterstätte, der Badestelle Güterfelde, weit oben an der Straße neben den Pkw-Parkplätzen. Andere Seefutterplätze sind belagert von Hunden. Es wird erzählt, dass er überfahren wurde. Dieser Autofahrer muss völlig blind gewesen sein, wenn er diesen Schwan mit seiner langsamen Gangart und dem Hinken nicht auf der Fahrbahn mit seinen weißen Federn und in dieser Größe gesehen hat. Ein Igel oder auch ein Frosch könne in der Dämmerung übersehen werden. Hase, Schwein und Reh sind zu flink und erscheinen oft ganz plötzlich auf der Fahrbahn. Aber der hinkende Schwan, in zwanzig Metern Entfernung ach der Mittelinsel der Dorfausfahrt? Wir wissen gegenwärtig nur allzu gut, dass Menschen in der Lage sind, rücksichtslos und brutal Flüchtlinge und Notleidende anzugreifen. Was gilt da schon ein Schwanenleben? Diese Schwäne watscheln doch eigentlich nur aus Not dort zu den Menschen. Die Ufernischen am See sind ständig von Menschen mit Hunden belagert, die den Schwänen und anderen Vögeln den Lebensraum wegnehmen.

1945
Die letzten Kriegsbriefe meines Vaters

Nach 70 Jahren kamen plötzlich die letzten Feldpostbriefe meines Vaters, die er 1945 von Januar bis März geschrieben hatte. Unmittelbar vor der Adventszeit des Jahres 2014 erschien meine Tochter Birgit (42) mit Tränen in den Augen. „Nun habe ich meinen Opa doch noch überraschend kennen gelernt." Ich schaute sie verständnislos an. „Lieber Papa, ich möchte dir die letzten acht Feldpostbriefe von deinem Vater als späte Erinnerung schenken." Ungläubig schaute ich in das Gesicht meiner Tochter und sah ihre Tränen der Rührung. Sie erklärte nun: „Ich meine nicht Opa Georg von Muttis Seite, sondern wirklich deinen Papa. Dein Papa hat seine letzten Briefe von Januar bis März 1945 aus dem deutschen Kurlandkessel an seinen 12-jährigen Sohn Horst geschrieben. Du, Papa, bist damals erst sechs Jahre alt gewesen und konntest weder lesen noch schreiben. Diese Briefe hat er an deinen großen Bruder Horst Pietzofski nach Doberlug-Kirchhain adressiert, sie sind noch sehr gut erhalten. Horst muss auch einige Male, aber wohl viel zu selten, an seinen Papa im Krieg geschrieben haben. Dein Vater beschwerte sich auch über die Schreibmüdigkeit seines großen Sohnes Horst. Er hat ihn öfter als „mein lieber Hase" betitelt. In einem der Briefe im Januar 1945 erinnert dein Papa seinen Sohn, er möchte doch daran denken, dass sein Bruder Dieter, also du, lieber Papa, am 25. Januar 1945 Geburtstag hat und dann sieben Jahre alt wird.

Mein Vater fragte in den Briefen immer wieder an beim Sohn Horst, wie es der Mutti geht. Er bekam schon seit Januar 1945 keine Post mehr von seiner Frau aus dem Bombenkessel Berlin. Unsere Mutter war ja in Berlin am Anhalter Bahnhof in unserem Hotel „Stadt Weimar" auch mit Wohnsitz ständig in Berlin. Er hatte in dem Kurlandkessel häufig über die Bombardements der

Hauptstadt Berlin durch die „Tommys" (englische Soldaten) nur „schlimme Nachrichten" bekommen. Er glaubte wohl, seine Frau sei bereits tot. Immer wieder bat er, Horst solle aus seinem Evakuierungsort Kirchhain Kontakt zur Mutter aufnehmen oder hinfahren nach Berlin zum Hotel. Der Zug fuhr in den ersten Kriegsjahren bis Dezember 1944 noch direkt bis zum Anhalter Bahnhof, nur fünfzig Meter vor unserem Hotel „Stadt Weimar" entfernt.

Horst erzählte mir viele Jahre nach dem Krieg, er sollte in den ersten Bombennächten aus Sicherheitsgründen mit dem Zug von Berlin aus immer wieder zu den Verwandten nach Kirchhain fahren. Er wollte aber lieber in Berlin bleiben, in seiner Heimat und bei der Mutter. Kurz nach der Abfahrt des Zuges kam er zurück zu ihr und schwindelte ihr vor, die Zugauskunft hätte erklärt, die Schienenstrecke aus Berlin heraus sei gesperrt wegen Bombenschäden. Ab 1945 passierte das allerdings fast jede Woche.

Damit war auch der große Bruder Horst am Kriegsende 1945 genau wie wir schon Jahre ohne Vater. Wir zwei jüngeren Brüder waren in den letzten Kriegsjahren ebenfalls immer länger von der Mutter getrennt. Wir lebten bei den Großeltern im Dorf Güterfelde, Kreis Teltow, relativ dicht an der nun von Bomben zerstörten Hauptstadt Berlin. Wir liefen von der Bahn nun zu Fuß nach Güterfelde völlig allein auf der Landstraße.

Ich erinnere mich an einen Fliegeralarm mit Luftkämpfen am Rand von Stahnsdorf bei Teltow. Der Weg von Stahnsdorf bis Güterfelde betrug zwei Kilometer. Über uns detonierten Explosionen, am Boden Flakgeschütze mit grausam lautem Abwehrfeuer, dazwischen Jagdflugzeuge und Bomber, es war, als sollte die Welt untergehen. Diese Strecke von zwei Kilometern auf freier Landstraße bis Güterfelde zerrte mich mein damals neunjähriger Bruder schreiend und weinend entlang. Ich war damals gerade sechs Jahre alt, wollte vor Angst immer nur in den Straßengraben, nicht mehr weiter. Mein tapferer Bruder riss mich immer wieder hoch, weiter in Richtung Güterfelde zum sicheren Haus der Oma.

Unser Papa schrieb zu dieser Zeit aus dem Kriegskessel in Kurland, was ja heute Lettland ist, folgende Zeilen: „Wir sitzen häufig in kältestarren Schützengräben, meine Zehen sind wohl erfroren, es ist bitter kalt. Die Russen bereiten nach der 4. Großoffensive, die wir abwehren konnten mit großen Verlusten auf beiden Seiten, die 5. Großoffensive vor. Wir haben immer weniger Waffen, Munition und Essen. Verwundete werden zum Hafen abtransportiert, dort soll sie ein großes Rettungsschiff (Wilhelm Gustloff) nach Deutschland bringen. (Hierzu die militärischen Dokumente lesen)

Die 5. Großoffensive der Russen beginnt, wir werden wohl nicht mehr durchhalten. Plötzlich bricht Tauwetter ein, Rettung für uns! Deutsche Soldaten, dänisch SS-Truppen sowie auch lettische SS-Einheiten kämpfen auf unserer Seite. Warum ist dieser Krieg so wahnsinnig und sinnlos? Hoffentlich sehen wir jemals unsere Heimat wieder. Matsch und Morast lassen die Übermacht der russischen Panzer sowie der gesamten Divisionen im Schlamm versinken. Wir können noch einmal abwehren. Aber auch wir sitzen nach der Kälte nun im Schlamm, der uns noch einmal rettete.

Die 6. Großoffensive der Russen. Mein lieber Hase, ich kann nun nach langer Zeit noch einmal schreiben. Deinem Papa geht es gut. Was ist mit Mutti in Berlin? Bitte, bitte, schreibe! Der Führerbefehl: Den Kurlandkessel halten, genau wie Stalingrad!!"

Dies war der letzte Brief meines Vaters vom 10. März 1945 mit Poststempel vom 11.03.45. Der Unteroffizier Erwin Pietzofski, Feldpost Nr. 26111, wartet in Gräben fremder Erde vergebens auf einen lieben Brief seiner Frau! Aber auch seine Feldpostbriefe seit Januar 1945 haben seine Frau, unsere Mutter, in den schweren Bombardements in „Berlin Mitte" nicht mehr erreicht.

Meine Mutter hat nach Kriegsende im „Suchdienst", der täglich im Radio gesendet wurde, den Obergefreiten Erwin Pietzofski, Feldpost Nr. E2611 suchen lassen!! Mutti muss wohl Weihnachten 1944 den letzten Brief als „Obergefreiter" vom Papa erhalten haben. Selbst 20 Jahre nach dem Krieg haben wir jeden Heiligabend um 18.00 Uhr eine Minute ganz still gemeinsam in fester

Erinnerung an unseren Papa gedacht. In dieser Erinnerung wollte ich mich schon mehrmals aufmachen und losfahren, um den
Papa in fremder Erde, im Kurlandkriegskessel zu suchen. Obwohl
ich meinen Papa fast gar nicht gesehen hatte.

Letztes Kapitel

Mein Jahrzehnte langer Kampf um das Grundstück zum „Haus am See" ist noch offen und hat rund 10.00 Euro Gerichts- und Anwaltskosten gefordert. Obwohl ich ein Gebäude- Grundbuch vom demokratischen „Rechtsstaat BRD" besitze, werden selbst die Ostdeutschen mit diesem Rechtsdokument an Gebäuden und Grundstücken ständig mit neuen Auflagen zum Einigungsvertrag vom 3.Oktober 1990 und dem Sachen- Rechts- Bereinigungs- Gesetz September 1994 hingehalten. Diese Gesetzte wurden im Westen geändert und aufgeweicht. Die Verjährung für Grundstücke laut Einigungsvertrag von dreißig Jahren, wie in der BRD wurde auf zehn Jahre verkürzt. Mit diesen Gesetzesänderungen glaubten die Westdeutschen das neue festgesetzte Einheits-Recht der besitzlosen Ostdeutschen mit samt dem ungeliebten Einigungsvertrag von 1990 endlich los zu werden. Aber sie täuschen sich. Die preußisch-deutsche Geschichte lehrt uns immer wieder: die Ostgermanen mit ihren Königen und Kanzlern praktizierten gute „Deutsche Politik". Vor rund hundertfünfzig Jahren hat der Ostgermane Bismark Bayern zu Preußen geholt, um dann Napoleon III zu besiegen. Vor ungefähr dreihundert Jahren hat ein Ostgermane Preußen gegründet „Preußischer König" 1701.

- Vor fünfhundert Jahren hat der Ostgermane „Martin Luther" die europäische Religion reformiert. Jahrhunderte kämpften West- und Südgermanen in der Gegenreformation, selbst noch im Krieg 1870/71 zu Beginn noch gegen Preußen und Kanzler Bismark.

- Vor ca. 2000 Jahren haben die Ostgermanen im Teutoburger Wald im Jahre neun die Römer und ihre Helfer, die Süd- und Westgermanen, besiegt und vertrieben.

- Die Ostgermanen als Kanzler und Könige haben ständig das preußische und deutsche Land gesichert und gefestigt. Zum Gesamtpreußischen Staat als europäisches Vorbild. Die Süd-und Westgermanenkönige waren schwach und krank. Der Reichskanzler 1933 hat die Ost- und Westgermanen in ein Desaster bis zum totalen Untergang des gesamten preußischen Staates geführt.

- Der Ostdeutsche Eignungsvertrag von 1990 kann nur endgültig bei den Ostdeutschen in der Gesamtgermanischen Hauptstadt Berlin gelöst werden. Nicht in Karlsruhe am Bundesgerichtshof und am Bundesverfassungsgericht Karlsruhe. Diese weisen Germanen sind einfach nicht kompetent genug, um fünfzig Jahre Kommunismus und Unrecht zu verstehen. Die Westgermanen hatten es 1990 fast geschafft, Bonn als provisorische Hauptstadt zu fundamentieren. Das Gesamtdeutsche Parlament als Bundestag hat entschieden, die alte und neue Hauptstadt von Preußen und Deutschland ist nun glücklicherweise **BERLIN**.

Dokumente zur Romanbiografie

Im folgenden sehen Sie einige wichtige Dokumente zur
Vervollständigung der Romanbiografie.

Anmerkungen und Unterstreichungen
durch den Autor.

Dokumente:
Hausbau und Enteignung der Mutter.

Herrn
Kosselowski, Gastwirt

Ludwigsfelde Krs.Zossen

Betr.: Ihre Steuerrückstände

Sie sprachen s.Zt. in der öffentlichen Sprechstunde beim Rat des
Bezirkes vor, weil Sie mit der Regelung Ihrer Steuerangelegenheit
durch die Unterabteilung Abgaben beim Rat des Kreises Zossen nicht
einverstanden waren. Ihre Beschwerde gab daraufhin Veranlassung,
dass mit Ihnen ein neuer Tilgungsplan vereinbart wurde.

Als wesentliches Argument führten Sie an, dass Sie in das Haus, in dem
sich die Gaststätte befindet DM 25 000.-- investiert haben, die dadurch für Sie verloren gelten, weil das Haus später in den Bodenfonds
überführt wurde. Eine Ueberprüfung hat ergeben, dass Ihnen die
Tatsache, dass das Objekt in das Eigentum des Volkes bezw. in den
X Bodenfonds überführt werden muss, bekannt war, bevor Sie den Vertrag, *1947*
in dem Sie den Aufbau des Objektes übernahmen, abgeschlossen haben.
Damit musste Ihnen bekannt gewesen sein, dass die aufgenommene
X Summe von vorn herein in Eigentum des Volkes investiert wurde. Damit *1949*
fällt das Hauptargument, dass Sie bei Ihrer Beschwerde anführten, fort.
Darüber hinaus ergaben Ueberprüfungen, dass Ihre Gastwirtschaft in
keinem guten Ruf steht, sodass ich mich aufgrund dieser veränderten
Sachlage gezwungen sehe, die s.Zt. erfolgte Intervention zu Ihren
Gunsten fallen zu lassen und Sie hiermit aufzufordern, Ihre Steuer-
schuld bis zum 31.12.1952 zu begleichen.

Die Unterabteilung Abgaben beim Rat des Kreises Zossen ist beauftragt
worden, bei Nichterfüllung dieser Verpflichtung, die Zwangsmassnahmen
einzuleiten, die s.Zt. aufgrund Ihrer unvollständigen Angaben in der
Beschwerdeführung zunächst ausgesetzt wurden.

X *1947* Mietvertrag u. Bauantrag ↔ Übereignung-Zusagen *Blatt 9+10*

X *1949* Bürgermeister Ludwigsfelde Febr. *Kluth* *1952*
verkündet Enteignungsbefehl Stellv.d.Vorsitzenden
der sowj. Militär s

—9— *Kluth* *1956* 27.11

1957 bitt lesen
3.1. Widerspruch

Kausaler Zusammenhang

Bürgermeister   KWV   R.d.Kr.   R.d.Bez.
Ludwigsfelde   L.felde   Zossen   Potsdam
       Mahlow

I/16/63 953 N-0-80-455 1922

Wichtig

KWV Kommunalwirtschaftsunternehmen der Gemeinde Ludwigsfelde

Betriebsabteilung: Haus- und Grundstücksverwaltung

— 9 —

An den
Rat des Bezirks
z.Hd.d.stellv.Vorsitzenden Kollg.Kluth

P o t s d a m
Heinrich ??n?-Allee 107

① LUDWIGSFELDE Kreis Teltow
Ernst-Thälmann-Straße 26

Telefon: Ludwigsfelde 34

Bankkonto: Sparkasse des Kreises
Teltow, Nebenstelle Ludwigsfelde,
Konto Nr. 45490

Betriebsnummer 71/196/1191

| Ihr Nachricht vom | Ihre Zeichen | Unsere Zeichen | Schl. | Datum 27.11.1956. |

Verkauf von Holzhäusern als Eigenheime gemäß Gesetz vom 15.9.1954
(Ges.Bl...784) und 1. B.hierzu von 11.2.1955(Ges.Bl.S.154).

Als Anlage überreichen wir einen Antrag des Fleischermeisters Ewald
Michaelis, Ludwigsfelde, Kreis Zossen, Rotdornweg 1/3 auf käufliche
Überlassung des von ihm genutzten Holzhauses.

Wir berichten hierzu folgendes:

Sowohl der Rat der Gemeinde als auch der Rat des Kreises und der
Rat des Bezirks haben einen Verkauf der in Ludwigsfelde befindlichen
Holzhäuser als Eigenheime gemäß oben genanntem Gesetz zugestimmt.
Ausgenommen hiervon sind die Holzhäuser Rotdornweg 1/3 und Walter
Rathenaustraße 17/19,da diese Häuser über den Begriffsrahmen eines
Eigenheimes hinausgehen und in ihnen je ein Gewerbe(Fleischerei
bzw.Gastwirtschaft) betrieben wird.Der Antragsteller nutzt das Holz-
haus Rotdornweg 1/3.Trotz der ihm bekanntgegebenen Nichtzustimmung
hat Herr Michaelis den beiliegenden Antrag vorgelegt und um eine
nochmalige Überprüfung der Angelegenheit gebeten.

Hierzu bemerken wir:

Um den s.Zt. bestandenen und auch heute noch bestehenden Mangel an
gewerblichen Betrieben und Verkaufstellen in Ludwigsfelde abzuhel-
fen,bot der Rat der Gemeinde dem Antragsteller das Grundstück Rotdornweg 1/3 zur Errichtung eines Gewerbebetriebes(Fleischerei) an.
Auf mehrmaliges Anraten des damaligen Bürgermeisters Schenk übernahm
Herr Michaelis und baute das auf diesem Grundstück stehende halb-
fertige Holzhaus in den Jahren 1947/48 mit eigenen Mitteln zu
Wohnung und Fleischereibetrieb mit Laden aus. Der Ausbau,für den recht
erhebliche Geldmittel erforderlich waren,wurde von M.durchgeführt in
der bestimmten Erwartung,daß ihm später entsprechend der ihm bei der
Übernahme des Grundstücks von dem damaligen Bürgermeister Schenk und
seinem Vertreter Hoyk gegebenen Zusage das Grundstück übereignet
wurde,daß dies nicht gegeben worden ist, geht aus einem in der
hier
vorh. Grundstücksakte
hervor.

* Gastwirtschaft lt. Anlage Mietvertrag v. 17.12. 1946 - §5 = Kriegsruine)
Anlage 2a - Wenden

232

vorhandenen Grundstückskarte befindlichen Aktenvermerk hervor.
Erhärtet werden diese Angaben durch die beigefügte eidesstatt =
liche Erklärung des M.

1.Febr. 47 — Wir müssen hierzu jedoch bemerken, daß diese Zusage gegeben wurde
zu einem Zeitpunkte, in der die gesamte Holzhaussiedlung noch im

4.Febr. 49 — Bodenfonds lag. Die Überführung der Holzhaussiedlung in das Volks=
eigentum erfolgte erst im Jahre 1950. *Nicht Kriegsruine wie M...*

Seit dem 1.11.1948 nutzt M.das genannte Holzhaus und zahlt seit 17/4
diesem Tage eine von dem Rat der Gemeinde festgesetzte monatliche
Miete von 55,—DM. Dieses ist die Hälfte der Miete,die sonst für
gleiche Häuser mit gewerblichem Betrieb gezahlt wird. Bei Ablehnung
des Antrages müßte nunmehr endgültig wegen der von M. in das Holz=
haus investierten Gelder in Auseinandersetzungen eingetreten wer =
den, die sich nicht einfach gestalten werden.

Die bestimmungsgemäß vorzunehmende Abschätzung des Hauses durch
das Entwurfsbüro für Hochbau beim Rat des Bezirks Potsdam ist er =
folgt und der Kaufpreis auf 5.930,—DM festgesetzt worden.

Herr Michaelis hat hier mündlich erklärt,daß er den Kaufpreis bei
Abschluß des Kaufvertrages voll zahlen werde,gleichzeitig ver =
sicherte er,daß er noch nicht im Besitze eines Eigenheimes ist.
Unter Anerkennung vorstehender Darlegungen erscheint es uns in
dem vorliegenden Falle nur recht und billig,daß die M. gegebene
Zusage eingehalten und ihm das Holzhaus käuflich überlassen wird.
Wir nehmen hierbei auch Bezug auf die von dem stellv.Vorsitzenden
des Rates des Bezirks —Koll.Kluth— anläßlich seiner Anwesenheit
in Ludwigsfelde mündlich gegebene Zusage einer nochmaligen Über =
prüfung dieses Falles.

Abschließend bemerken wir noch,daß die gleichen Verhältnisse auf
das Holzhaus W.Rathenaustraße 17/19,in dem von dem Mieter Hans
Koßelowski eine Gastwirtschaft betrieben wird, zutreffen.

2 Anlagen.

VEB Grundstückverwaltung
Ludwigsfelde

Entschädigung/Kaufpreis vergleich / Hausbausteuer

1. Fleischer Michaelis, guter Rohbau, Haus verkauft an Mieter
Miete 55,-

1948 Piotzofski,

2. Gastwirtin Koßelowski, Kriegsruine, Haus nicht verkauft an
Miete 140,- u. 70,- 2 DDR-Mark *Kozelowski,*
Einheitswert liegt vor → = 47.000,- DM
Steuern, weil um Haus *Schreiben Nötigung 10.10.57*
gebaut wurde verlangt = 26.963,- DM *An KWU am Rat-Bezirks*
6.11.57 → Abfindung unter Nötigung = 12.790,- DM Schr. 10.10.57 ist entwendet!
10.10.57

Dokumente:
Hausbau und Enteignung Sohn.

Rat der Gemeinde
1501 Güterfelde
Rat Kirchplatz 14

— 1a —

Zustimmung Nr. 21/78
zur Errichtung oder Veränderung eines Bauwerkes

Der Rat der Gemeinde Güterfelde

erteilt hiermit

Antragsteller: Herrn Dieter Pietzofski   Beruf:

wohnhaft: Ludwigsfelde Cl.-Zetkin-Str. 16

die Zustimmung zur Errichtung, Veränderung*)

des Bauwerkes Finnenhütte

auf dem Grundstück in Güterfelde

Potsdamer   Straße, Nr.: 17

Flurkarte 6
Flurstück: 175   Parzelle Nr.:

territorialer Grundschlüssel Nr.:

geschätzte Bausumme: 17300,- Mark

geplante Bauzeit: 1978

Für die Errichtung, Veränderung*) des Bauwerkes werden folgende Auflagen erteilt:

siehe Prüfbescheid Nr 21/78 vom 22.5.78

Bilanzierte Baukapazitäten dürfen beim Betrieb
dürfen nicht*) in Anspruch genommen werden.

Die Zustimmung erlischt, wenn mit der Errichtung oder Veränderung des Bauwerkes nicht innerhalb
von einem Jahr begonnen worden ist. Die Gebühr für die Zustimmung beträgt 155,— M

Sie ist innerhalb von 14 Tagen auf das Konto Nr.:
bei der   zu überweisen.

Rat der Gemeinde
1501 Güterfelde
Kirchplatz 14

Güterfelde, den 22.5.78   Rat _____
                                              Unterschrift

Verteiler:
Antragsteller
Rat der Gemeinde
Kreisbauamt
Staatliche Bauaufsicht des Kreises
Kreisdirektion der Staatlichen Versicherung
Rat des Kreises - Finanzen

*) Nichtzutreffendes streichen

B 11-26 VV Freiberg; Außenst. Dresden Ag 307/77 V/19/18 D 29168

235

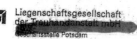

Liegenschaftsgesellschaft der Treuhandanstalt mbH
Geschäftsstelle Potsdam

— 2 —

Am Bürohochhaus 2
14478 Potsdam

Telefon 03 31 / 86 90 - 0
Telefax 03 31 / 8 69 03 13

Durchwahl:
Telefon 03 31 / 86 90 -
Telefax 03 31 / 86 90 -

Aktenzeichen:
Br-Le

Ihr Gesprächspartner:

Liegenschaftsges. d. Treuhandanstalt mbH · Am Bürohochhaus 2 · 14478 Potsdam

Bauamt Landkreis Potsdam

Potsdam, 19.08.1993

Vollmacht für Antrag auf Teilungsgenehmigung

Sehr geehrte Damen und Herren,

wir erteilen Herrn Dieter Pietzofsky, wohnhaft Güterfelde, die Vollmacht
eine Teilung des Grundstücks in der

Gemarkung: Güterfelde
Flur: 6
Flurstück: 175

zu beantragen.

Mit freundlichem Gruß

Ch. Bruns

Hinweis:
Meine Gemeinde Güterfelde verhinderte dass
diese Teilungsgenehmigung zum Grundst.-Kau
mit einem ungenehmigten Bebauungs Plan,
sowie falschen Bauangaben
und in dem Unterlagen für die
Anwälte SPITZWEG + Partner
Siehe die folg. Schreiben über ganze
7 Jahre verzögert Seite -3- u.-4-

Pietz 2016

TLG
Liegenschaftsgesellschaft
der Treuhandanstalt mbH
Geschäftsstelle Potsdam
Am Bürohochhaus 2
14478 Potsdam

Liegenschaftsgesellschaft der Treuhandanstalt mbH · Alexanderplatz 6, 10100 Berlin
Geschäftsführer: Günter Himstedt, Vorsitzender · Ilona Krüger · Dr. Axel Popkowitz; Vorsitzender des Aufsichtsrates: Dr. Hans Krämer
Handelsregister Berlin-Charlottenburg HRB 36 084

Geschäftsstellen: Berlin · Chemnitz · Cottbus · Dresden · Erfurt · Frankfurt/Oder · Gera · Halle · Leipzig · Magdeburg · Neubrandenburg · Potsdam · Rostock · Schwerin · Suhl

−6−
Amtsgericht Potsdam

Amtsgericht Potsdam, Postfach 60 09 51, 14409 Potsdam

Herrn
D. Pietzofski
Potsdamer Str. 17

14532 Güterfelde

Geschäfts-Nr.:	Güterfelde Blatt 923 ON 6
Zimmer-Nr.:	138
Durchwahl-Nr.:	
Ihr Zeichen:	
Datum:	01.03.00

Eintragungsnachricht

✳ Eigentümer   Land Berlin

Sehr geehrter Herr Pietzofski,

in obigem Grundbuch ist folgende Eintragung erfolgt:

Zweite Abteilung

Lfd. Nr. der Eintragungen	Lfd. Nr. der betroffenen Grundstücke im Bestandsverzeichnis	Lasten und Beschränkungen
1	2	3
1	9	Recht zum Besitz eines Eigenheims (auf einer Teilfläche von ca. 425 qm) gemäss Artikel 233 § 2a EGBGB i.V.m. § 4 Abs. 4 Nr. 2 GGV für Dieter Pietzofski, geboren am 25.01.1939. Eingetragen unter Bezugnahme auf Zustimmung zur Errichtung eines Bauwerkes und Prüfbescheid Nr. 21/78 der Staatlichen Bauaufsicht vom 22.05.1978 am 01.03.2000.

*Zum Art. 233 §2a EGBGB, Siehe Anlage" 4000-1 a)
Amtsgericht Potsdam Seite 11 hier als Anlage Satz 1 a) Satz 2 unten*

Dieses Schreiben ist maschinell erstellt und auch ohne Unterschrift wirksam.

Amtsgericht Potsdam	Telefon:	Sprechzeiten für rechtsuchende Bürger:
Grundbuchamt	0331/28 75 - 0	Die 09.00-12.00 Uhr
Hegelallee 8	Fax:	13.00-18.00 Uhr
14467 Potsdam	0331/292 748	Do. 09.00-12.00 Uhr

237

Senatsverwaltung für Finanzen — 8 —  **Berlin**

Senatsverwaltung für Finanzen, Klosterstraße 59, D-10179 Berlin (Postanschrift)

Herrn
Dieter Pietzofski
Potsdamer Str. 17

14532 Güterfelde

Geschäftszeichen (bitte immer angeben)
I F 32 - 9584/00-Allg-G
Bearbeiter(in) **Frau Hennig**

Dienstgebäude: Klosterstraße 59,
Berlin-Mitte
Zimmer 2133

☎ (0 30) **90 20- 2212**
90 20-0, intern 920
Fax 90 20- **26 11**
E-Mail: ilona.hennig@senfin.verwalt-berlin.de
Internet http://www.berlin.de/senfin
Datum
23. Mai 2000

Grundstück Gemarkung Güterfelde, Flur 6, Flurstück 175 tlw.

Sehr geehrter Herr Pietzofski,

mit Bezug auf unser Schreiben vom 10. April 2000 teilen wir mit, dass uns nunmehr der benötigte Grundbuchauszug vorliegt und wir daher mit gleicher Post die Erstellung eines Verkehrswertgutachtens in Auftrag gegeben haben.
Sobald uns dieses vorliegt, erhalten Sie weitere Nachricht.

Mit freundlichen Grüßen
Im Auftrag

Hennig

Verkehrsverbindungen
U-Bahn Klosterstraße
S-Bahn Jannowitzbrücke
Autobus 142, 240, 257

Sprechzeiten
und nach Vereinbarung

Zahlungen bitte unbar
nur an die
Landeshauptkasse Berlin
Nürnberger Straße 53
Berlin-Schöneberg

Kontonummer
58-100
990007600
99192260800
10001520

Geldinstitut
Postbank Berlin
LBB
Berliner Bank
LZB Berlin

Bankleitz
100 100
100 500
100 200
100 000

− 15 −

Ausfertigung

BUNDESGERICHTSHOF

BESCHLUSS

V ZR 32/14

vom

19. Dezember 2014

in dem Rechtsstreit

Dipl.-Ing. Dieter Pietzofski, Potsdamer Straße 17, Güterfelde,

Beklagter Widerkläger und Revisionskläger,

- Prozessbevollmächtigter: Rechtsanwalt Dr. Geisler -

gegen

Berliner Stadtgüter GmbH, vertreten durch den Geschäftsführer Peter Hecktor, Frankfurter Allee 73 C, Berlin,

Klägerin, Widerbeklagte und Revisionsbeklagte,

- Prozessbevollmächtigte: Rechtsanwälte von Gierke und Prof. Dr. Rohnke -

— 16 —

 Bundesverfassungsgericht

Erster Senat
- Geschäftsstelle -

Bundesverfassungsgericht ♦ Postfach 1771 ♦ 76006 Karlsruhe

Herrn Rechtsanwalt
Dr. Jens Robbert
Gerlachstraße 39
14480 Potsdam

Eingegangen

-9. FEB. 2015

Rechtsanwaltskanzlei
Dr. Jens Robbert

Aktenzeichen	☎ (0721)	Datum
1 BvR 222/15	9101-379	04.02.2015
(bei Antwort bitte angeben)		

Verfassungsbeschwerde des Herrn Dipl.-Ing. Dieter Pietzofski, Gütersfelde, vom 29. Januar 2015

Ihr Zeichen: RA 25/12 VB

Sehr geehrter Herr Rechtsanwalt Dr. Robbert,

die o.g. Verfassungsbeschwerde ist am 29.01.2015 (Telefax) und am 31.01.2015 (Original) beim Bundesverfassungsgericht eingegangen und unter dem Aktenzeichen

<u>**1 BvR 222/15**</u>

eingetragen. Bei weiterem Schriftverkehr wird um Angabe dieses Aktenzeichens gebeten.

Im Übrigen wird mitgeteilt, dass in den Entscheidungen des Bundesverfassungsgerichts der Name/ die Namen des Beschwerdeführers/der Beschwerdeführer anonymisiert werden, nicht aber der Name/ die Namen des/der Bevollmächtigten. Es wird davon ausgegangen, dass Sie mit dieser Praxis hinsichtlich der Nennung Ihres Namens einverstanden sind.

Mit freundlichen Grüßen
Langendörfer
Tarifbeschäftigte

- Dieses Schreiben wurde mit Hilfe der Informationstechnik gefertigt und ist ohne Unterschrift gültig -

Dienstgebäude: Schlossbezirk 3, 76131 Karlsruhe
Postfach 1771, 76006 Karlsruhe
Telefon 0721/9101- 0 ♦ Telefax 0721/9101-382

D. Pietzofki Potzdamer Str 17
14532 Stahnsdorf/ Güterfelde   23.02.2015

Wertes Bundesverfassungsgericht

Az. 1 By R 222/15

Ich, ein DDR/BRD- Bürger erhielt vom Amtsgericht Potsdam am 01.03.2000 mein
Gebäude- Grundbuch lt. EGBGB und Sach. Re. Ber. Ges. der BR: Deutschland.
Nach 50zig Jahren „ Unrechtstaat DDR", endlich in einem Deutschen Rechtstaat
angekommen.

                            Im Treu und Glauben

Auf das Grundrecht Art. 14-1 GG und EGBGB Art. 233§2a der BRD, laut Gerichts-
entscheidung soll ich mein Grundbuch zurückgeben. (Verjährung).
Mein Gebäude Grundbuch wurde mir durch die Gesezte gegeben. Zusätzlich
auch vom Eigentümer BSGM Stadtgüter Berlin, im Jahr 2007. Diese Schreiben
bestätigen D. Pietzofki: Gebäude Grundbuch- Besitzrecht- Wohngrundstück – Wege-
recht usw. Viele Dokumente wie das vom 02.03.2007- 28.03.2007-04.07.2007
bestätigen die Übereignungsverhandlungen als intensive Verkaufsverhandlungen.
Diese Verkaufsverhandlungen über das Teilgrundstück Flur 6-175 für D. Pietzofski
wurden in mehrfachen Schreiben vom BSGM -Eigentümer geführt. Zusätzlich in
einer persöhnlichen Beratung am 16.07.2007, im Hause des Eigentümer BSGM
Berliner Stadtgüter, mit dem Leiter Herrn Schuldt und Schütz , sowie Herrn
Pietzofski verhandelt. Vorbereitend wurden Schreiben der Berliner Stadtgüter
an das Amt Stahnsdorf 28.03.2007, sowie an die Untere Bauaufsicht PM, 04.07.2007
zum Grundstückkauf, Grunddienstbarkeit, Abstand, Brandschutz usw. geführt.
Die gesamten Grundstücksverhandlungen wurden von meiner Notarin eingeleitet.
Frau G. Gerber 14482 Potsdam Grossberenstr. 20 hatte an die Berliner Stadtgüter
geschrieben. Siehe Schreiben vom 20.02.2007. Nach der erneuten Aufforderung an
meine Notarin die Übereignung durch die BSGM Berliner Stadtgüter voranzu-
bringen. Die Übereignungsverhandlungen liefen dann über sieben Monate relativ gut.
Am 03.09.2007 Schreiben von Herrn Pietzofski: Sicherung meines Trinkwassers,
(Neid der Sommergärten durch Übereignung). Schreiben vom 14.01.2008 BSGM
Kündigung mit Einzugsermächtigung vom 27.12.2007 für Miete wegen erneuter
Nichtbearbeitung meiner Grundstück-Kaufverhandlungen. Am 03.02.2008 schrieb
ich an die Leitung BSGM= Bitte um Weiterführung der Kaufverhandlungen. Viele
dieser Schreiben sind in den Klagen enthalten. Das sind Grundlagen einer
                    „ Hemmung der Verjährung"
Sie wurden von den Gerichten nicht ausreichend gewürdigt und anerkannt, obwohl
diese Übereignunsverhandlungen über viele Monate im Jahr 2007 stattfanden.
(BGB § 902)

Dieter Pietzofski
24.02.2015

Dokumente:
Politische Verurteilung 1961-1980.

Zu 8. *Politische Aburteilung 1961 Mauerbau*

VEB BAU (K) ZOSSEN IN RANGSDORF

BAUINDUSTRIE

Das war die Vorbereitung zum Knast
aber Glück gehabt ! *Pietz 1992*

— A —

Rangsdorf, den **5.12.1961**
Industriegelände

Fernruf: Rangsdorf 240 und 398

Bankkonto: DNB Zossen 2380

Ihr Zeichen | Ihre Nachricht vom | Unser Zeichen **Abt.Arb.**
⊗ **Ma/O.** ⊗

Betr.: Beurteilung über den Kollegen Dieter Pietzowski, geb.25.1.39 i.Bl

Politische Beurteilung für Abt.Arbeit Herr Matschke

Matschke war zu Hitlerzeit: A. Mitgliedskandidat der NSDAP = Hitlerparte

Marxl durch Maurer G.Herrmann, B. Jungscharführer der Hitlerjugend *Pietz. 4/98*

Ludwigsfelde Der Kollege Pietzowski, Dieter, ist seit dem 18.2.1957 in unserem
Genstr.12 Betrieb als Maurer tätig.
Hitlerjunge Seine fachlichen Arbeiten führt er gut aus; er hat auch ein gutes
Auffassungsvermögen.

Kollege P. ist in seiner geistigen Entwicklung den anderen Brigad
mitgliedern voraus. Er führt daher auch bei Auseinandersetzungen
die Diskussion, die aber nicht immer der Politik unseres Arbeiter
und Bauernstaates entspricht. Seine negativen Meinungen zu bestim
ten Fragen, wie Versorgung, die Rolle der Deutschen Demokratische
Republik, u. a., gaben mehrmals den Anlass zu Aussprachen innerha
der gesamten Brigade.
Kollege P. versteht es, Unzulänglichkeiten in der Organisation de
Produktion als Vorwand für die Führung seiner negativen Diskussio
zu benutzen. Bei den geführten Aussprachen zeigt P. eine Art der
Beweisführung die klar erkennen lässt, dass der westliche Einfluss
bei ihm die Hauptrolle spielt. z.B. ist von seinem Standpunkt au
der Zusammenschluss der Landwirtschaft zur LPG nicht richtig, son
wäre die Versorgung mit tierischen Produkten besser, oder die Pla
Wirtschaft ist nicht in Ordnung, man sieht ja, was da herauskommt

Kollege P. sagt aber im gleichen Atemzuge, dass er gern in der DD
ist. Er hat ein Auto, Fernsehen, seinen guten Arbeitsplatz u.a. u
hat keinen Grund, die DDR zu verlassen.

Nach den Massnahmen vom 13.8. erhielten wir den Hinweis, dass in
der Brigade, in der Kollege P. tätig ist, ein Radioapparat zum Hö
der Sendungen auftauchte. Dieser Apparat wurde durch einen Kolleg
der Brigade mitgebracht, von wem, ist uns nicht bekannt.

In den Aussprachen nach den Massnahmen des 13.8. kam durch Kolleg
P. wörtlich zum Ausdruck: "So macht man weiter". In der Brigade
ist die Meinung: jetzt ist es mit Besuchen in Westberlin vorbei.
Auf die Frage, wie die Äusserung: "So macht man weiter" gemeint
ist, antworteten die Kollegen, wenn wir auch anderer Meinung sind
nach uns wird ja doch nicht gehört, es wird ja nur das gemacht, w
von oben bestimmt wird. Koll. Pietzowski enthielt sich aber hier
der Diskussion. Es war nicht eine Diskussion in Gang zu bringen.

Bei der Einbringung der Kartoffelernte zeigten die Kollegen der
Brigade eine gute Aufgeschlossenheit, und sie gingen an einem Son
abendnachmittag geschlossen zum Einsatz.
z.Zt. kann man nicht feststellen, dass in der Brigade irgendwelch
negativen Diskussionen auftreten.

Er wurde später abgesetz
Am 18.2.67 wieder Bgl-Vorsitzender,

1/10/12 Magen-Trebbin Fa G 982/61 961

/BGL-Sekretär/ ⊗ *SED*
Schieber Entschuldigung */BPO ? Abt. Arbeit/*
Nov. 2004 *ehemals NSDAP*

– C –

Ernst Götze
Flämingstr. 21
Berlin 12689
SED – Parteisekretär 1961

Nov. 2004

Entschuldigung

Das Schreiben vom 5.12.1961, eine Beurteilung des Kollegen Dieter
Pietzofski, wurde im Kreisbau Zossen in Zusammenarbeit der Abt. Arbeit
und dem Parteisekretariat der SED angefertigt. Die monatelangen sehr
harten Agitationen des o.g. Arbeitskollegen gegen den Staat, vor u. nach
den Maßnahmen zum 13. Aug. 1961 waren der Anlass zu dieser Beurteilung,
sowie seiner Weigerung an den Grenzsicherungsanlagen mitzubauen.
Trotz Arbeitsplatzumsetzung änderte er seine Meinung nicht.

-Die politischen Vorwürfe gegen den Abt. Leiter Arbeit, der Mitglied der
NSDAP war u. dies verheimlicht hatte, waren berechtigt. Ein Kollege der
Brigade äußerte diesen Vorwurf. Das führte zur Absetzung des Leiters
der Abteilung, Arbeit im Kreisbau Zossen, Sitz Rangsdorf.

-Ich bedauere, dass D. Pietzofski durch diese Beurteilung bei der Stasi, in
schwere persönliche u. vor allem berufliche Schwierigkeiten, kam sowie
weitere Benachteiligungen über sich ergehen lassen musste.

1961 BPO – SED-Sekretär

244

LAND BRANDENBURG

Brandenburgisches Landeshauptarchiv | Postfach 60 04 49 | 14404 Potsdam

Herrn D. Pietzofski
Potsdamer Str. 17

14532 Stahnsdorf / OT Güterfelde

Brandenburgisches
Landeshauptarchiv

Abteilungen Bornim

Zum Windmühlenberg
D-14469 Potsdam

Bearb.: Herr Person
Gesch-Z.: III-8124-779/05-Pe
Hausruf: (0331) 5674 - 232
Fax: (0331) 5674 - 212

Bus 612 (Haltestelle Sportplatz Born
Bus 692 (Haltestelle Hugstraße)

Potsdam, den 11. Februar 2005

Stasi verhindert Auszeichnung

Unterlagen über die Verleihung der „Rettungsmedaille"
Ihr Schreiben vom 31.01.2005

Sehr geehrter Herr Pietzofski,

im Brandenburgischen Landeshauptarchiv konnte nur eine Eintragung im Nachweis-buch über die Verleihung der „Rettungsmedaille" und der Anerkennungsschreiben zu Ihrer Person ermittelt werden, die ich Ihnen in Kopie übersende. Ein Vorgang dazu konnte nicht im Brandenburgischen Landeshauptarchiv recherchiert werden.

Außerdem übersende ich Ihnen Kopien der Rechtsvorschriften über die Verleihung der „Rettungsmedaille". Wie Sie diesen Unterlagen entnehmen können, wurde zwi-schen einer „Rettungsmedaille" und einem Anerkennungsschreiben unterschieden. Der Grad der Gefährdung des eigenen Lebens bei der Rettungstat war das Kriterium für die Unterscheidung in „Rettungsmedaille" und Anerkennungsschreiben.

Unterlagen des ehemaligen Ministeriums für Staatssicherheit der DDR („Stasi-Akten") werden nicht im Brandenburgischen Landeshauptarchiv aufbewahrt, sondern befinden sich in der Zuständigkeit der Bundesbeauftragten für die Unterlagen des Staatssicherheitsdienstes der DDR.

Mit freundlichen Grüßen
Im Auftrag

Person

laut Gaukbehörde ist meine Stasiakte nicht vorhan
Q *laut der IM-Chefsekretärin „Omland" wurde meine St.*
Akte in Zossen vernichtet unter Mitwirkung der Rot
Armee in Wünsdorf!

* Siehe Schreiben 5.12.1961 VEB BAU (K) ZOSSEN
Abt. Arbeit Ma/Q. : Beurteilung
„Q"-Sekretärin Omla
20. Juni/2016/ P

Leitung und Abteilungen Orangerie:
An der Orangerie 3
14469 Potsdam
☎(0331) 56 74 - 120
FAX: (0331) 56 74 - 112

Abteilungen Bornim:
Zum Windmühlenberg
14469 Potsdam
☎(0331) 56 74 - 0
FAX: (0331) 56 74 - 212

Bankverbindung:
Bundesbankfiliale Potsdam
BLZ 160 000 00
Konto-Nr. 160 015 00
E-Mail: poststelle@blha.brandenburg.de

Personalakte: Pietzofski mehrfache Kampfgruppen weigerung siehe 20.12.73
Sowie 3 Schreiben v. Pietzofski zur politischen Lage DDR- BRD

Zusatz

Pietzofski

Kollege Pietzofski erklärte, daß er keines der Angebote
annimmt und sich mit dem Gedanken trägt, den Betrieb zu
verlassen. *Die Angebote vor der Kündigung: Ingenieur: Maurer oder am LKW-Band.*
Er äußerte den Wunsch, die vorgesehene Veränderung bis   *Piet*
zum Jahresende zu verschieben, damit ihm ausreichend Zeit
für die Klärung seines Problems verbleibt.

Diesem Wunsch wurde von seiten des Betriebes zugestimmt.

Dem Kollegen Pietzofski würde erklärt, wenn er ab Januar
1975 die Veränderung nicht von sich aus vornimmt, ihm
vom IWL das Arbeitsrechtsverhältnis gekündigt wird.

25. 10. 74

Die politische Schulung in der Abteilung durch den Ltr. u. SED-Funktionär Gehrmann.
Eine Aufforderung zur schriftl. Äußerung: Pietzofski   25.10.74
zum DDR- Staat

3 SCHREIBEN:

1. Kampfgruppenablehnung, da Sie die Waffen gegen eigene Bevölkerung richtet!

2. Wir Deutschen: DDR und BRD sind eine Nation, die Einheit mein Wunsch!

3. Die BRD-Bundesbürger sind keine Imperialisten. Sie stehen mir
   als Menschen näher im menschlichen politischen u. kulturellen Wesen,
   als Bürger der Sowjetunion!

Mit diesen 3 Schreiben war meine Kündigung eingeleitet am 25.10.1974
(Diese 3 Schreiben sind aus den Personalakten entwendet).

Die Gemeinde akte Güterfelde für D.Pietzofski zur Hauptwohnzusage seit
7. Aug 1984 v. der DDR- Bürgermeisterin G. Palesch, ist ebenfalls entwendet!
Sowie die Stasiakte 47744 v. Aug. 1980 Staatl. Auszeichnung „Kindesichtung"
Sowie weitere Akten zur Hauptwohnung   *Pietzofski* März 2012

Dokumente:
Staatsanwaltschaft.

Staatsanwaltschaft Potsdam

Staatsanwaltschaft Potsdam - Postfach 60 13 55 – 14413 Potsdam

Herrn
Dieter Pietzofski
Potsdamer Straße 17 Am See
14532 Stahnsdorf/Güterfelde

Telefon:	(0331) 2017 - 0
Nebenstelle:	**(0331) 2017 - 3106**
Telefax:	(0331) 2017 - 3180
Datum:	12.04.2010 Leu
Aktenzeichen:	4107 UJs 1956/10

(bei Antwort bitte angeben)

**Ihre Strafanzeige vom 21.01.2010 gegen „öffentliche Ämter" pp.
wegen Naturschutzvergehen u. a.**

Sehr geehrter Herr Pietzofski,

soweit Sie unter Ziffer 2 Ihrer oben bezeichneten Strafanzeige beanstandet haben, dass Ihr Grundbucheintrag vom 01.03.2000 von der zuständigen Baubehörde trotz klarer Fakten nicht bearbeitet worden sei, habe ich eine Kopie Ihrer Strafanzeige an das für die Bearbeitung solcher Art Verfahren zuständige Sonderdezernat 487 hiesiger Behörde zur zuständigen Prüfung und ggf. weiteren Veranlassung gegeben Die Ermittlungen werden dort unter dem Aktenzeichen 487 UJS 3328/10 geführt. Soweit gesetzlich vorgesehen erhalten Sie von dort aus weiteren Bescheid.

Hinsichtlich des weiteren Inhalts Ihrer Strafanzeige sehe ich mich nach tatsächlicher und rechtlicher Prüfung in Ansehung der Vorschrift des § 152 Absatz 2 Strafprozessordnung außerstande, in strafrechtliche Ermittlungen gegen die von Ihnen Angezeigten einzutreten, was auf folgenden Erwägungen beruht:

Nach der vorbezeichneten Vorschrift darf die Staatsanwaltschaft als Strafverfolgungsbehörde nur dann ein strafrechtliches Ermittlungsverfahren führen, wenn zureichende tatsächliche Anhaltspunkte für eine verfolgbare Straftat bestehen.

Hausanschrift: Jägerallee 10 – 12, 14469 Potsdam

Öffentliche Verkehrsmittel:
Straßenbahnen 92, 96 Haltestelle Rathaus
Bus 692, 695 Haltestellen:
Jägertor / Justizzentrum oder
Reiterweg / Jägerallee

Bankverbindung:
Landeshauptkasse-Landesjustizkasse,
Deutsche Bundesbank Filiale Berlin
BLZ: 100 000 00, Konto-Nr.: 160 015 60
IBAN: DE31 1000 0000 0016 0015 50
BIC-Code: MARKDEF1100

Rückfragen erbeten:
Mo. bis Fr. von 8.30 Uhr – 12.00 Uhr
und 13.00 – 15.00 Uhr
(freitags bis 14.00 Uhr)

D

Am 21.01.2010 hat ein Bürger es gewagt, eine Strafanzeige gegen die 'öffentlichen Ämter' zu stellen

Die Staatsanwaltschaft Potsdam antwortete am 12.04.2010. Sie hatte genau die 'Öffentlichen Ämter' informiert, gegen die die obrige Strafanzeige gerichtet ist. Damit lieferte sie den Bürger dieser öffentlichen Behörde zum freien Angriff aus.

Seit dem Jahr 2010 erfahre ich nun Angriffe der Unteren Bauaufsicht sowie des Amtes Stahnsdorf. Sie betreffen meine seit über zwanzig Jahren geltene Hauptwohnung in meinem Haus mit Grundbucheintrag vom Amtsgericht Potsdam. Mein originaler DDR-Ausweis sowie das Einwohnermeldeamt Stahnsdorf bestätigen meine Meldung vor der Einheit im Oktober 1990. Die damalige DDR-Bürgermeisterin (1984-1989) hat eidesstatlich bestätigt, dass mein Hauptwohnsitz bereits seit dem 07. August 1984 in Güterfelde, Potsdamer Straße war.

Das Problem ist, dass mein Haus, eine Finnhütte mit Baugenehmigung vom 22.05.1978 auf dem Grundstück Flur 6-175 am See steht und das schon seit zwanzig Jahren, bevor die Region im November 1997 zum Naturschutzgebiet erklärt wurde. Die Gemeinde Güterfelde praktizierte dann seit 1990 zeitgleich mit meinen Kaufanträgen vom 13.09.1990 Treuhand u.a, ihren Kaufantrag. Meine umfangreiche Hausbauakte einschließlich Wohndokumente wurden einfach entwendet, um den Gemeindegrundstückskauf zu erleichtern. Bei der späteren Zusammenlegung aller umliegenden Dörfer zur Gemeinde Stahnsdorf fehlten natürlich die Hauptwohndokumente meiner Hausakte.

Erst im Jahr 2010 bemerkte ich duch die Behauptungen der Unteren Bauaufsicht Potsdam Mittelmark, dass die Behörden scheinbar meinen Hauptwohnsitz anzugreifen versuchten. Nach meinem Schreiben an unseren Bürgermeister Herrn Albers vom 29. April sowie 16. November 2010 mit folgender gemeinsamer Akteneinsicht erwieß es sich, dass Akten fehlten. Trotzdem weigert Herr Albers sich bis heute, mir das Fehlen dieser Akten auch schriftlich zu bestätigen. *(Stattdessen folgte eine Klage)* Genau dafür fehlten mir diese Hausakten!

Diese lückenhafte Hausakte nutzte daraufhin auch die Untere Bauaufsicht vom 26.04.2010 : 'Umgenehmigte Nutzänderung'. Eine Finnhütte ist baufachlich ein Wohnhaus wobei es ständig zu jeder Zeit genutzt wird. Zitat: 'Zu DDR-Zeiten üblicherweise als Wochenendhaus genutzt. *(laut Gutachten)* Eine Nutzungsänderung aber umfasst ein Gebäude, etwa wie einen Stall, eine Scheune oder Werkstatt umzubauen und dies dann anderweitig zu nutzen. Daraus wurde an den Haaren herbeigezogen ein Fall konstruiert 'formell illegal'.

Meine Hauptwohnung der DDR sowie BRD-Zeit, dazu mein Grundbucheintrag ist der Gemeinde Güterfelde sowie Stahnsdorf seit *über* zwanzig Jahren bekannt. Die Aufklärung über Anwälte 'SPITZWEG+PARTNER' durch das Amt Stahnsdorf erfolgte über Gutachten schon im Jahr 1994 (noch präziser dazu das Schreiben vom 21.06.2001). Diese Gutachten sowie die Tatsache der entwendeten Hausakten mussten den Behörden der Dienststelle im Schreiben vom 26.04.10 für die Bearbeiterin Kreisamtsrätin Frau Stark wohl nicht vorliegen. *Untätigkeit*
Vielleicht wollte die Naturschutzbehörde nach fünfzehn verstrichenen Jahren auch einfach Tätigkeit beweisen. *Nur nicht gegen ihre Behörden!*

Meine Tochter Franziska war in Angst und Verzweiflung um ihre Heimat in Güterfelde am See, hier wo sie Schwimmen und Schlittschuh laufen gelernt hatte, denn man hatte ihr ihre Heimatadresse *zuerst* ebenfalls willkürlich weggenommen. In dieser Zeit äußerte sie sich als ich mit ihrer Mutter über eine Heirat nicht zuletzt aus Gründen des gemeinsamen Namens und des Hauses intensiv Gespräche führte: 'Ich will auch endlich Franziska Pietzofski heißen.'

Ihre Mutter Kerstin Hennig war im Jahr 2009 bereits seit fünfundzwanzig Jahren meine Lebensgefährtin, am 2.Oktober 2009 heirateten wir. Unsere gemeinsame Tochter Franziska heißt seidem auch 'Pietzofski'. Ihre Adresse lautet troz Willkür wieder 'Potsdamer Straße 17 Am See'. *Güterfelde*
Die Mutter hatte ihre Hauptwohnung weiterhin in Ludwigsfelde behalten, weil sie ihre pflegebedürftige 80 Jahre alte Mutter häufg betreute, die aber nicht in ihrer Wohnung mitwohnte.

Zur Arbeit nach Potsdam musste meine Frau schon viele Jahre vierundzwanzig Kilometer fahren. Die Fahrstrecke führt direkt durch meinen Wohnort, der auch seit Kindheit Franziskas 29.Jan.1991 Hauptwohnort war. Die Behörden im Amt Stahnsdorf und Ludwigsfelde waren ohne Überprüfug der Vaterschaft von der Tatsache ausgegangen, ich sei nicht der leibliche Vater, weil ich zwanzig Jahre älter bin als meine Frau. Diese Behördenwillkür wurde wohl auch darin bestärkt, dass wir fünfundzwanzig Jahre lang Lebenspartner waren mit stadtbekannten, aber unterschiedlichen Nachnamen. Tochter Franziskas Mutter hatte den Vorteil ihre vierundzwanzig Kilometer Arbeitsweg direkt über Güterfelde auf zwölf Kilometer zu halbieren. Dadurch sparte sie nicht nur Kosten. Tochter und Lebenspartner waren so mit ihr eine Familie in gemeinsamem Wohnort. Zusätzlich sind wir drei leidenschaftliche Schwimmer, sowie im Winter ständig aktiv beim Schlittschuh- und Skilaufen. Unser Haus steht traumhaft schön direkt zwanzig Meter direkt vorm See.

Ich bin schon zu DDR-Zeiten häufig volles Risiko eingegangen. Als Opposiotioneller wurde ich im Arbeitsleben wegen der Verweigerung des Mauerbaus 1961 strafversetzt. Die Kampfgruppenverweigerung 1974 führte zur Arbeitskündigung. Auch die kurze Stasihaft, sowie die Verhinderung der DDR-Lebensrettungsmedaille durch die Stasi im Jahr 1980 beugte mich nicht. Im Juli 1984 habe ich mit Scheidungsurkunde meinen Wohnungsantrag in Ludwigsfelde und Güterfelde gestellt. In Güterfelde mit meinem großen Finnhüten-Haus hatte ich Glück, ohne Miete ab August 1984 mit der Scheidungsurkunde, eigentlich logisch eine große Wohnung. Im April 1985 bekam ich völlig unerwartet in Ludwigsfelde eine 1,5 Raumwohnung. Wieder ging ich ein großes Riskio ein. Meine heutige Frau war schon fünfundzwanzig Jahre alt und hatte mit einem fünfjährigen Wohnantrag keine reale Chance auf eine DDR-Wohnung. Ihre Eltern hatten eine Vierraumwohnung, sollten aus dieser für sie zu großen Wohnung ausziehen, was sie aber nicht taten. Mein Wohndeal: Die Nebenwohnungsadresse in Ludwigsfelde hat mir Jahre später für Sie, in Güterfelde große Schwierigkeiten eingebracht. Das Verwaltungsgericht wollte dadurch unwahre Argumente meiner Gemeinde Stahnsdorf glauben. Diese kleine Wohnung war meine Nebenwohnung. Das Amt Ludwigsfelde machte unrechtmäßig daraus die Hauptwohnung. Wie Bürgerfeindlich Behörden sind, eine weitere Tatsache zum Wohnrecht.

Diese Behördenignoranz gegenüber den Bürgern enlädt sich nun seit einigen Jahren bei den Wahlen in geringer Wahlbeteiligung. Was aber noch gefährlicher an dieser Trotzreaktion der Bürger ist, der sich entwickelnde Rechtsruck. Verzweifelte Wahlentwicklung zur AfD sowie anderen neuen Parteien.

Vor Zehn Jahren trat unser Bürgermeister an zur Wahl 'BÜRGER für BÜRGER'. in Stahnsdorf 2006. Mit mehrfachen Schreiben wandte ich mich an den Bürgermeister Herrn B. Albers im Jahr 2010 bezüglich des Angriffs gegen mein Hauptwohnrecht trotz aller erforderlichen Meldepflichten und Vorschriften die seit der DDR-Zeit dem Amt Stahnsdorf vorlagen. Diese Rechte wurden ignoriert, sogar Melderegisterfakten verleugnet, so auch zusätzlich im Jahr 2009 das langjährige Wohnrecht meiner Tochter Franziska Pietzofski willkürlich geändert.

Tochter Franziska bekam zur Hauptwohnadresse Stahnsdorf-Güterfelde als Ausweisanwärter 2007 ihren ersten Personalausweis vom Amt Stahnsdorf. Meine Tochter hieß damals noch Franziska Hennig. Ein Jahr später bekam sie vom Amt ihre erste Wahlbenachrichtigung. Weiterhin erhielt sie auch die Europawahlbenachrichtigung vom Amt Stahnsdorf zur Adresse in Güterfelde. Siehe als Beweis ihrer Wohnadresse die Bescheinigung vom 27.Mai.2009 des Marie-Curie-Gymnasiums Ludwigsfelde. Plötzlich im Jahr 2009 behauptete das Amt Stahnsdorf, Franziska sei in Güterfelde nicht anzutreffen. Das Amt Stahnsdorf versuchte ihre Heimat seit frühster Kindheit in Frage zu stellen. Warum?

Das Schreiben vom Marie-Curie-Gymnasium vom 27.05.2009 wurde zum Amt übergeben. Es erklärt wohl eindeutig, warum Franziska selten in Güterfelde ist. Meine Tochter ebenfalls von ihrer Behördenerfahrung frühzeitig geprägt, antwortete nicht mehr fristgemäß. Sie wurde gewaltsam von Amtswegen nach Ludwigsfelde umgemeldet. Das Amt Stahnsdorf hatte mehrfach Gutachten ihrer Anwälte 'SPITZWEG+PARTNER' zur Hauptwohnung des Hauses Piezofski in ihren Akten (siehe München+Potsdam

D. Pietzofski Polsdamer Str.17
14532 Stahnsdorf/Güterfelde

Werter Herr Bürgermeister

BM		KSD	
HA	1 6. NOV. 2010	PERS	11. 2010
FIN		OA	Akt. Einsicht Bürgermeister Herr Albers
BAU		WF	
SOZ	25. OKT 2012	BeiG	Akt.Einsicht mit Ltr. Frau LORENZ

Mit Schr. v. 2.-11.2010 Berichtigung des Melderegister §10,
unserer Meldestelle Stahnsdorf, werde ich erneut zu meinen Haupt-
wohnsitz seit DDR-Zeiten angegriffen. (Schr. 17.2.10 ehem. DDR-Bürgerm. Palesch)
- Mein 1. Schreiben i. April vom 23.4.10 an Sie, als Bürgermeisterheute. (ohne Antwort
- Mein 2. Schr. u. Gespräch vom 28.9.10 mit Akteneinsicht gemeinsam (mit Bürgerm. Albers)
- Es läuft eine Klage (Schr. 20.5.2010) Pietzofski ./. Landkreis PM- Landrat.
- Ein wichtiges Schreiben von Pietzofski an Gemeinde Güterfelde v. 1.7.1990
- siehe Schr. 16.8.1990 der Gemeinde Güterfelde, ist aus den Akten
  Güterfelde, in den Archivunterlagen verschwunden! (Sowie weitere Unterlagen)
  Dies stellten wir gemeinsam bei der Durchsicht fest.
- Ich bitte um Zurücknahme u. Unterlassung einer Änderung meiner
  Hauptwohnung mit Grundbucheintragung auf dem Grundstück in
- Güterfelde Flur 6 Flurstück 175, auf einer Teilfläche = 425 m² mit
  der Baugenehmigung Nr.21/78 vom 24.5.1978, vom Amtsgericht Potsdam.
  Die Gemeinde Güterfelde versuchte aktiv, schon vor der Wiedervereinig 1990
  dieses Flurstück 6/175 = 9308 m², in ihren Besitz zu bekommen. Mein Haupt-
  wohnsitz war ein Hindernis. Mein 1.Kaufantrag an den damaligen Eigen-
  tümer VEG-Großbeeren, ist vom Febr. 1990. Ich wollte mit dem Schr.
- vom 1.7.1990 zum wiederholten Mal, bei der Gemeinde Güterfelde mein
  Haus u. Hauptwohnsitz, gesichert wissen. Zusätzlich als Absicherung,
  hatte ich deshalb mein Hauptwohnsitz in Stahnsdorf angemeldet 29.6.1990.
  In Güterfelde waren 1989/1990 dreimal die Bürgermeister gewechselt (Chaos)
  Palesch - Knorr - Semler. Herr Hucksold war immer i.V. Stellvertreter.
  (Begründung der Frau: Pflegebedürftigkeit der Mutter (84) in Ludwigsfelde!)

Mit freundl. Gruß

D. Pietzofski

2 x Anlagen
Schr. 16.8.1990
Klage 20.5.2010

Dieser Herr Hucksold
War immer i.V. Stellvertretender DDR-Bürger-
meister und kannte meine DDR-H.-Wohnung.
Dieses bestätigte mir zusätzlich die Ex-
DDR-Bürgermeisterin 1980-1989 Frau Palesch.
Herr Hucksold kennt mich seit Kindheit
weigert sich meine DDR-Wohnzeit 1984-90
zu bestätigen.
Pietzofski 2016

251

Dokumente:
Nach 70 Jahren: Letzte Kriegsbriefe von Vater

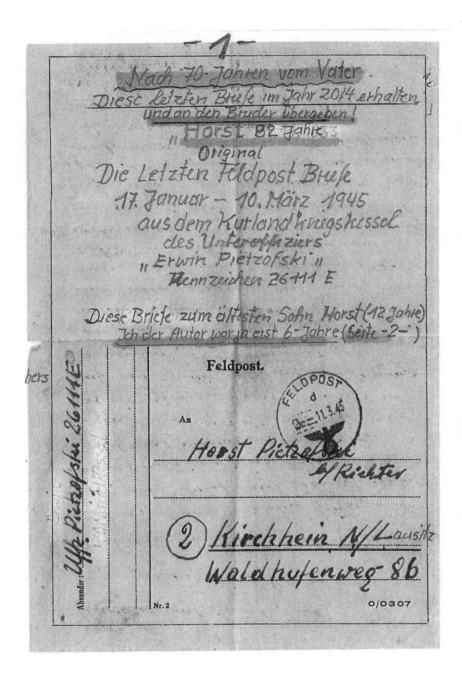

-1-

Nach 70 Jahren vom Vater.
Diese letzten Briefe im Jahr 2014 erhalten
und an den Bruder übergeben!
„Horst" 82 Jahre

Original

Die Letzten Feldpost Briefe
17. Januar – 10. März 1945
aus dem Kurland kriegskessel
des Unteroffiziers
„ Erwin Pietzofski "
Kennzeichen 26111 E

Diese Briefe zum ältesten Sohn Horst (12 Jahre)
Ich der Autor war ja erst 6 Jahre (Seite -2-)

Feldpost.

An

Horst Pietzofski
b/ Richter

② Kirchhein N/Lausitz

Waldhufenweg 86

Absender: Uffz Pietzofski 26111E

Nr. 2

O/O307

253

Ostfront Kurland, den. 21. 1. 45.

Lieber Horst!

Will dir nun auch ein Brieflein
schnell, schreiben, Deine beiden Brieflein habe ich mit vielen Dank
erhalten, Und erwiedere all die
Grüße aufs herzlichste.

Mein lieber Hase ich habe mich
sehr gefreut. Denn ich habe gleich
zwei Brieflein in einer Woche
erhalten. Lieber Horst sonst geht
es mir gut! Trotz der der schweren
Schlachten, bin ich Gesund, Auch
der Schnee, und Frost macht uns
zu schaffen. Habe mir schon die Finger
etwas angefroren, und die Zehen.
Wir müssen viel unter freien Himmel liegen, und da tut die Kälte
bitter weh.

31. 1. 45.

bitter weh. Wenn doch nur bald
der Krieg aus ginge, und Vati
wieder bei Euch sein könnte
du bist auch gerade in Berlin
gewesen wo die Flieger in
Berlin Bomben geworfen haben.
da hatt dir aber wieder das Herzchen geklopft!
Ja bei uns kommen auch
fast jeden Tag die Schlacht-
flugzeuge, und werfen Bomben,
und feuern mit Bordwaffen.
Hast du mein letztes Briefchen
erhalten? Wo ich dir geschrieben habe, daß ich Unteroffizier
geworden bin?

- 6 -

Kurlandfront, den 10.3.45.

Mein lieber Horst!

Ihr lieben nach ... für Euch, sende herzliche Grüße, und Küsse, Mein lieber Horst, Vati ist gesund was ich auch von Euch hoffe. Horstel nun mache ich mir große Sorgen um Mutti ich weiß nicht was in Berlin los ist! Den letzten Brief von Mutti habe ich im Januar bekommen, seitdem fehlt jede Nachricht. Horstel Du mußt mir gleich schreiben wann Du das letzte mal in Berlin gewesen bist, und ob unser Heim noch steht, und ob Mutti noch gesund ist, jeden tags warte ich auf Post, und nichts kommt. Ena schreibt auch nicht, Zu dieser Zeit haben schon viele Kameraden von Berlin Post erhalten, und für mich war immer nichts dabei. Nun könnt ihr Dir denken wie ich mich um Euch sorge. Bei uns liegt jetzt noch sehr viel Schnee der Russe schießt sehr viel.

Viele Grüße u Küsse, Dein Vati

Das ist der letzte Brief meines Vaters an mein Bruder, erhalten nach 70 Jahren (. Nov. 2014)

Am 10. März 1945 ist der letzte Feldpostbrief meines Vaters aus der *Kurlandschlacht* geschrieben worden.

Wikipedia-Beschreibung der Kurlandschlacht:

In der Kesselschlacht von Kurland wurden die deutsche Heeresgruppe Nord (später in Heeresgruppe Kurland umbenannt) sowie Luftwaffen- und Marineeinheiten in Kurland ab Oktober 1944 eingeschlossen.

Infolge des Durchbruchs der sowjetischen Truppen über Memel zur Ostsee am 10. Oktober 1944 wurde die über die Düna auf Kurland zurückgegangene Heeresgruppe von den über Polen und Ostpreußen auf die Reichsgrenze zurückgehenden Wehrmachtverbänden abgetrennt und bildete einen Brückenkopf. Sechs Großangriffe der sowjetischen Streitkräfte brachten diesen in der Summe nur geringe Geländegewinne, so dass die Wehrmachttruppen ihre Stellungen bis zur bedingungslosen Kapitulation am 8. Mai 1945 insgesamt nur wenig zurücknehmen mussten.

Die sechs Kurlandschlachten:

Im Oktober 1944 drängten sich im etwa 14.200 km² großen Kurland neben den 230.000 Einwohnern etwa 150.000 Flüchtlinge, die den Ostseehäfen zustrebten. Etwa 500.000 Soldaten aller Teilstreitkräfte waren auf deutscher Seite im Einsatz, ihnen standen die sowjetische 4. Stoßarmee (Malyschew), die 6. Gardearmee (Tschistjakow) und die 51. Armee (Kreiser) gegenüber. Die deutsche Hauptkampflinie (HKL) verlief entlang der Linie Tukkum–Moscheiken – östlich Libau.

Erste Kurlandschlacht

Kurz nach dem Beginn der Blockade, drei Tage nach der Eroberung von Riga durch die Rote Armee und der Sprengung der großen Dünabrücke, traten am 16. Oktober 1944 im Rahmen der 1. Kurlandschlacht 29 sowjetische Divisionen, ein Panzerkorps mit schweren Panzern des Typs Josef Stalin und vier motorisierte Brigaden zum Angriff an mit dem Ziel, auf Libau und Windau durchzustoßen, die für die Versorgung wichtigen Seehäfen zu nehmen und der Heeresgruppe endgültig den Rückweg über See abzuschneiden. Teilen der 61. und der schnell herbeigeführten 11. Division, örtlich unterstützt von Nebelwerfern und Flak-Batterien, gelang es zwar die Angriffe abzuweisen, der bereits anlaufende Gegenstoß der Heeresgruppe Nord zum Anschluss an die letzten bei Memel stehenden Verbände der Wehrmacht blieb jedoch unter Verlusten liegen.

Hitler befahl nun, die „Festung Kurland" um jeden Preis zu halten und verbot der auf verlorenem Posten kämpfenden Heeresgruppe, die seit dem 23. Juli 1944 von Generaloberst Ferdinand Schörner, einem überzeugten Nationalsozialisten, kommandiert wurde, alle weiteren Ausbruchsversuche in Richtung Ostpreußen.

Zweite Kurlandschlacht
Am 27. Oktober traten nach heftiger sowjetischer Artillerievorbereitung mit 2000 Geschützen aller Kaliber 60 sowjetische Divisionen gegen die deutschen Stellungen an. Zielrichtung war erneut Libau. Im Schwerpunkt der 2. Kurlandschlacht griff die 5. Garde-Panzerarmee mit etwa 400 Panzern an und erzielte mehrere Einbrüche in die deutschen Linien. Gegenstöße brachten nur bedingten Erfolg, doch der starke Regen und die dadurch verschlammten Wege bremsten den Angriff, so dass es den eilig herangeführten Reserven nun gelang, zahlreiche Panzer abzuschießen. An die 1150 sowjetische Panzerfahrzeuge wurden zerstört, allerdings zum Preis hoher eigener Verluste. Allein das deutsche X. Armeekorps verzeichnete fast 50 % Aus-

fälle, ein Regiment der SS-Freiwilligen-Panzergrenadier-Brigade „Nederland" war bis auf 25 Mann zerrieben. Insgesamt verlor die Heeresgruppe bis Ende November 68.000 Mann an Gefallenen und Verwundeten, mehrere Verbände mussten aufgelöst oder umgruppiert werden. Hinzu kamen Verluste an Material und Waffen. Trotz aller Verluste erfolgten noch weitere heftige Angriffe auf Frauenburg, bis heftige Regenfälle Ende November weitere Bewegungen fast unmöglich machten. Libau wurde als Nachschubhafen festungsmäßig ausgebaut, Vorrat für drei Monate geplant. Die Versorgung per Schiff wurde überlebensnotwendig; nur wenige Transportflugzeuge Ju 52 standen zur Verfügung.

Dritte Kurlandschlacht

m Dezember setzte Frost ein, der verschlammte Boden gefror und erlaubte erneute Angriffsoperationen. Am 21. Dezember eröffnete um 07:20 Uhr morgens auf einer Breite von 35 km ein Artillerieschlag mit 170.000 Granaten den Angriff der 3. und 4. Stoß-, der 10. Garde-Armee sowie der 42. Armee. Die 3. Kurlandschlacht entwickelte sich an der Nahtstelle zwischen 16. und 18. Armee mit dem Ziel, den Kessel zu teilen und auf Libau vorzustoßen. Im Schwerpunkt verteidigten die 329., 225., 205. und 132. Infanterie-Division. Gegenstöße der 12. Panzer- und der 227. Infanterie-Division blieben erfolglos; die 132. Infanterie-Division konnte ihre Stellungen nicht mehr halten und wich aus. Unter Verlusten von 27.144 Gefallenen, Verwundeten und Vermissten gelang es am 23. Dezember 1944, die sowjetische Offensive zu stoppen. Über Weihnachten schwiegen die Waffen für zwei Tage; am 26. Dezember setzten die Sowjets ihre Offensive fort, zunächst südlich Tukkum, dann auch vor Libau. Bei Džūkste wurden die Stellungen der 19. lettischen SS-Division und der 227. Infanterie-Division überrannt, eilig zusammengezogenen Reserven gelang es, am 27. Dezember die Lage zu stabilisieren.

Anfang 1945 standen noch etwa 400.000 Mann unter dem Befehl der Heeresgruppe. Die Front verlief nun etwa 20 km südlich von Libau nach Osten bis hart südlich von Durbe und Schrunden, von dort an Frauenburg vorbei Richtung Tukkum zum Rigaer Meerbusen. Die 4. Panzer-Division, 32. Infanterie-Division, die abgekämpfte 227., die 218. und die 389. Infanterie-Division sowie die 15. lettische SS-Division wurden über Libau verladen und evakuiert.

Am 15. Januar 1945 übergab Generaloberst Schörner die Führung der Heeresgruppe an Generaloberst Rendulic; dieser wurde jedoch nur zehn Tage später von Generaloberst von Vietinghoff abgelöst.

Vierte Kurlandschlacht

Am 24. Januar 1945 eröffnete die Rote Armee mit elf Divisionen die 4. Kurlandschlacht. Die Angriffe beiderseits Prekuln, gefolgt von weiteren Angriffen zwischen Frauenburg und Tukkum zeigten die neue Taktik, an mehreren Stellen gleichzeitig anzugreifen und dadurch die Reserven des Gegners zu verzetteln. Im Schwerpunkt verteidigten die 30. Infanterie-Division und die überwiegend dänische SS-Division „Nordland". Die Stellungen an der Vartaja mussten aufgegeben werden. Nachdem Eingreifreserven unterwegs waren, brachen weitere Angriffe gegen die 205. und die 215. Infanterie-Division bei Frauenburg sowie die 122. Infanterie-Division hervor. Die heftigen Angriffe erstickten nach Verlusten auf beiden Seiten in Schnee und Schlamm.

Am 25. Januar 1945 erhielt die Heeresgruppe die Bezeichnung „Heeresgruppe Kurland".

Fünfte Kurlandschlacht

Am 20. Februar 1945 zählte die Heeresgruppe noch 352.000 Heeressoldaten, 21.000 Mann der Luftwaffe, 12.000 Mann der Waffen-SS sowie etwa 12.600 Mann des Reichsarbeitsdienstes und etwa 2400 Mann der höheren Stäbe. Lediglich die I. Gruppe des Jagdgeschwaders 54 flog mit ihren Focke-Wulf Fw 190 noch Unterstützungseinsätze für die Bodentruppen. Dessen erfolgreichster Jagdflieger Oberleutnant Otto Kittel war nach 267 Luftsiegen am 14. Februar 1945 gefallen. Die 5. Kurlandschlacht, die am 20. Februar 1945 mit heftigem Trommelfeuer und Schlachtfliegerangriffen begann, brachte den angreifenden 21 sowjetischen Schützendivisionen und 16 Panzerbrigaden trotz schwerster Verluste von 70.000 Mann kein Ergebnis. Lediglich das hart umkämpfte Džūkste ging verloren. Das seit dem 11. März einsetzende Tauwetter verwandelte alle unbefestigten Wege in Schlamm und hemmte jede Bewegung.

Anfang März wurde die deutsche Zivilverwaltung in Kurland aufgelöst und die selbständige „Republik Lettland" ausgerufen.

Sechste Kurlandschlacht
Am 10. März 1945 übernahm Generaloberst Rendulic erneut die Heeresgruppe, übergab jedoch bereits fünf Tage später das Kommando an General Hilpert, den Befehlshaber der 16. Armee, der die Heeresgruppe bis zur Kapitulation führte. Am 18. März 1945 traten die sowjetischen Truppen zur 6. Kurlandschlacht an, um Frauenburg und Libau zu nehmen. Auch diese Schlacht wurde am 31. März ergebnislos abgebrochen.

Am 12. März 1945 wurde den Soldaten der Heeresgruppe das Ärmelband Kurland als Kampfauszeichnung verliehen.

Kapitulation
Als am 8. Mai 1945 die Heeresgruppe Kurland im Rahmen der Gesamtkapitulation der deutschen Streitkräfte die Waffen niederlegte, verließen auch die letzten fünf Schiffsgeleitzüge den Hafen Libau, begleitet von den letzten Jagdflugzeugen des JG 54. Mit den letzten Transporten gelangten trotz sowjetischer

Luftangriffe noch etwa 27.700 Mann nach Deutschland. Kurz zuvor hatte jede Division noch 125 Mann für den letzten Transport nach Deutschland melden können, und die angeschlagene 14. Panzer-Division sowie die 11. Infanterie-Division wurden fast vollständig evakuiert.

42 Generäle, 8038 Offiziere, 181.032 Unteroffiziere und Soldaten gerieten in sowjetische Gefangenschaft, die etwa 14.000 lettischen Freiwilligen wurden als „Verräter" bestraft, einige von ihnen setzten als „Waldbrüder" den bewaffneten Kampf bis 1953 fort.

Weitere Infos zum Kurland-Kessel finden Sie im völlständigen Wikipedia-Artikel:
https://de.wikipedia.org/wiki/Kurland-Kessel

Aus Tagebuch-Aufzeichnungen von Friedrich v. Wilpert:

Bericht des Journalisten Friedrich v. Wilpert aus Danzig, ehemals Rittmeister und Ordonnanzoffizier des Befehlshabers im Raum Danzig-Gdingen.

Original, Februar 1953. Der Bericht stützt sich auf Tagebuchaufzeichnungen.

Um die Jahreswende 1944/45 war es allen Einsichtigen klar, daß die Übermacht der sowjetischen Heere mit den uns zur Verfügung stehenden militärischen Kräften nicht aufgehalten werden könne; die deutsche 2. Armee, die für die Verteidigung Westpreußens in Frage kam, hatte keine Aussicht mehr, von Westen her Ersatz zu bekommen. Andererseits setzte der Russe nach und nach nicht weniger als 10 kampfkräftige Armeen, darunter erstklassige Panzer-Armeen, gegen die 2. deutsche Armee ein. Eine geringe Aussicht, den Danziger Raum noch für einige Zeit zu schützen, hätte sich dann geboten, wenn die oberste Führung sich entschlossen hätte, von vornherein die 2. Armee auf Danzig zurückzunehmen und sie dort gewissermaßen in einer Igelstellung mit Nachschubmöglichkeiten über See zu belassen. Dann hätten die in Ostpreußen und Kurland stehenden Armeen über See nach Danzig zurückgeführt werden können, und es wäre den Russen nicht ganz leicht geworden, diese Igelstellung an der Weichselmündung zu überwältigen.

Die oberste Führung aber entschied anders: Die 2. Armee wurde wie ein Gummiband auseinandergezogen, um den gegen Berlin vorstoßenden russischen Kräften Flankenschwenkungen nach Norden gegen Westpreußen und Pommern zu verwehren. Diese Aufgabe war unlösbar, denn der Russe konnte, wo er wollte, die auseinandergezogenen dünnen deutschen Linien durchstoßen und die Armee aufspalten. Das geschah denn auch prompt. Anfang März 1945 stieß der Russe östlich von Köslin bis über die Bahn vor und verwandelte damit Westpreußen mit Ostpommern in einen Kessel, dessen Verbindung mit dem Reich nur noch über See möglich war. Einige Tage später folgte ein tiefer Einbruch in Richtung Pr. Stargard, das nach Straßenkämpfen genommen wurde.

Nun versuchte die Führung der 2. Armee (Generaloberst Weiß), die Reste der Armee doch noch in den Danziger Raum zurückzuführen. Die Durchführung begegnete aber größten Schwierigkeiten, da nicht mehr genügend Treibstoffe vorhanden waren, um Panzer, Sturmgeschütze usw. zu versorgen. Viele dieser schweren Waffen mußten daher gesprengt werden. Als an den Feldbefestigungen des äußeren Verteidigungsrings von Danzig—Gotenhafen die ersten Panzer auftauchten, waren sich die Verteidiger durchaus im unklaren darüber, ob es sich um zurückgehende deutsche Panzer oder angreifende sowjetische handelte, denn vielfach waren die russischen Panzer den deutschen Trossen und der zurückgehenden deutschen Kampftruppe weit voraus — ein heilloses Durcheinander, das sich nur unter schwersten Verlusten unsererseits allmählich klärte.

Im Bereich der zu Festungen erklärten Städte Danzig und Gotenhafen (Gdingen) gab es außer dem Volkssturm eigentlich nur Genesungskompanien, im Erdkampf eingesetzte Marine und andere Formationen, deren Kampfkraft sehr gering war. Dazu wurden noch kampffähigere Formationen wie die „Feldherrnhalle" weniger aus militärischen als politischen Gründen auf dem Seewege von Danzig abgezogen, um mit ihnen im Reich neue Truppenverbände aufzustellen. General der Infanterie Specht, der Befehlshaber im Festungsbereich, war darüber verzweifelt; seine Einwendungen blieben aber erfolglos. So hatte er u. a. von vornherein schwerste Bedenken gegen die Erklärung von Danzig und Gotenhafen zu Festungen, denn alle Voraussetzungen dafür fehlten. Weit zweckmäßiger wäre es gewesen, die kämpfende Truppe auf die Weichsellinie zurückzunehmen und im Verein mit den ostpreußischen Truppen das Weichsel-Nogat-Delta und die weiter östlich gelegenen Landstriche unter Zuhilfenahme von Überschwemmungen der tiefliegenden Gebiete zu halten. Alle diese Vorschläge stießen auf Ablehnung. Die Festungen Danzig—Gotenhafen sollten laut Führerbefehl bis zum letzten gehalten werden.

Nicht nur Deutsche, sondern auch Ausländer wurden eingesetzt, um rings um Danzig Gräben auszuheben und Panzersperren anzulegen. Die Verpflegung dieser Arbeiter war sehr mangelhaft, ebenso ihre Unterbringung und Bekleidung. Das Wetter war bis weit in den März hinein winterlich und sehr kalt. Alle irgendwie verfügbaren Räumlichkeiten waren, soweit die Truppe sie nicht benötigte, mit Flüchtlingen, Fremdarbeitern und Verwundeten belegt. Beim Herannahen der Front aus dem Osten gegen das Weichsel-Nogat-Delta waren die dort befindlichen Ortschaften zum größten Teil evakuiert worden, und in bitterkalten Tagen auf schneeverwehten Wegen hatten die Trecks ihre Fahrt nach Westen angetreten. Sie folgten den z. T. bereits vorher abgegangenen ostpreußischen Trecks, kamen aber nicht weit. Trecks aus der Gegend von Neuteich und Tiegenhof gelangten nur bis in die Gegend von Mariensee und blieben dort wochenlang liegen, bis die vorstoßenden russischen Panzerspitzen sie zur Flucht nach Danzig hinein nötigten, um, wenn möglich, mit einem Schiff nach dem Westen zu gelangen. Dadurch verschlechterte sich die Ernährungslage im Danziger Gebiet schlagartig.

Wieviel Menschen sich damals in Danzig aufhielten, hat sich niemals zuverlässig feststellen lassen. Am 17. März wurde eine Volkszählung veranstaltet, die aber natürlich nur sehr unzureichend durchgeführt werden konnte. Der Gauleiter schätzte damals die Bevölkerung des Brückenkopfes Danzig-Gotenhafen auf 600 000 bis etwa 1 Million Menschen. Da es nicht gelungen war, die fruchtbaren landwirtschaftlichen Gebiete im Werder und in der Niederung in die Verteidigungszone einzubeziehen, reichten die Vorräte im Festungsbereich selbst natürlich nicht aus, um eine monatelange Belagerung — selbst wenn diese militärisch möglich gewesen wäre - durchzuhalten. Anfang März lagen in Danzig selbst rund 16 000 Verwundete, im gesamten Festungsbereich rund 20 000. Täglich kamen aus Ostpreußen und Kurland rund 1 000 Verwundete hinzu und weitere rund 800 aus Westpreußen. Ein Teil von ihnen wurde zusammen mit Flüchtlingen täglich über See weggeschafft, aber der Zugang war erheblich größer als der Abgang. Unvergeßlich wird mir der Eindruck sein, den ich Ende Januar gewann, als ich meine Frau und meine jüngste Tochter an Bord der „Deutschland" brachte, die mit Flüchtlingen überfüllt auf den Befehl zum Auslaufen wartete. Dieser für den 30. Januar erwartete Befehl verzögerte sich, weil die am Vortage aus Gotenhafen ausgelaufene „Wilhelm Gustloff" einem sowjetischen Unterseeboot zum Opfer gefallen war. Die Flüchtlinge an Bord der „Deutschland" und zweier anderer gleichgroßer Schiffe wußten nichts davon. Nur die militärische Führung war unterrichtet.

Ein eisiger Wind, der den Schnee aufwirbelte, pfiff über die Holm-Insel im Danziger Hafen und über den Troyl, wo die Flüchtlingsschiffe lagen. Der Abend brach herein; der kilometerlange Weg zum Troyl war gekennzeichnet durch übermüdete, verzweifelte Menschen, vorwiegend Frauen und Kinder, die nicht weiter konnten, sich auf ihre mitgeschleppten Koffer oder Rucksäcke in den Schnee setzten und auf irgendeine Hilfe warteten. Andere zogen ihre in Säcken verstauten Habseligkeiten an Stricken wie einen Handschlitten hinter sich her. Eine Tragödie, die umso erschütternder war, als man nur ab und zu ein leises Wimmern hörte, sonst aber nur der eisige Wind pfiff und heulte. Mit der „Deutschland" wurden u. a. die Angehörigen des Lehrkörpers der Technischen Hochschule und die Frauen und Kinder der in Danzig befindlichen Stäbe fortgeschafft. Die „Deutschland" landete unbehelligt in Kiel; sie ist erst später versenkt worden.

In den ersten Märztagen hatte das Generalkommando des stellvertretenden XX. A. K. (General Specht) die Kaserne am Weißen Turm in Danzig verlassen und war in das Gebäude der polnischen Marine-Schule in Adlershorst übergesiedelt. Am 18. März ging es hinüber in die Bunker an der Spitze von Hela, wohin später auch der Führungsstab der 2. Armee folgte. Generaloberst Weiß war inzwischen durch General von Saucken ersetzt worden. Das Hauptquartier von Weiß befand sich zunächst in Pelonken bei Oliva, wurde dann nach der Westerplatte und nach Bohnsack verlegt, konnte aber natürlich auch dort nicht bleiben, als Danzig in Flammen aufgegangen war.

Am 22. März erreichten die sowjetischen Truppen über Groß-Katz das Meer zwischen Adlershorst und Zoppot. Damit war die „Festung Gotenhafen" von der „Festung Danzig" getrennt. Der Endkampf beider „Festungen, die keine waren", vollzog sich von nun an gesondert. Am 24. März 1945 ließ der russische Marschall Rokossowski ein Flugblatt aus der Luft über Danzig und Gotenhafen abwerfen, in dem es hieß:

Marschall Rokossowski

an die Garnisonen von Danzig und Gdingen Generale, Offiziere und Soldaten der 2. deutschen Armee!

Meine Truppen haben gestern am 23. März Zoppot genommen und die eingeschlossene Kräftegruppe in zwei Teile aufgespalten. Die Garnisonen von Danzig und Gdingen sind voneinander getrennt. Unsere Artillerie beschießt die Häfen von Danzig und Gdingen und die Einfahrten zu denselben. Der eherne Ring meiner Truppen um Euch verengt sich immer mehr.
Unter diesen Umständen ist Euer Widerstand sinnlos und wird nur zu Eurem Untergang sowie zum Untergang von Hunderttausenden Frauen, Kindern und Greisen führen.

Ich fordere Euch auf:

1. Unverzüglich den Widerstand einzustellen und Euch mit weißen Fahnen einzeln, gruppen-, zugs-, kompanie-, bataillons- und regimentsweise gefangenzugeben.

2. Allen, die sich gefangengeben, garantiere ich das Leben und die Belassung des persönlichen Eigentums.
Alle Offiziere und Soldaten, die die Waffen nicht strecken, wer-

den bei dem bevorstehenden Sturm vernichtet.

Euch wird die volle Verantwortung für die Opfer der Zivilbevölkerung treffen.

Der Befehlshaber der Truppen der 2. Bjelorussischen Front Marschall der Sowjetunion K. Rokossowski Den 24. März 1945.

Die Antwort darauf kam aus dem Führerhauptquartier in der Nacht vom 24. zum 25. März, dem Palmsonntag: „Jeder Quadratmeter des Raumes Danzig/Gotenhafen ist entscheidend zu verteidigen." Dieser Befehl des Führers war das Todesurteil für Danzig. Schweres Artilleriefeuer lag auf der Stadt, zweimotorige russische Bomber warfen ihre Spreng- und Brandbomben in die engen Straßen. Mehrere Tage lang stand eine Wand aus Rauch und Feuer 4—5000 Meter hoch über Danzig. Im Hafen erhielten zwei Munitionsdampfer Artillerietreffer und brannten unter ständigen Explosionen aus. Der Danziger Hafenkanal wurde durch Versenkung eines großen Schiffes gesperrt, nachdem alle noch manövrierfähigen Schiffe ausgelaufen waren. Am 26. März wurden auch die Hafenanlagen in Gotenhafen gesprengt bzw. durch Versenkung von Schiffen unbrauchbar gemacht.

Die Oxhöfter Kämpe bei Gotenhafen, auf der sich beim Ausbruch des zweiten Weltkrieges die Polen verzweifelt gewehrt hatten, bis sie überwältigt wurden, sah jetzt den Endkampf der deutschen Truppen im Raum von Gdingen. Die Übermacht der russischen Artillerie war so groß, daß jeder Widerstand aussichtslos wurde. Es gelang in einer Nacht, die letzten Reste der in Oxhöft fechtenden Truppen nach Hela herüberzuholen. Damit war auch dieser Teil der Tragödie abgeschlossen.

Daß der Festungsbereich Danzig-Gotenhafen sich verhältnismäßig lange hat halten können, ist nicht nur auf anderweitige Dispositionen der russischen obersten Führung, sondern nicht zuletzt dem Einsatz der Marine-Flak im Erdkampf zu danken. Danzig-Gotenhafen war der „Luftschutzbunker der Marine", wo monatelang die deutschen Kriegsschiffe eine fast ungestörte Zuflucht gefunden hatten. Die Flak in diesem Raum war sehr stark. Sie wurde nun zur Abwehr eingesetzt und hat gegen die russischen Panzer verheerend gewirkt. Mitte März erklärten mir russische Gefangene vom 1. Garde-Panzer-Corps, daß die 17. Brigade mit 35 Panzern von Heiderode aus vorgegangen sei. Jedes Bataillon habe damals noch 10 bis 12 Panzer (von ur-sprünglich 20 Panzern) gehabt, jetzt habe ihr Bataillon nur noch 3 heile Panzer, und die 16. Brigade, die mit ihnen zusammen vorgegangen sei, sei vollständig aufgerieben worden. Auch die Bedienung russischer Granatwerfer berichtete entsetzt, daß sie gegen die deutsche Flak, die unheimlich sicher getroffen hätte, nichts Gleichwertiges einzusetzen gehabt hätten.

In die Kämpfe um Zoppot, Danzig und Gotenhafen hat auch die Marine wiederholt eingegriffen. Am 15. März erhielt unser Stab eine Meldung der Marine, daß sie bis zu diesem Tage 5 600 Schuß aus den 12-cm-Geschützen und 19 000 Schuß aus den 10,5-cm-Geschützen abgefeuert habe.

Das Ende der Kämpfe im Raum von Danzig-Gotenhafen und an der Weichselmündung spielte sich wie folgt ab: Auf der Halbinsel Hela befanden sich nach der Aufgabe der Oxhöfter Kämpe annähernd 80 000 bis 100 000 Mann. Man hatte ursprünglich damit gerechnet, daß die Sowjet-Truppen in einem Großangriff die Halbinsel zu erobern versuchen würden, und zwar sollte das nach Aussage russischer Gefangener möglichst schon bis Ende März geschehen. In Wirklichkeit griff der Russe aber nicht an, und so gerieten bei der Kapitulation alle dort befindlichen Deutschen bis auf verhältnismäßig wenige, die auf allerlei kleinen Fahrzeugen sich über See zu retten vermochten, in sowjetische Gefangenschaft.

Auf der anderen Seite konzentrierten sich die deutschen Streitkräfte nach der Preisgabe Danzigs1) zwischen dem Haff und dem Weichsel-Durchstich. Von dort wurden bis zuletzt noch Flüchtlinge auf Sybelfähren und kleinen Fischerfahrzeugen nach Hela geschafft, dort auf der Außenreede von größeren Schiffen übernommen und nach Dänemark oder Schleswig-Holstein überführt. Die Truppe selbst geriet bei der Kapitulation in Gefangenschaft.

Das Verhältnis zwischen der NSDAP, und ihren Organisationen auf der einen Seite und der Wehrmacht auf der anderen Seite war ein gespanntes. Flüsterparolen der NSDAP, suchten die Verantwortung für den verlorenen Krieg auf „Verräter" in der Wehrmacht abzuwälzen, die angeblich die Pläne des Führers sabotiert hätten. Umgekehrt wuchs die Erbitterung der Truppe über das Verhalten gewisser führender Persönlichkeiten der Partei, die nach außen hin zwar den „Kampf bis zum Endsieg" propagierten und jeden für einen Verräter am deutschen Volk erklärten, der an diesem Endsieg zweifle oder sich den ihm auferlegten Verpflichtungen zu entziehen suche, die selbst aber gar nicht daran dachten, mit gutem Beispiel voranzugehen.

Verallgemeinerungen sind immer schädlich und irreführend. Es hat auch in der NSDAP, eine ganze Reihe von Männern und Frauen gegeben, die ihrem Ideal getreu sich selbst im Dienst für die Allgemeinheit aufgeopfert haben. Aber ausschlaggebend blieb doch das Verhalten der führenden Persönlichkeiten mit dem Gauleiter Forster an der Spitze. Ich hatte Gelegenheit, ihn auf Hela aus nächster Nähe zu beobachten, denn sein Sonderzug stand unmittelbar vor unserem Bunker, und jedes Mal, wenn die Halbinsel unter Beschuß lag oder ein Fliegerangriff kam, erschien der Gauleiter in unserem Bunker, „um sich nach der Lage zu erkundigen." Als Gotenhafen zu einer wahren Hölle geworden war und verzweifelte Flüchtlingsmassen jede Gelegenheit zu ergreifen suchten, um mit einem Schiff oder Boot das Land zu verlassen, da bekam Gauleiter Forster es fertig, ein solches Fahrzeug für sich mit Beschlag zu belegen, um noch seine Möbel abzutransportieren!1) Ein junger Marineoffizier weigerte sich dann allerdings, dem Befehl des Gauleiters zu folgen. Forster war ob dieser Weigerung empört und erklärte, der Marineoffizier werde schon noch merken, was es bedeute, sich gegen ihn, den Gauleiter, aufzulehnen.

Als über den Rundfunk die Weisung des Führers bekanntgegeben wurde: „Jeder Gauleiter kämpft bis zum letzten in seinem Gau", da erklärte der Gauleiter dem General Specht, sein Gau sei ja jetzt in die militärischen Operationen restlos einbezogen, er habe daher hier keine Aufgabe mehr und werde den Führer bitten, ihn mit einem Sonderauftrag nach Süddeutschland zu beordern, wo er ja auch eigentlich zu Hause sei. General Specht war darüber so empört, daß er dem Gauleiter erwiderte: „Wir haben hier im Gegensatz zu Ihnen, Herr Gauleiter, noch sehr viel zu tun, nicht zuletzt auch mit dem Abtransport der Flüchtlinge. Sie gestatten, daß ich wieder an meine Arbeit gehe!"

Das Verhältnis zwischen NSDAP, und Wehrmacht wurde ferner sehr stark belastet durch die Werwolf-Propaganda und die Tätigkeit der nationalsozialistischen Führungsoffiziere, die für die Moral von Truppe und Bevölkerung zuständig war. Am Anfang der großen Allee in Danzig wurden Soldaten aufgehängt mit Plakaten wie etwa „Ich bin Dauerversprengter", um abschreckend zu wirken. Wo es auf den mit Trossen und Flüchtlingswagen heillos verstopften Straßen zu Stockungen kam, wurden „Schuldige" herausgegriffen und aufgehängt.

Wer sich vom Volkssturm drückte, wurde als „Verräter am deutschen Volk" und Deserteur behandelt. Dabei dachten aber die führenden Persönlichkeiten der NSDAP, durchaus nicht daran, sich auch im Volkssturm einzureihen; sie hatten alle die Gewißheit, im letzten Augenblick einen Platz auf einem Schiff zu erhalten, das sie in die Freiheit bringen würde. Der Gauleiter überreichte Anfang April General Specht auf Hela eine Liste, auf der eine ganze Reihe maßgebender Persönlichkeiten der NSDAP, aus der Begleitung Forsters verzeichnet standen, für die Specht die „Ausreisegenehmigung" erteilen sollte. Das war erforderlich nach den damals geltenden militärischen Bestimmungen. Nach außen hin hieß es, alle diese Männer wären kampfunfähig. In Wirklichkeit waren es fast durchweg kampffähige Männer, darunter u. a. sechs junge HJ-Führer, die z. T. als Offiziere Dienst taten.

Der „Werwolf" wurde von der Wehrmacht entschieden abgelehnt und als Verbrechen am eigenen Volk bezeichnet, weil die von ihm propagierte Heckenschützentaktik unweigerlich zu Repressalien unserer Gegner führen mußte. Der NSFO.[2] unseres Stabes, ein junger Lehrer, erklärte ganz offen: „Wenn erst eine Reihe deutscher Geiseln als Vergeltung für die Werwolf-Taten umgelegt sein werden, dann werden auch die der NSDAP, ablehnend gegenüberstehenden einsehen, daß ihnen nichts anders übrigbleibt, als mitzumachen."

Der Abtransport der Flüchtlinge erfolgte, solange wir noch die Häfen Gotenhafen und Danzig unter Kontrolle hatten, an Bord großer Schiffe, die in die Häfen selbst einfuhren. Die Verpflegung an Bord war gut und reichlich, die Unterbringung den Umständen entsprechend: in Kabinen, die für einen Deckoffizier beispielsweise bestimmt waren, lagen acht, zehn, ja, vierzehn Menschen und waren froh, wenigstens ihr Leben retten zu können. Als die Häfen verloren gingen, wurden die Flüchtlinge hauptsächlich von Nickelswalde — Schiewenhorst an der Weichselmündung eingebootet und nach Hela geschafft. Dort verbrachten sie meist einige Tage im offenen Hafengelände, hatten z. T. schwere Verluste durch Fliegerangriffe und durch Artillerie-Beschuß von der Küste, bis sie mit Sybelfähren auf die 2 bis 3 km außerhalb Helas ankernden Transporter geschafft werden konnten. Wiederholte Luftangriffe haben auch diesen Transportern gegolten. Hela war schließlich mit Menschen so überfüllt, daß die weittragenden Geschütze der Sowjets wahllos die Halbinsel abstreuen konnten und immer Treffer erzielten. Die Ernährungslage auf Hela war kritisch, aber es kam zu keiner Katastrophe, weil u. a. mehrere Tausend Pferde geschlachtet und aufgegessen wurden1).

Einen Überblick darüber, wieviele Flüchtlinge im Raum von Danzig-Gotenhafen und auf Hela durch Feindeinwirkung oder durch die Strapazen der Flucht ums Leben gekommen sind, wird man niemals zuverlässig gewinnen können. Nach der Besetzung Danzigs durch die Russen sind vor allem die dort befindlichen Frauen noch wochenlang mit der Bestattung menschlicher Leichen und tierischer Kadaver beschäftigt worden. Vergewaltigungen und Plünderungen waren an der Tagesordnung. Die Hoffnung, daß die Sieger Danzig und die Danziger anders behandeln würden mit Rücksicht auf die Freistaat-Vergangenheit, hatte getrogen. Eine ganze Reihe von Danzigern, die den Nationalsozialismus entschieden abgelehnt und den Verheißungen der feindlichen Rundfunkpropaganda, ihnen würde nichts geschehen, geglaubt hatten, nahmen sich, erschüttert durch die grausame Enttäuschung, die sie erleben mußten, das Leben.

Quelle:
http://doku.zentrum-gegen-vertreibung.de/archiv/oderneisse1/ kapitel-6-1-1-9-1.htm

Dokumente:
Fotos vom Haus etc.